骨艸劍

골초검

끝초검 3

최필 新무협 판타지 장편 소설

초판 1쇄 찍은 날 § 2004년 6월 23일
초판 1쇄 펴낸 날 § 2004년 7월 2일

지은이 § 최필
펴낸이 § 서경석

편집장 § 문혜영
편집책임 § 유경화
편집 § 장상수 · 서지현
마케팅 § 정필 · 강양원 · 이선구 · 김규진 · 홍현경

펴낸곳 § 도서출판 청어람
등록번호 § 제1081-1-89호
등록일자 § 1999. 5. 31
어람번호 § 제2-0395호

주소 § 경기도 부천시 원미구 심곡1동 350-1 남성B/D 3F (우) 420-011
전화 § 032-656-4452 팩스 § 032-656-4453
http://www.chungeoram.com
E-mail § eoram99@chollian.net

ISBN 89-5831-073-1 04810
ISBN 89-5831-070-7 (SET)

骨艸劍

골초검

최필 新무협 판타지 소설

Fantastic Oriental Heroes

3

一 창룡(蒼龍)의 각(角) 一

도서출판
청어람

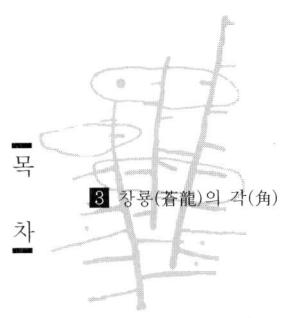

목
차

3 창룡(蒼龍)의 각(角)

제1장

신비류 사비객

운우몽에서의 회합 이후 닷새간 성검은 뿌듯한 나날을 보냈다.

"헤헤, 한동안 네놈에게는 자유가 없다. 그러니 닷새 동안이라도 마음껏 즐기거라. 어디 가서 무슨 짓을 하든 나는 관여치 않을 것이다."

막귀안은 주머니 하나를 내주며 그렇게 말했다.

주머니엔 작은 금덩이 몇 조각이 들어 있었다. 적지 않은 액수다, 스물셋의 가을을 따뜻하게 데워주기엔……

'젠장, 이거 괜히 불안한걸? 꼭 목숨값을 받는 느낌이란 말이야.'

처음엔 긴장했지만 그것도 아주 잠시였다.

'음회회! 하긴 설마 죽이기야 하겠어? 나 같은 인재를 잃어봐야 은하대맥의 손실이지. 아무렴……'

앞날을 걱정하기엔 성검이 워낙 낙천적인 성격이었다. 그는 그날부터 장안의 주루와 기루를 꼼꼼하게 훑어 내려갔다.

닷새 동안 주머니 안의 황금을 쓰자니 여간 바쁜 게 아니었다. 먹을 것, 입을 것, 마실 것 뭐 하나 아쉬운 게 없었다.

그렇게 마지막 날까지 빠듯한 일정을 소화해 낸 후에야 성검은 은근히 걱정했다. 다음날부터 어떤 일들이 기다리고 있을지 알 수 없었으니까.

사비객의 수업이 시작되는 첫날, 성검은 아침 일찍 운우몽으로 거처를 옮겼다. 수업이 끝나는 날까지 그곳에 머물게 된 것이다.

운우몽은 성검의 취향에 딱 맞는 환경이었다. 음식과 술, 여자, 풍류까지……. 왜 은하대맥 같은 조직을 이렇게 늦게 알게 되었는지 한스럽기까지 했다. 하지만 그것은 어디까지나 그날 아침, 뭘 모를 때 가졌던 철없는 생각이다.

금룡모. 첫 번째 수업을 담당하게 된 정체 불명의 사내.

방 안으로 들어선 그는 닷새 전 처음 보았을 때와 다름없는 모습이었다. 얼굴이 누렇게 뜬 데다 난쟁이 똥자루만큼 작은 키, 염소수염에 쥐눈……

"따라오너라."

금룡모는 짧게 말한 후 곧장 운우몽을 나섰다.

그런데 걸음이 얼마나 빠른지 그를 따라잡는 게 여간 어려운 게 아니었다. 분명히 뛰는 것 같지는 않았다. 금룡모의 작은 두 다리는 아주 느긋하게 움직이고 있었다.

'젠장, 저 인간 축지법이라도 쓰는 거야?'

성검은 숨이 턱에 차도록 빠르게 두 다리를 움직이며 내심 투덜거렸다.

두 사람이 멈춰 선 곳은 저자 한복판이었다.

"제일 마음에 드는 계집을 골라보거라."

금룡모는 뜬금없는 말을 내뱉은 후 길게 하품을 했다.

"예?"

"나는 무척 과묵한 사람이다. 그러니 앞으로 두 번 말하게 하지 말 거라."

금룡모가 심드렁하게 말했다.

성검은 잠시 망연한 눈으로 금룡모를 쳐다보았지만 곧 입가에 미소 가 자리 잡았다.

'계집을… 골라? 음회회, 이게 뭐야. 음, 막 영감이 이 작자의 수업 에 관해 함구한 데는 다 이유가 있었군. 결국 심공처럼 내게 색마 수업 을 시키려는 게야. 하긴 조직을 위해선 여심을 휘어잡는 방법도 중요 하지. 하지만 이상한걸? 금룡모 이자는 아무리 봐도 색마란 직업과는 어울리지 않는단 말이야. 음회회, 하긴 열등감 때문에 여자의 심리에 대해 끊임없이 탐구했는지도 모르지. 어차피 선생이란 직업이 이론만 탄탄하면 되는 거잖아? 생각보다는 재미있는 수업이 되겠군.'

왠지 잘 통할 것 같았다. 성검은 곧 사냥꾼의 눈빛을 빛내며 거리를 훑어 나갔다. 그리고 제법 규모가 큰 포목점에 시선을 고정시켰다.

"음회회. 저기 자줏빛 치마를 입은 처자가 그중 반반한데요?"

"그래? 알았다."

금룡모는 짧게 말한 후 인파를 비집고 포목점을 향해 천천히 걸어갔 다.

'어쭈, 직접 시범을 보이시겠다? 하지만 잘 안 될 것 같은데…….'

성검은 고개를 갸우뚱하며 금룡모의 일거수일투족을 지켜보았다.

포목점 안의 사냥감. 화려한 옷과 장신구로 보아 제법 행세하는 집안의 딸이 분명했다. 나이는 채 스물이 되지 않은 듯했고 옆에는 시종으로 보이는 계집 두 명이 달라붙어 주인 아낙과 수다를 떠는 중이다.

포목점 안에는 그녀 외에도 예닐곱 명의 처녀가 더 있었다. 가꾼다고 가꾼 눈치지만 성검이 찍은 여인에 비하면 닭의 무리라 할 만했다.

'음회회, 도대체 무슨 짓을 하려는 거지? 어쨌든 금룡모도 제법 깨인 인물이군. 첫날부터 이렇게 산교육을 시켜주다니…….'

성검은 가슴이 충만해지는 것을 느꼈다. 끓어오르는 학구열 때문이다. 하지만 가만히 지켜보자니 어딘가 이상했다.

'어라, 저 인간이 지금 뭐 하자는 거야?'

저자가 워낙 붐벼서 간혹 행인들에 의해 시야가 가려지곤 했는데, 성검이 발뒤꿈치까지 들어가며 보기에 금룡모는 그저 그녀를 스쳐 지나가 잠시 옷감을 살펴보는 척했을 뿐이다. 그리고 얼마 후 마음에 드는 게 없다는 듯 포목점을 나와 다시 성검 곁으로 돌아왔다.

"잘 보았느냐?"

금룡모는 이번에도 밑도 끝도 없는 질문을 던졌다.

"뭘요?"

"음…… 생각보다는 눈이 무딘 놈이군. 그럼 혹시 저 계집이 오늘 무슨 색 속곳을 입고 나왔는지 알 수 있겠느냐?"

"예?"

멍하니 금룡모를 쳐다보던 성검이 갑자기 배시시 웃었다.

"저 뼈대있는 집 자식입니다. 어찌 아녀자의 속곳 따위에 관심을 두겠습니까. 음회회! 하지만 마음만 먹는다면 오늘 중으로 알아낼 수는 있지요. 작업만 제대로 들어가면……."

"나는 이미 알고 있느니라."

"예? 서, 설마요. 치마도 들추지 않고 어떻게……. 혹시 오늘 수업이 투시력(透視力)이나 뭐 그런 겁니까? 음회회, 그런 거라면 정말 구미가 당기는…… 케헴, 아닙니다. 저 뼈대있는 집 자식이라니까요. 저 같은 사람에겐 검 한 자루면 충분합니다. 투시력 따위는……. 물론 막 어르신이 배우라고 하니 배우긴 하겠습니다만 엉뚱한 것에 관심을 두지는 않습니다. 자, 이제 제게 투시력에 대해 아주 상세하게, 조목조목, 하나도 빼놓지 말고 가르쳐 보십시오. 열흘이 짧다면 한 달로 늘려서라도……."

성검은 혀로 입술을 축이며 금룡모의 입을 빤히 쳐다보았다. 수업의 성격에 대해 잠시 착각을 했지만, 투시도 나름대로 재미있을 것 같았다. 하지만 금룡모의 반응은 냉담했다.

"놀고 있군……."

"예?"

"오늘 수업은 도둑질이다. 그게 내 주 종목이란 말이지. 하지만 그걸 배우자면 우선 직감이 있어야지. 중요한 물건은 늘 숨겨져 있게 마련이거든. 들키기 전에 알짜만을 골라서 훔치자면 절대적으로 직감이 필요해. 자, 나 과묵하고 두 번 말하기 싫어하는 사람이지만 교육을 위해 어쩔 수 없이 다시 묻겠다. 저 처자는 오늘 무슨 색 속곳을 입고 나왔을까?"

"음회회, 이거야 원……. 농담이죠? 어쨌거나 교육을 위해서라니……. 빨간색이요. 저 처자 얼굴에 도화기가 사르르 도는 것으로 보아 왠지 도발적인 색상일 거란 생각이 들지 않습니까? 음푸회회, 치마를 들고 확인할 수만 있다면 제 직감이 확실하게 맞았다는 것을 증명

할 수 있겠지만 명문가의 자제가 차마……."

성검이 얼마간 얼굴을 붉히며 말끝을 흐렸다. 그는 아직까지도 오늘 수업이 도둑질이란 말을 농담으로 여기고 있었던 것이다.

"내기할까?"

"음회회! 내기는 무슨. 확실하다니까요. 그냥 제 직감을 믿으십시오."

"나는 나 아닌 사람은 잘 안 믿는데? 워낙 도둑놈들이 많은 세상이라서 말이야."

금룡모가 정색을 하고 말했다.

"아, 그것참, 확실하다니까 그러시네. 좋습니다. 무슨 내기를 하면 되겠습니까?"

굳이 마다할 것도 없다는 듯 성검은 쉽게 내기에 응했다. 어차피 모르는 처자의 치마를 들추고 무슨 색 속곳을 입었는지 확인할 방도는 없다. 그러니 빈 내기가 될 것은 뻔한 이치다.

"진 사람이 저 처자 엉덩이를 힘껏 갈기고 도망가기."

"예? 음회회회! 좋습니다. 까짓 하기로 하지요."

"음, 좀 둔한 구석은 있어도 화끈해서 좋군. 마음에 들어. 자, 그래서 다시 한 번 기회를 주지. 다른 색을 말해 봐."

"글쎄, 얼굴만 봐도 안다니까요. 빨간색 분명합니다!"

성검은 팔짱을 낀 채 느긋하게 말했다.

"기회를 줬는데도 미련하게 구는군. 나 금룡모는 확실하지 않으면 내기를 안 하는 성격이지. 나 같으면 아마 직접 확인을 해본 후 대답했을 거야."

"음회회, 아무리 말씀하셔도 소용없습니다. 그런다고 빨강이 파랑으로 변합니까?"

"쯧쯧, 틀렸어. 노란색이야. 자네 말대로 도화기가 있는지 취향이 좀 별나긴 하군. 망사거든."

"예? 무슨 근거로……."

"이것 보게. 노란색 맞지?"

금룡모가 소매에서 노란 속곳을 꺼내 성검의 눈앞에서 흔들어댔다.

"그럼 이게 저 처자의……."

"당연하지. 내가 훔쳐 왔다네."

"마, 말도 안 되는……."

성검의 표정이 애매하게 굳어졌다.

"의심스러우면 가서 확인해 보게, 저 처자가 속곳을 입고 있는지 안 입고 있는지. 뭐, 직접 치마를 들추고 확인하든 물어보든 그건 자네 맘대로 하시게."

"음회회! 누가 속을 줄 아십니까? 저 그렇게 미련한 놈 아닙니다. 저를 굴복케 하시려면 금 선생이 직접 확인시켜 주십시오."

성검은 완강하게 밀어붙였다. 여기서 밀리면 차기 맥주의 체면이 땅바닥에 처박힌다. 게다가 금룡모가 사기를 치고 있을지도 모르는 일이다. 아니, 분명하다. 아무리 둔해도 속곳이 없어진 걸 모르는 여자가 있을 리 없다. 하지만 금룡모는 그저 빙긋이 웃어 보일 뿐이다.

"좋아, 따라오게. 내가 치마를 들어 올린 다음 달아나지. 만약 저 처자가 속곳을 입고 있지 않다면 자네는 약속대로 저 처자의 엉덩이를 힘껏 갈겨야 해."

"……!"

금룡모의 확신에 찬 말이 성검을 얼마간 당혹스럽게 했다.

잠시 후, 성검의 손을 이끌고 포목점 앞으로 간 금룡모는 태연하게 처자의 치마를 들어 올렸다. 그 순간, 그녀의 얼굴이 백짓장처럼 하얗게 변했다. 하지만 성검의 눈이 닿은 곳은 그녀의 얼굴이 아니다.

"······!"

아무것도 없었다······.

"자, 이제 자네 차례네."

성검을 향해 씨익, 웃어 보인 금룡모는 인파를 헤치며 냅다 달아나기 시작했다.

"까아악―!!"

너무 놀라 얼음처럼 굳어 있던 여인이 뒤늦게 얼굴을 가리며 비명을 내질렀다. 포목점으로부터 소란이 일더니 기어코는 행인들까지 걸음을 멈춘 채 여인과 그 옆에 멍하니 서 있는 성검을 번갈아 쳐다보았다.

'우라질······. 환장하겠군!'

성검은 두 눈을 질끈 감은 채 여인의 엉덩이를 힘껏 갈겼다. 그리고 초상비의 신법으로 날듯이 인파를 가르며 달렸다.

"치한이다!"

"저놈 잡아라!! 저 인간 말종을 잡아라―!!"

한낮의 저자가 아수라장이 되어가고 있었다.

그렇게 시작된 금룡모의 수업은 소매치기와 잠행술(潛行術), 경신법 등 다양한 분야로 이어졌다. 문제는 첫날 그랬듯 대부분 실전을 통해 교육받은 탓에 툭하면 사람들에게 쫓겨 다녀야 했다는 점이다. 때로는 저자에서, 때로는 술집에서, 심지어는 관부에서까지 성검은 훔치고 달아나고 다시 훔치고를 반복했다.

금룡모! 천하의 도둑놈.

나중에 안 일이지만 금룡모는 색(色)하고는 담을 쌓은 인물로, 나이 쉰이 넘도록 아직까지도 숫총각이었다. 색마 수업? 성검이 잘못 짚어도 한참 잘못 짚은 셈이다.

어쨌거나 금룡모의 방대한 기술들은 결코 열흘 만에 배울 수 있는 게 아니었다. 하지만 시간이 촉박한 만큼 금룡모는 자신의 기술들을 체계적으로 기술한 '신투비기(神偸秘記)'를 넘기는 것으로 수업을 마쳤다.

다만, 수업이 끝난 후에도 금룡모는 운우몽에 머무르며 가끔씩 성검에게 보충 수업을 해주곤 했다. '신투비기'의 기술들이 워낙 고난도였기 때문이다.

두 번째 과목은 도박. 선생은 삼수였다.

삼수의 첫 수업은 기루 운우몽에서 멀지 않은 도박장에서 시작되었다. 도신 만박자의 직계 제자라는 그는 살모사 눈이나 음산한 음성 때문에 왠지 첫인상이 좋지 않았다. 금룡모와 함께 관부를 털거나 저자에서 쫓길 때보다 더 고약한 수업이 될 것 같았다.

하지만 막상 도박장에 들어서자 성검은 기분이 묘해졌다. 무불사의 여시주들을 상대로 가끔 심공 몰래 옷 벗기 마작을 하기는 했어도 돈 걸고 돈 먹기식의 도박은 처음이었다. 그럼에도 도박장의 돈이 다 내 돈처럼 여겨지는 게 영 심상치 않았다.

"자, 어떤 도박으로 덤비겠느냐?"

도박장을 둘러보던 삼수가 다짜고짜 물었다.

"삼수 선생, 난 도박이 처음이오. 음회회. 하지만 규칙이 어렵지 않은 도박이라면 무엇이든 응하겠소. 나도 삼수 선생 못지않게 빠른 손을 지녔으니 꿀릴 게 없지 않겠소?"

"케헤헤헤! 그래? 그나저나 이야기를 듣자하니, 네가 색마 밑에서 컸다며? 케헤헤. 너도 그 색마 늙은이랑 그렇고 그런 사이 아니냐? 색마들은 남녀를 안 가린다고 하던데. 케헤헤. 생긴 것도 계집애처럼 생겼겠다, 가뜩이나 적막한 절간이겠다, 무슨 일이 벌어졌는지 알 게 뭐야. 안 그러냐? 케헤헤. 하긴 은하대맥에선 그런 전력(前歷) 따위는 따지지 않으니 신경 쓸 것 없느니라. 자, 어떤 도박이 좋을까?"

"……!"

하마터면 주먹이 날아갈 뻔했다. 하지만 성검은 용케 참았다. 자기를 자극해 심기를 어지럽히려는 게 목적임을 알고 있었기 때문이다.

"케헤헤. 제법 참을성이 있는 놈이군. 그래, 당연히 그래야지. 아, 마침 자리 한 군데가 비었구나. 저기 앉아서 둘이 투전이나 해볼까?"

"투전이요? 어허, 내가 투전은 잘 모르는데……. 그럼 어떻게 하는건지 좀 가르쳐 주고 하십시오."

"이놈, 사이비 중놈이 투전을 모른다니? 절간에서 투전하는 거 말고할 짓이 없었을 텐데? 차라리 부처를 모른다고 하면 믿겠다. 벌써부터사기 칠 생각이나 하고……. 케헤헤. 그래, 상대를 속이는 것 역시 도박의 기본이지. 하지만 상대를 자극하고 속이는 것 따위는 모두 하수들이나 하는 짓이야. 네가 진정 나를 이기고 싶다면 먼저 너 자신을 속여야 한다. 그래야 고수를 상대할 수 있지."

"쩝! 정말 말이 많구려. 혹시 말을 많이 해서 내 머리를 혼란스럽게하려는 거 아니오?"

"케헤헤. 바탕이 된 놈이군. 좋다. 그럼 시작해 볼까?"

삼수와 성검은 곧 이인용 탁자에 마주 앉아 종목을 정하고 둘이 하기에 적당한 규칙을 만든 후 곧장 패를 돌렸다.

그들이 택한 종목은 일종의 갑오잡기였다. 사람[皇], 물고기[龍], 새[鳳], 꿩[鷹], 별[極], 말[乘], 노루[虎], 토끼[鷲] 등 팔목(八目)으로 이루어진 총 팔십 장의 패 한 벌 가운데에서 물고기와 새, 즉 용(龍)과 봉(鳳)의 이목(二目)만을 추린 총 이십 장을 한 벌로 끗수 싸움을 하는 것이다.

용 목과 봉 목은 각기 일에서 십까지의 숫자가 매겨져 있다. 그 패를 한 사람이 두 장씩 받아 합하면 이에서 이십까지가 나온다. 그런데 합한 숫자가 십을 넘어서게 될 경우엔 십을 빼서 계산하게 된다. 즉, 십일에서 십구까지의 숫자를 일에서 구로 계산하는 것이다. 합한 수가 칠일 경우와 십칠일 경우 모두 칠로 계산된다는 얘기다. 그런 까닭에 두 장이 합쳐져 만들어질 수 있는 가장 높은 수는 구와 십구. 두 경우 모두 구, 즉 갑오다. 어차피 십은 영이나 다름없으니까…….

또한 같은 숫자가 두 장 들어올 땐 땡이라 하여 갑오보다도 높게 쳐진다. 땡에는 일땡에서 십땡까지 모두 열 개의 땡이 있는데, 이때는 구땡이 아닌 십땡을 최고로 친다. 이외에 다양한 족보가 있으나 합의 하에 모두 생략하기로 했다.

두 사람은 각자 황금 오백 냥씩 나눠 가지고 판을 벌였다. 자금은 모두 삼수가 댔는데, 어디까지나 교육을 위한 것이었으므로 실제 황금이 아니라 그저 종이 쪽지에 황금 오백 냥이라고 장난스럽게 쓴 후 흰 바둑알 마흔아홉 개, 검은 바둑알 열 개씩 나누어 가졌을 뿐이다. 흰 바둑알은 황금 십 냥, 검은 바둑알은 황금 일 냥으로 계산하기로 한 것이다.

판이 돌고 한동안은 성검의 우세였다. 운이 좋았던 것인지 제법 높은 패가 들어와 승수를 높일 수 있었다. 하지만 삼수는 지극히 태평하게 탐색전을 이어갔다. 그는 크게 먹을 수 있는 판엔 적게 먹고, 적게 먹을 수 있는 판엔 아예 패를 덮어 죽어버렸다.

그렇게 반 시진가량이 지날 즈음 성검의 판돈은 황금 칠백 냥 정도가 되었고, 삼수의 판돈은 삼백 냥 정도로 줄어들었다. 가랑비에 옷 젖는다고, 큰 싸움이 없었음에도 삼수의 판돈이 눈에 띄게 줄어든 것이다.

하지만 다시 반 시진가량이 지나자 상황은 급변했다. 어떻게 된 것이 삼수의 패는 성검의 패보다 꼭 한두 끗 정도 높게 나왔다. 그런 탓에 패가 좋으면 좋을수록 성검은 크게 잃었다.

"어허, 자네 갑오를 잡았군. 어쩐지 과하다 싶게 판돈을 올리더니……. 그런데 이걸 어쩌나, 나도 갑오일세. 케헤헤, 하지만 내가 선이었으니 이번 판도 내가 이겼군."

"아니, 이거 정말 이상하지 않습니까? 어떻게 매번 나보다 한두 끗 높거나 똑같은 패가 나올 수 있지요? 혹시 손장난 치고 있는 거 아닙니까?"

성검이 정색을 하고 물었다. 사실 여간 의심스러운 게 아니었다. 하지만 삼수는 방긋거리며 태연하게 대답했다.

"케헤헤. 혹시라니? 당연히 내가 장난을 치고 있으니 그렇게 되는 거지. 하지만 안 들키면 되는 거 아냐?"

"도박판에서 손장난하다 걸리면 손목이 잘려 나간다는 건 잘 알고 있겠지요!"

"물론이지. 그런 규칙 덕분에 난 이제껏 도박판에서 잃어본 적이 없어. 생각해 보게. 자네는 돈을 걸고 도박하지만 난 내 손목을 걸고 도박을 하고 있어. 그러니 당연히 내가 이기지 않을까? 케헤헤헤헤."

"……."

결국 그날 성검은 채 두 시진을 버티지 못하고 판돈을 모두 잃었다. 하지만 그가 돈을 잃은 것은 삼수가 손장난을 했기 때문이 아니다. 심리전에 말려들었을 뿐이다. 삼수의 숨겨진 손 하나를 찾는 데 열중하느라 도박에 집중하지 못했고, 그로 인해 자신과 상대의 패를 읽어내지 못했다. 질 수밖에 없는 도박이었다.

"케헤헤. 내놔!"

바둑알을 모두 긁어모은 삼수가 헤벌쭉이 웃으며 손바닥을 내밀었다.

"예?"

"노름이 끝났으니 이제 이 바둑알을 황금으로 바꿔줘야 하지 않겠어?"

"그게 무슨……. 음회회, 이거 그냥 교육 차원에서 하기로 한 거잖아요."

성검이 순박하게 웃었다. 얼마간 비굴하게 느껴지기도 했지만…….

"쯧쯧, 제 아비와 똑같은 말을 하는군. 맞아, 교육 차원에서 했지. 하지만 내기는 내기야. 교육은 교육이고 돈은 돈이란 말이야. 원래 내 수업료는 비싸. 두 시진에 황금 오백 냥이면 수업료의 절반 값이라고 볼 수 있어. 생각해 봐. 나 같은 노름귀신이 맘먹고 덤벼들었다면 황금 오백 냥쯤은 반 시진, 길어야 한 시진에 긁어모을 수 있거든."

"그거야 그렇겠지만… 저 돈 없는데요?"

"케헤헤, 그거 배 째란 얘기지? 케헤헤헤. 좋아, 좋다구. 난 며칠 전 약속했던 것처럼 자네에게 황금 오백 냥의 빚을 씌웠으니 그것으로 만족하지. 하지만 자넨 이제 내가 원할 땐 언제든 배를 째야 해. 알았지?"

"……."

성검은 굳게 입을 다물었다.

이후 열흘간 그는 삼수에게서 도박에 관한 모든 것을 배웠다. 삼수는 생명이 잉태되는 것 자체가 도박이고, 죽는 것, 사후(死後)의 세계 또한 도박에 의해 결정된다고 믿는 사람이었다.

한번은 성검이 '에이, 사기 치지 말아요. 죽는 게 무슨 도박이에요' 하고 따졌다가 한 대 호되게 얻어맞았다. 물론 성검은 따지기 전에, 따질 경우 자기가 삼수에게 한 대 맞는다는 쪽에 혼자 내기를 걸었고, 결국 이긴 셈이다.

어쨌든 삼수의 대답은 간단명료했다.

"죽음은 신의 도박이다."

즉, 신은 날마다 눈에 띄는 인간들을 내려다보며 쟤가 오늘 죽는다, 안 죽는다 점치고 있다는 것이다. 왜? 심심하니까. 물론 죽고 안 죽고는 신의 뜻이다. 쉽게 말해 저 혼자 짜고 치는 투전인 셈이다.

사실 삼수가 가르친 것은 단순히 투전 패를 돌릴 때 세 장을 네 장으로 만들고, 마작할 때 수를 어떻게 조작하고 하는 따위의 저급한 기술이 아니었다. 그는 상대의 심리를 읽는 것, 그리고 그 심리를 움직여 자멸하게 하는 방식 등 사람 자체를 움직이는 기술을 가르쳤다.

또한 이미 말했듯 그가 말하는 도박이란 단순한 도박판의 도박이 아니다. 모든 상황을 도박으로 엮고, 주무르는 것을 말한다. 가령 전쟁을 일으키는 것도, 그 전쟁을 승리로 이끄는 것도 모두 도박이다. 즉 얼마간의 위험 부담을 안고 상대의 것을 취하려는 일체의 행위가 도박인 셈이다.

따라서 삼수는 도박에서 이기기 위한 모든 계략을 가르쳤다. 다른

이의 힘을 빌어 적을 벤다는 차도살인지계(借刀殺人之計), 상대에게 족쇄를 채운 후 공격한다는 연환계(連環計), 적의 첩자를 역이용한다는 반간계(反間計) 등 온갖 병법의 원리와 실전……

물론 그렇다고 해서 돈 놓고 돈 먹기식의 도박이 완전히 배제된 것은 아니었다. 삼수는 틈틈이 투전이나 주사위 따위의 도박을 벌여 성검에게 어마어마한 빚을 지게 했으니까.

어쨌거나 마지막 날 삼수는 금룡모가 그랬듯 이제껏 자신의 기술들을 체계적으로 기술한 비급 '박희생사결(博戲生死訣)'을 넘기는 것으로 종강했다.

성검은 종강 기념으로 삼수에게 관부 지하 감옥을 구경시켜 주기로 했다. 금룡모에게 탈옥 수업을 받는 동안 재미 삼아 몇 번 가본 경험이 있는 곳이다. 덕분에 사형수들도 몇 명 사귀어놓았는데, 성검과 삼수는 그곳에서 사형수들과 투전을 하는 것으로 뒤풀이를 했다.

다행히 성검은 그 판에서 그동안 삼수에게 빚진 돈을 모두 갚았다. 도박에 이겨서 그런 것은 아니고, 삼수의 탈옥을 돕는 조건으로…… 일종의 연환계 혹은 차도살인지계라고도 볼 수 있는 수법이었다.

2

세 번째 수업.

성검이 가장 염려했던 락사매의 수업이 시작되었다. 그것도 삼수와의 밤샘 도박으로 녹초가 된 새벽녘에……

"오호호. 착한 제자인걸? 벌써 옷을 벗고 침상에 누워 있다니 말이야. 그래, 나 락사매는 너처럼 말 잘 듣는 아이를 좋아한단다. 자, 뭐부터 가르쳐 줄까?"

문단속을 하지 않은 게 실수였다.

은밀히 방으로 들어선 락사매는 다짜고짜 침상 위의 성검을 덮치며 뜨거운 입김을 내뿜었다.

"으, 으허어—"

막 잠에 들려던 성검은 뭔가 물컹한 것이 가슴을 짓누르는 순간 기겁하며 일어섰다.

"오호호호, 놀라긴. 그러니까 더 귀엽군. 설마 숫내기는 아니겠지?"

"헉— 저, 저리 가시오!"

성검은 벌레가 스멀거리며 기어다니는 듯한 느낌에 몸서리치며 락사매를 확 밀쳐 냈다. 새벽녘의 미명이 공포에 떠는 성검의 얼굴을 적나라하게 비추었다.

"어라? 너 정말 숫내기구나. 오호호호— 이게 몇 년 만인지 모르겠군. 나 락사매가 모처럼 별미를 먹게 생겼어."

침상 끝으로 밀려났던 락사매가 천천히 몸을 일으켜 세웠다. 그녀는 묘한 미소를 흘리며 아슬아슬하게 걸쳐 있던 나삼 자락을 어깨 아래로 흘려 내렸다.

"헉—"

락사매의 농익은 몸매가 고스란히 드러났다. 아무것도 걸치지 않았다. 늙고 추한 얼굴과는 달리 싱싱하고 탄력있는 가슴, 풍만한 둔부와 잘록한 허리가 아름답게 곡선을 이루고 있었다.

"자, 이제 시작해 볼까? 스읍—"

늘씬한 한쪽 다리를 침상 위에 걸친 락사매가 혀를 날름거렸다.

"뭐, 뭘 시작해요? 제발 이러지 말아요."

한순간 락사매의 농염한 몸매에 현혹되었으나 성검은 곧 정신을 가다듬으며 두 손을 휘저어 그녀의 접근을 막았다. 사실 정신을 수습하는 게 그다지 어렵지는 않았다. 락사매의 얼굴로 시선을 옮기자마자 뜨겁게 달궈지려던 욕구가 싸늘하게 식었으니까.

'어휴, 정말 지독한 추녀군. 내가 숫내기 같아 보여? 내 전력을 알면 깜짝 놀랄걸? 하지만 당신 같은 여자는 사절이야.'

성검은 목을 뒤로 꺾어 락사매의 얼굴을 뚫어져라 쳐다보았다. 까무잡잡한 피부에 비뚤어진 콧날, 길게 찢어진 데다 짝짝이기까지 한 눈. 누런 이가 그대로 드러나는 큼직한 입. 따로 떼어놓고 보아도 형편없는 이목구비가 제 편할 대로 합쳐진 얼굴은 박색 중에서도 빼어난 박색이었다.

"왜? 나 락사매가 마음에 안 드니?"

"그, 그렇다기보다는 내, 내가 원래 정절을 목숨보다 중요하게 여기는 사람이라구요. 흐흐흑, 그러니까 제발 이러지 말아요."

"오호호호! 그래? 그럼 어디 한번 혀 깨물고 죽어봐. 그럼 널 안 건드릴게."

락사매가 침상 위로 올라서서 성검의 눈앞에 탱탱한 가슴을 들이밀며 은근한 어조로 말했다. 소름이 돋을 만큼 뇌쇄적인 음성이었다.

성검은 눈앞에서 출렁거리는 가슴을 보는 순간 숨이 탁 막히는 것을 느꼈다. 아랫도리가 뻐근해지더니 뭔가 뜨거운 것들이 몸속을 휘돌기 시작했다.

'환장하겠군. 이렇게까지 덤비는데 그냥……. 에비비비! 지금 내가 무슨 생각을 하는 거지? 시선 돌려!

성검은 이번에도 고개를 홱 꺾어서 락사매의 얼굴을 빤히 쳐다보았다.

'휴― 그냥 한순간에 식어버리는군. 정말 끔찍한 얼굴이야.'

안도의 한숨을 내쉬는데, 락사매가 묘한 웃음을 머금기 시작했다.

"애야, 한번 만져 볼래?"

그녀는 한 손으로 성검의 눈을 가린 후 다른 한 손을 끌어 가슴에 가져다 댔다.

물컹―

온몸이 짜르르 울렸다.

'얼굴!'

화들짝 놀란 성검이 손을 밀쳐 내며 다시 락사매의 얼굴에 시선을 고정시켰다. 하지만 소용없었다.

'끄아아― 젠장……! 어떻게 저런 생각까지 했을까?

어느새 락사매의 얼굴은 검은 면사로 가려져 있었다. 살짝 가려져 있기 때문일까? 오히려 묘한 흥분을 불러일으킬 뿐이다.

어쩔 수 없었다. 성검은 두 눈을 질끈 감은 후 곧추세운 무릎 사이로 얼굴을 묻어버렸다.

"흐흑, 제발 이러지 말라니까요. 맞아요, 저 숫내기예요. 아직 떫어서 먹어도 별맛 없어요. 그리고 무슨 수업이 이래요? 호호흑."

"호호, 제법 질기군. 물론 원하지 않는다면 굳이 강요할 수 없는 게 남녀 관계지. 하지만 강호에선 달라. 채양보음술(採陽補陰術)로 공력을 훔치거나 미혼약으로 미쳐 날뛰게 만든 다음 쉽사리 숨통을 끊어놓기도 하지. 자, 나도 자존심이 상해서 더 이상 강요하지는 못하겠어. 호호, 대신 널 발정난 강아지로 만들 생각이야."

"⋯⋯!"

성검은 심상치 않은 낌새를 채고 고개를 들었다. 그 순간 뭔가 미세한 가루가 자신을 덮치고 있는 게 보였다.

"흡!"

다급히 팔을 휘저으며 호흡을 멈추었으나 늦었다. 이미 한 홉 정도의 숨이 숨통을 타고 들어갔다.

"오호호호! 자, 이제 날 즐겁게 해줄 차례야."

락사매가 침상 한쪽에 몸을 걸치며 자기 몸을 천천히 애무하기 시작했다. 정신이 아찔할 정도로 음탕한 손놀림이었다. 면사 사이로 언뜻언뜻 드러나는 얼굴은 극렬한 환희에 젖어들고 있었다. 락사매 역시 자신이 뿌린 미혼약에 취해가고 있는 것이다.

'차, 참기 힘들다!'

성검의 두 눈에 핏발이 섰다. 혈관을 타고 흐르는 불덩어리가 온몸을 태워가기 시작했다. 점점 격해져 가는 애무로 인해 락사매의 얼굴을 가렸던 면사가 벗겨졌으나 이번엔 쉬이 식지 않았다. 오히려 흥분으로 붉어진 그녀의 얼굴이 더 자극적으로 다가왔다. 천하의 박색이던 락사매가 천상선녀처럼 아름다워 보였다. 게다가 그녀의 입술을 비집고 나오는 교성이 성검의 몸을 친친 감아 돌며 옥죄기 시작했다.

'아, 안 돼! 난 쉽게 무너지지 않아. 흐으으⋯⋯ 하지만 가지고 싶다⋯⋯. 으, 으아아악!'

성검은 자신도 모르게 락사매를 향해 다가가기 시작했다. 팽창할 대로 팽창한 아랫도리가 금방이라도 터져 버릴 것 같았다.

'이, 이렇게 무너질 순 없어!'

락사매의 둔부 위로 손을 뻗어가던 성검은 볼 살을 꽉 깨물었다. 뜨거운 핏물이 목을 타고 넘어갔다. 한순간 번쩍 정신이 들었다. 하지만 그것이 이미 몸 전체로 퍼진 불덩이를 잠재우지는 못했다.

"으아아악—!"

성검은 고함을 지르며 침상에서 뛰어내려 문을 박차고 밖으로 뛰쳐나갔다.

"우물! 우물이 어디 있었지?"

성검은 풀어헤쳐진 잠옷만 걸친 채 우물을 향해 내달렸다. 운우몽의 아침이 그렇게 열리고 있었다.

미혼약에 중독된 성검은 우물로 뛰어들었다가 기녀들의 도움으로 해독약을 먹게 되었다. 결국 목숨보다 귀하다는 정절을 지켜낸 셈이다. 조금 낡은 정절이긴 하지만……

성검은 정신을 차린 후에도, 남은 십사 일을 어떻게 버틸까 하는 생각으로 골머리를 앓아야 했다.

그런데 일은 의외로 쉽게 풀렸다. 성검과 동시에 미혼약에 중독되었던 락사매가 음욕을 참지 못한 채 운우몽 여기저기를 헤집고 돌아다니다가 무심코 금룡모의 방에 들어갔다. 그리고 거기에서 사단이 나고 말았다. 술에 곯아떨어져 있던 금룡모는 기겁하며 자신을 덮쳐 온 락사매를 밀쳤으나 결국 그녀에게 정복당하고 말았다. 락사매가 미혼약을 뒤집어쓰고 있었으므로, 그 가루에 금룡모 역시 중독된 것이다.

어쨌거나 두 사람은 꼬박 두 시진에 걸쳐 뒤엉켜 놀았고, 약효가 바닥난 후에도 떨어질 줄 몰랐다. 락사매가 천하의 우물이라면 금룡모는 도둑질로 단련된 강인한 하체로 그녀를 만족시키는 데 부족함이 없었던 것이다.

이후 락사매는 밤마다 금룡모의 처소를 찾아들게 되었고, 금룡모 역시 늦게 배운 도둑질에 시간 가는 줄 몰랐다.

결국 락사매는 성검의 수업조차도 귀찮다는 듯 자신의 비전절기를 기술한 '요부경(妖婦經)'을 던져 주는 것으로 종강했다. 그 책에는 대륙과 새외의 방중술은 물론 천하제일을 다투는 다양한 색공들이 정리되어져 있었다.

성검은 애당초 그것을 익힐 생각이 없었다. 하지만 최소한 그런 음탕한 사공(邪功)으로부터 자신을 지켜내는 데는 큰 도움이 될 듯해 보관해 두기로 했다.

그는 이번에도 락사매를 관부의 지하 감옥으로 데리고 가서 불쌍한 사형수들을 익은 감과 덜 익어서 떫은 감으로 구분한 후, 락사매가 마음껏 시식하게 하는 것으로 뒤풀이를 하려 했다. 하지만 그녀가 금룡모의 처소로 직행하는 바람에 뜻을 이루지 못했다.

네 번째 과목.

살수 촌철살은 다른 선생들과는 조금 달랐다. 그는 좀체 성검 앞에 모습을 드러내지 않았으며, 무엇을 배워야 한다거나 하는 식의 고리타분한 훈계를 전혀 하지 않았다.

"애야, 열흘 동안만 살아남으면 된다."

촌철살은 외눈을 반짝이며 음산하게 말한 후 모습을 감추었고, 그때부터 성검의 구사일생 생존기가 시작되었다.

"끄아아아악─"

조심스럽게 주위를 살피며 문밖으로 나가던 성검이 비명과 함께 고꾸라졌다. 문지방에서 한 자쯤 되는 높이에 천잠사(天蠶絲)가 수평으로 묶여 있었다.

천잠사는 설산에 산다는 천잠(天蠶)이 짠 비단실로, 워낙 가늘고 투명해 좀체 눈에 보이지 않으나 질기고 단단해 살수들이 즐겨 사용한다. 성검도 거기에 속수무책으로 당하고 만 것이다.

하지만 정작 섬뜩한 것은 다음 순간이었다. 성검이 넘어지는 것과 동시에 문 앞 탁자에 세워져 있던 꽃병이 바닥에 떨어져 산산이 부서졌다. 그런데 그 위치가 정확히 성검의 얼굴이 닿는 부분이었다.

"타핫!"

성검은 본능적으로 몸을 옆으로 뉘며 오른손 중지와 검지로 바닥을 찍어 충격을 완화했다. 그리고 곧장 왼쪽으로 몸을 눕혀 왼손 엄지와 중지, 검지로 다시 바닥을 찍어 튕기면서 몸을 일으켰다.

온몸을 훑고 지나가는 한기를 느끼며 한숨을 내쉬는데, 이번엔 머리 위에서 선반이 무너져 내렸다. 그 바람에 선반에 놓여 있던 항아리들이 우르르 쏟아졌다.

"핫!"

성검은 빠르게 쌍수를 뻗어 머리를 덮치고 있는 선반과 항아리를 박살 냈다.

그런데 그게 실수였다. 쨍그랑, 소리와 함께 항아리 안에 담겨 있던 액체가 성검의 온몸을 적셨다. 나머지 항아리들 역시 바닥에 떨어져 깨졌고, 그 안의 액체들이 흥건하게 복도를 적셔 나갔다.

"젠장, 이거 너무하는군."

성검은 투덜거리며 얼굴의 물기를 손바닥으로 쓸어내렸다. 뭔가 불길했다. 미끌미끌한 것이 분명 등잔을 밝히는 데 쓰는 청어 기름이다.

"……!"

섬뜩한 생각이 머리를 스쳐 지나가는 바로 그 순간, 아니나 다를까, 선반 옆에 놓였던 화등이 툭 떨어지며 기름에 불길을 옮겼다.

"정말 환장하겠다아—!"

성검은 다급히 뒤로 물러섰고, 복도를 따라 대청으로 달리기 시작했다.

도대체 기름의 순도가 얼마나 되는지는 알 수 없으나, 불길은 빠르게 성검을 덮쳐 왔다. 게다가 바닥은 온통 기름에 젖어 얼음판보다 미끄러웠다. 한 번만 발을 헛디뎌 넘어져도 그대로 청어 기름에 구워진 고기가 될 판이다.

"끼히히—"

어디선가 촌철살의 기분 나쁜 웃음소리가 들려왔다.

어찌어찌해서 대청까지 무사히 달아나기는 했으나, 이후에도 몇 가지 복병이 기다리고 있었고 정말 구사일생으로 목숨을 건져 냈다. 그렇게 시작된 촌철살의 수업은 이후 열흘간 성검에게 제대로 된 공포를 맛보게 했다.

실제로 성검은 접시 물에 빠져 죽는다거나 뒤로 넘어져 코가 깨지고, 생선 가시에 찔려 죽고, 느닷없이 날아온 돌멩이에 맞아 죽는 따위의 모든 상황이 누군가의 치밀한 계획에 의한 것일 수 있다는 사실을 절실히 깨달았다.

열흘 내내 성검은 밥 한 끼 편하게 먹지 못했고, 천장이 무너져 내릴까 봐 잠도 못 잤다. 방 안에 있으면 집이 무너질 것 같았고, 밖에 나가면 날벼락이 떨어져 내릴 것 같아 나가지도 못했다. 일상이 주는 공포……. 성검은 비로소 공포의 본질을 알아가기 시작했다.

촌철살의 수업이 모두 끝날 즈음 성검은 말 그대로 피골이 상접한 몰골이었다. 두 눈은 퀭하게 눈두덩 안으로 틀어박혔고, 늘 황망히 주위를 살폈으며, 입술은 풍 맞은 사람처럼 바르르 떨렸다.

마지막 날, 촌철살은 '살법대사전(殺法大事典)' 이라는 비서를 성검에게 건네주었다. 그 책은 무려 구십육 권으로 이루어졌으며, 제일권에는 '책을 읽다가 죽지 않는 비법' 이라는 부제가 붙어 있었다.

그 외 '살법대사전' 에는 추적술과 금룡모의 것과는 얼마간 다른 잠행술, 직감과 오감을 향상시켜 위험에 대비하는 심법, 일상 속의 살인 진식 등 방대하고 세세한 내용들이 빼곡하게 들어차 있었다.

어쨌든 네 번째 과목의 종강을 축하하는 뒤풀이는 성검의 간곡한 설득으로 생략되었다.

제2장

추향각의 용병 무사

　교육을 마친 성검은 다시 막귀안의 대장간으로 거처를 옮겼다.

　하지만 그것으로 은하대맥의 일원이 된 것은 아니다. 대장간으로는 사흘에 한 번 꼴로 두세 명의 손님이 찾아왔다. 그들은 반 시진에서 한 시진에 걸쳐 성검의 몸을 살피거나 면담을 했다.

　그런 반복된 작업은 근 한 달에 걸쳐 이어졌다. 일종의 검증 작업으로, 은하대맥의 핵심 인물이 되는 데 부족함이 없는지를 판가름하기 위한 절차였다.

　그들은 복장이나 나이, 말투로 보아 각계에 몸담고 있는, 서로 다른 부류의 사람들이었는데 놀랍게도 그중에는 관부의 인물이나 황족도 있었다.

　그 한 달 동안 성검은 은하대맥의 조직이 의외로 견고하고 방대하다는 사실을 깨달았다. 단순히 천검궁을 상대하기 위해 조직된 단체라고 보기 어려울 정도로.

어둠침침한 방 안.

막귀안과 성검 두 사람만이 소탁을 사이에 두고 마주 앉았다. 아직 날이 저물지 않았지만 막귀안은 일찌감치 대장간 문을 닫았다. 드문 경우다.

"오늘 수뇌부에서 연락이 왔다. 너를 인정한다는 답변이었다."

담담하게 말한 막귀안이 비단 보자기를 소탁 위에 올려놓았다.

"음회회! 제 사상이나 자질에 별문제가 없었던 모양입니다?"

성검은 당연한 결과라는 듯 씨익, 웃으며 보자기를 풀었다.

보자기 안에는 작은 목함이 하나 들어 있었다. 목함을 열자 서찰 한 장과 네 치 길이의 옥패(玉牌)가 모습을 드러냈다. 일곱 개의 홍점이 찍힌 옥패로, 한중간에 '각(角)'이란 글자가 양각되어 있었다.

"그런데 이게 뭡니까?"

성검은 고개를 갸우뚱하며 물었다.

"은하대맥 내에서 비밀리에 행동하는 조직 가운데 살성(殺星)의 집단이 있다. 그들은 총 이십팔수(二十八宿)로 이루어졌으며, 각각 동방칠수(東方七宿), 서방칠수(西方七宿), 남방칠수(南方七宿), 북방칠수(北方七宿) 등 네 개의 집단으로 다시 나뉜다. 네 앞에 있는 옥패는 이 중 동방칠수의 우두머리를 뜻하는 영패(令牌)이니라."

"예? 그럼 맥주가 아니란 말씀입니까?"

"맥주?"

"예. 전 아버지 뒤를 이어 제가 은하대맥의 맥주가 될 거라고 생각했거든요. 솔직히 뼈대로 보나 자질로 보나 원통한 사연으로 보나 당연히 제가……."

뿌루퉁한 표정으로 말하던 성검이 말끝을 흐렸다. 막귀안의 눈이 매섭게 빛나고 있었기 때문이다.

"흥! 정말 진지해질 수 없게 만드는 녀석이구나. 그렇게 따진다면 나이로 보나 명성으로 보나 짬밥으로 보나 내가 맥주가 되게? 다시는 그런 농담 하지 말거라. 네 아비와 너는 다르다. 일검수의 경우, 모든 면에서 맥주의 자질을 지닌 이였다. 하지만 그조차도 몇 년의 경력을 쌓은 후에야 맥주가 되었다."

"……?"

성검의 눈에 당혹감이 스쳤다. 이제껏 그는 은하대맥이 일검수 개인의 사조직 정도라고 생각해 왔던 것이다.

막귀안의 말은 계속 이어졌다.

"은하대맥은 숱한 별들의 집합체다. 비록 일검수가 맥주의 자리에 앉아 그들을 이끌었으나, 그것은 어디까지나 과거의 일이다. 일검수는 천검궁으로 향하기 전 이미 맥주의 자리를 내놓았다. 천검궁을 치는 것을 놓고 수뇌부와 갈등이 있었기 때문이다. 결과가 어떠했느냐? 은하대맥의 조직이 막대한 손실을 입었을 뿐이다."

"……!"

"사실 너를 은하대맥에 들이는 데 오랜 시간을 지체한 이유도 네가 일검수의 아들이라는 점 때문이었다. 너 역시 일검수처럼 복수심으로 인해 우리 은하대맥을 위태롭게 하지는 않을까 염려했던 것이지. 하지만 다행히 너는 사상 검증을 통과했고, 비로소 조직에 가입하게 되었다. 네게는 묘하게도 복수심이 없었거든……."

막귀안은 진지한 표정으로 성검을 쳐다보았다.

"그렇다면 어르신은 왜 저를 사비객에게 맡긴 겁니까? 제가 은하대맥에 들어올 수 없을지도 모르는 상황이라면 교육이 무의미하지 않습니까."

"그건 별개의 문제다. 어차피 사비객은 일검수에게 충성을 다짐한 이들이었고, 후계자를 구하는 상황이었으니까. 이미 말하지 않았느냐. 사비객의 정체에 대해선 일검수와 나 이외에는 아무도 모르지. 비록 그들이 지금 은하대맥에 소속되어 있긴 하지만 그것은 일검수를 모시기 위해서였다. 그들의 뿌리는 어디까지나 황교에서 파생된 신비종교 신비류이고, 그들은 신비류의 유일한 생존자들이다. 아마도 그들 대에서 신비류도 막을 내리게 될 것이다. 비록 네가 그들의 제자가 되기는 했으나 네 길은 따로 있을 테니 말이야."

"한 가지 더 궁금한 게 있습니다."

고개를 숙인 채 무엇인가를 곰곰이 생각하던 성검이 불쑥 입을 열었다.

"무엇이냐?"

"은하대맥의 수뇌들은 어째서 아버지가 천검궁을 치는 일에 반대했던 것입니까? 어차피 천검궁을 치기 위해 만들어진 결사대가 아니었습니까? 맥주를 사지로 보내면서까지 그들이 지키려 했던 게 무엇입니까?"

"……!"

이제껏 담담하던 막귀안의 표정에 그림자가 드리워지기 시작했다. 하지만 그것도 잠시, 무겁게 닫혀 있던 입이 천천히 열렸다.

"천검궁이 천검궁만이 아니듯 은하대맥 역시 은하대맥만이 아니다."

"……?"

"이제껏 네가 본 천검궁은 강호를 일통한 거대집단일 뿐이다. 하지만 그게 천검궁의 모든 것은 아니다. 천검궁은……."

잠시 한숨을 내쉰 그는 한동안 성검의 얼굴을 쳐다보다가 계속해서 말을 이었다. 그 이야기는 성검을 놀래키기에 충분했다.

천검궁! 막귀안의 말에 따르면 그들은 어느 순간부터 역천(逆天)의 움직임을 보이기 시작했다. 즉 황실을 뒤집어엎고 대륙의 진정한 주인이 되려는 야심을 품은 것이다. 실제로 천검궁주 역천휘는 강호를 일통한 이후 지난 이십여 년간 상계와 정계는 물론 왕가와 군부에까지 은밀하게 세력을 넓혀왔다.

그것은 천검궁 내에서도 역천휘에게 충성하고 있는 소수의 수뇌들만이 알고 있는 급비로, 지난 봄에 벌어진 풍뢰검 황보검웅의 모반 역시 무관한 일이 아니었다. 황보검웅이 목숨을 걸고 역천휘를 제거하려 했던 것은 그를 제거하는 것으로 대륙 전체를 송두리째 삼키려는 야심이 있었기 때문이다.

다만 황보검웅은 황실 내의 암투를 이용하기보다는 왜나라 살수 집단의 힘을 빌었다는 점이 다를 뿐이다. 어쨌거나 부궁주였던 황보검웅의 모반은 실패로 돌아갔고, 천검궁은 그 일을 계기로 조직을 완벽하게 재정비했다.

일면, 그 모반이 역천휘에게 타격을 주었을 것으로 생각할 수도 있지만 실상은 정반대였다. 모반을 평정하는 것으로 역천휘의 지위는 확고해졌다. 그의 뒤를 노리거나 은밀히 암중 세력을 키우려는 일체의 움직임이 뿌리 뽑혀진 것이다.

더욱이 황보검웅이 독자적으로 개척한 왜나라와의 거래가 새롭게 역천휘의 주도 아래 놓이게 되었다. 이제 역천휘는 황제와 불편한 관계에 있는 몇몇 왕야를 포섭하는 것은 물론 군부, 상계, 정계, 왜나라의 막부와도 혈맹을 맺게 되었다. 그것은 그야말로 폭풍의 집단이다. 현재 천검궁의 군사력만으로도 황실의 안위를 위태롭게 할 수 있는데 여기에 여러 세력이 가세했으니 조만간 대륙에 혈풍이 일 것은 당연한 일이다.

하지만 아무리 황제가 나약하고, 당쟁이나 모반으로 더럽혀진 조정이라 하더라도 충신과 애국지사들은 있게 마련이다. 그들은 역천휘를 비롯한 황실의 역당들을 견제하기 위해 하나의 세력을 규합했는데, 그게 바로 은하대맥이었다.

은하대맥! 결국 그 신비집단은 일검수 류추영 등의 강호 세력과 무너져 가는 나라를 어떻게 해서든 지켜내려는 충신 세력의 연합체였다.

거기에 천검궁과 손을 잡고 횡포를 부리고 있는 거상에 반발한 상인들, 간신들에 의해 변방으로 밀려난 장수들이 속속 가세하고 있어 지하의 거대세력으로 성장해 가는 중이다.

지난 세월, 천검궁에 저항해 투쟁했던 일검수 류추영이 맥주의 자리에 올라 그들을 이끌어왔다. 그러나 모든 결정권이 그에게 주어졌던 것은 아니다. 은하대맥이 각자의 이권을 목적으로 뭉친 연합체였기 때문이다.

원래 은하대맥은 각계각층을 대표하는 열두 명의 수뇌부 유천십이성(幽天十二星)으로 구성되어 있다.

류추영을 비롯한 유천십이성은 천검궁을 치기 위한 거사를 오랫동안 준비해 왔지만 거사 시기를 놓고 갈등을 일으켰다. 이십여 년 가까이 정보를 수집하고 세력을 키워왔음에도 천검궁은 쉽사리 허점을 보이지 않았던 것이다. 섣불리 움직일 경우 은하대맥의 존재가 천검궁에

포착될 것이고, 그렇게 되면 큰 타격을 입을 수밖에 없다.

하지만 류추영의 입장에서는 답답할 수밖에 없었다. 천검궁은 더욱 강성해지는데, 유천십이성은 쉽게 움직이려 하지 않았다. 그들로선 자신들이 결정적인 위기에 처하지 않는 한 모험을 감행하고 싶지 않았을지도 모른다.

결국 참다못한 류추영은 독자적으로 거사를 일으키게 되었다. 거기엔 나름대로의 이유가 있었다.

천검궁의 천하가 이십여 년 넘게 유지되어 왔다. 향후 십 년만 더 지난다면 강호라는 말 자체가 사라질 것은 뻔한 이치였다. 이미 한 세대가 흐른 이상, 과거 정파의 웅대한 이상은 영영 잊혀지게 될 것이므로……

하지만 결국 류추영은 실패했고, 그로 인해 최근 은하대맥은 큰 혼란에 휩싸이게 되었다.

"음……"

이야기를 듣고 난 성검은 아찔한 현기증을 느꼈다.

그는 비로소 자신이 상대해야 할 적의 실체를 보게 된 것인지도 모른다. 너무 거대해서 감히 뛰어넘을 수 없을 것 같은 벽……. 그게 바로 천검궁이다.

"비록 은하대맥의 일원이 되긴 했으나, 현재 너는 일개 살수일 뿐이다. 네가 일검수의 아들이라는 사실 역시 수뇌부 중에서도 극히 일부만이 알고 있다. 게다가 네 아비가 그랬듯 네가 맥주가 된다 해도 은하대맥을 마음대로 좌지우지할 수 있는 것도 아니다."

막귀안은 잠시 성검의 표정을 살폈다. 그리고 긴 한숨을 내쉰 후 다시 입을 열었다.

"지금이라도 늦지 않았다. 네 길이 아니라 여겨진다면 탈퇴하거라. 물론 비밀을 유지하기 위해 너를 해치려는 자가 있을지도 모른다. 하지만 그것은 내가 막겠다. 다만, 기회는 지금뿐이다. 더 깊게 발을 담그게 된다면 그때는 네 마음대로 탈퇴할 수 없게 된다. 어쩌겠느냐?"

"……?"

아무 말도 할 수 없었다. 너무 갑작스럽게 알게 된 비밀이고, 감당하기 힘겨울 만큼 무거운 비밀이다. 성검은 한동안 목함 안의 영패를 들여다볼 뿐이었다.

"생각할 시간이 필요한 게냐?"

"아닙니다. 이미 말씀드렸듯 이곳에 온 것은 아버지의 유지 때문입니다. 아버지가 원하신 일이니 따르겠습니다."

성검은 결연한 표정으로 답했다.

강호의 현실이 그렇다면 따르는 수밖에 없었다. 세상의 질서를 바꾸는 것은 어차피 쉬운 일이 아니다.

성검은 있는 그대로를 받아들이기로 했다. 그리고 바로 그 순간, 그에겐 은하대맥의 살성 동방칠수의 수장 '각' 의 신분이 주어지게 되었다.

성검에게 처음으로 주어진 임무는 하남성 일대의 패권을 장악하는 일이다. 그 작업은 낙양의 유흥가를 정리하는 것으로부터 시작된다.

목함 안에 영패와 함께 들었던 서찰에는 그 임무에 필요한 자세한 정보와 행동 강령이 세세하게 적혀 있었다.

정보에 의하면 현재 낙양의 유흥가는 세 개의 폭력 조직에 의해 장악된 상태다. 그들은 각각 흑랑파(黑狼派), 철화방(鐵花房), 청천문(靑天

門)이며 가장 큰 세력을 지닌 곳은 흑랑파다.

시궁창에 쥐가 꼬이듯 유흥가가 있는 곳이라면 어디든 폭력 조직이 개입될 수밖에 없다. 낙양이라고 해서 다를 바 없다. 하지만 문제는 낙양의 세 개 폭력 조직의 뒤를 봐주는 곳이 바로 천검궁이라는 데 있었다.

강호를 일통한 천검궁이라 해도 재정의 확충은 주요한 과제가 아닐 수 없다. 무력으로 양민의 재산을 착취할 수도 없는 것이고, 농사를 짓거나 장사를 할 수도 없는 일이다.

물론 천검궁 내에서 자체적으로 표국이나 경호 사업 등 정상적인 사업체를 운영하는 데다 많은 상인들이 자금을 대고 있다. 하지만 그것만으로 대륙 전체에 세력을 둔 거대방파를 유지하기는 힘든 상황이었다. 그렇다고 각 지부나 산하에 있는 각 방파에 무리하게 세금을 거두는 일도 쉽지 않았다. 그렇게 하다가는 자칫 불만이 쌓여 이탈을 꿈꾸게 될 것이기 때문이다.

결국 천검궁은 유흥가 주변의 폭력배들을 부추겨 조직을 만들게 했고, 그들의 뒤를 은밀히 돌봐주며 매달 상납금을 받아왔다. 비단 낙양의 유흥가뿐 아니라 대륙 전체에 그런 식으로 마수를 뻗친 것이다.

그런데 낙양의 세 조직은 유독 횡포가 심했다. 그들은 단순히 기루나 주점으로부터 세금이란 명목으로 돈을 착취하는 데서 끝나는 게 아니라 인신매매에까지 손을 뻗쳤다.

물론 그 정도라면 굳이 은하대맥이 위험을 무릅쓰고 개입하는 일은 없었을 것이다. 하지만 최근 흑랑파와 철화방, 청천문 그들 세 조직이 낙양의 거상인 계원엽에게까지 손을 뻗친 것이 문제가 되었다.

계원엽은 비교적 평판이 좋은 상인으로 아직 천검궁과 얽히지 않은 거상이었다. 그러다 보니 자연히 은하대맥에서 관심을 가질 수밖에 없었다. 은하대맥 역시 재정의 확충은 중요한 문제였고, 계원엽 같은 거상을 포섭한다면 크게 도움이 될 것이므로.

성검이 맡은 임무 역시 그것과 무관하지 않았다. 낙양의 유흥가를 장악한다는 것은 곧 흑랑파와 철화방, 청천문의 해체를 의미하며, 그것은 결국 계원엽을 보호하는 일이다.

이번 임무를 수행하는 데는 성검 외에도 여섯 명의 무사가 더 추가되었다. 그들이 바로 은하대맥의 살성 동방칠수의 나머지 살수들이다.

살성 이십팔수, 그리고 동방칠수……. 하나같이 빼어난 살수들이지만 이번 임무에서도 알 수 있듯 그들은 단순히 암살 임무만을 맡는 게 아니다. 은하대맥의 사업에 관계된 모든 일을 떠맡는 전천후 조직이다.

하지만 성검은 정작 며칠이 지나도록 동방칠수의 나머지 살수들을 만날 수 없었다. 후에 안 일이지만, 그들 여섯 명은 낙양에 새로운 조직을 만드는 임무를 띠고 이미 비밀리에 잠입한 상태였기 때문이다.

하남성 낙양.

역대 아홉 왕조가 도읍을 두었던 고도. 용문석굴과 대륙 최초의 절 백마사가 유명하며, 성 외곽의 경관 역시 아름답기 그지없다. 숱한 묵객과 시인, 사상가들이 낙양을 중심으로 활동한 이유도 그런 빼어난 경관 때문이다.

하지만 노자, 두보와 이백, 취음선생(醉吟先生) 백거이 등의 숱한 사상가와 문인들만이 낙양을 사랑한 것은 아니다. 대륙의 모든 사내들이 낙양을 동경하고 사모했다.

술과 여인. 낙양의 홍등가는 성 외곽의 풍경만큼이나 매혹적이다. 이곳 여인들은 선이 곱다. 바람만 가볍게 불어도 넘어갈 듯 가냘프며, 금세 눈물을 쏟아낼 것처럼 크고 애잔한 눈을 지녔다.

대륙의 화가들은 늘 낙양의 여인들을 그리고 싶어했다. 그 여인들의 초상은 곧 미인도로 화하기 때문이다.

하지만 그것은 어디까지나 동경 가득한 시선으로 바라보는 사내들의 입장일 뿐이다. 꽃에도 그늘은 있게 마련이다. 화류계의 꽃이라면 더욱더…….

추향각(追香閣).

삼층 누각으로, 원래는 전통을 지닌 기루였지만 최근 주인이 바뀌며 주루로 업종을 바꾸었다. 술을 따르는 여인들은 있으되, 몸을 파는 여인은 없다. 그런데도 술맛이 일품이어서 낙양의 주당들을 일시에 단골로 만들었다.

낙양에 입성한 성검이 제일 먼저 찾은 곳이 바로 추향각이었다.

성검은 느릿하게 걸음을 옮기며 주루의 분위기를 살폈다. 한낮임에도 손님들이 가득 들어차 있었다. 문사나 상인이 대부분을 차지했으며 기녀들의 모습은 어쩌다 한두 명씩 보일 뿐이다.

삼층 남향의 창가에 자리를 정한 성검은 점소이에게 죽엽청과 연자탕을 주문한 후 창밖으로 눈길을 돌렸다. 멀리 낙양의 풍경이 한눈에 내려다보였다.

잠시 후 술과 안주가 나오자 성검은 빈 잔에 술을 따른 후 천천히 들이켰다. 은은한 향이 입 안에 감돌았다.

어스름이 자리 잡을 때까지 성검은 그 자리에 앉아 그렇게 술잔을 채우고 또 비웠다. 누구를 기다리는 것도 아니고, 무엇을 해야겠다는 생각이 있는 것도 아니었다. 그저 조용히 술잔을 기울이고 해의 방향이 바뀌는 것을 지켜보았을 뿐이다.

날이 완전히 저물면서 주루는 더욱 붐볐다. 밤을 기다렸던 주당들이 빈자리를 가득 매우면서 주루 안은 시끌벅적한 잡담과 술 냄새, 연초 냄새로 가득 찼다. 성검은 그때까지도 자리 뜰 생각을 하지 않았다. 그렇다고 많은 술을 마신 것도 아니다. 천천히, 아주 천천히 술잔을 비워갔다. 다만 청등이나 홍등으로 가득 찬 거리 풍경이 질렸는지, 시선을 돌려 주루 안을 살핀다는 게 다르다면 다른 점이었다.

성검이 자리를 뜬 것은 자시(子時)가 시작될 무렵이었다. 그는 조용히 일어나 술값을 치른 후 주루를 빠져나갔다.

다음날 오시(午時)를 갓 지난 시각에 성검은 다시 추향각을 찾았다. 그리고 전날 앉았던 자리에 앉아 또 죽엽청을 주문한 후 자시까지 말없이 술잔을 기울였다. 그날도 아무 일이 일어나지 않았다.

다음날, 또 다음날……. 성검은 하루도 빼놓지 않고 추향각을 찾았다. 그사이, 주루에서 일하는 점소이들은 물론 술을 따르는 계집들 얼굴을 익혔다. 자연스럽게……

그렇게 아흐레가 흘렀다. 성검은 그날도 주루가 문을 열 시각에 추향각을 찾았다. 늘 앉던 자리에 앉아 늘 그렇듯 창밖에 시선을 주었다.

"헤헤. 손님, 오늘도 오셨군입쇼. 죽엽청과 연자탕을 올리면 되겠습지요?"

점소이가 밝게 웃으며 상체를 굽실거렸다. 어느새 성검은 추향각의 단골이 된 것이다.

"추향각은 무척 조용한 곳이군."

"예? 헤헤. 그, 그런가요?"

"그래. 원래 술집에선 주정뱅이나 왈패들 때문에 곧잘 싸움이 벌어지곤 하지 않나?"

"헤헤, 모르시는 말씀입니다요. 우리 추향각만 하더라도 주인님이 바뀌어 새롭게 주루를 열었을 때 꽤나 소란스러웠습니다. 이곳 낙양의 유흥가를 장악하고 있는 흑랑파와 청천문, 철화방이 번갈아가면서 들이닥쳐 집기를 부수고 손님들을 내몰곤 했습지요."

"어째서?"

"헤헤. 주인님이 세금을 내지 않았기 때문입니다. 우리 주인님은 아마도 이번 사업이 처음인지 도통 이곳의 분위기를 알지 못하더군입쇼. 나라에 세금을 내면 됐지 왜 왈패들에게까지 돈을 뜯겨야 하냐고 펄쩍 뛰셨습니다. 덕분에 우리 아랫것들만 고생했습지요. 주인님은 어쩌다 한 번 주루에 얼굴을 내비치는데, 정작 주먹패들과는 한 번도 마주친 적이 없습니다. 그러니 우리만 된통 얻어맞을 수밖에요."

점소이는 생각만 해도 치가 떨린다는 듯 몸서리까지 쳐가며 이야기했다.

"관부에 알려 그자들을 잡아들이면 될 것 아닌가."

"예? 손님도 참 답답하십니다요. 관리들이 제 역할을 하면 주먹패들이 조직을 만들 수나 있었겠습니까? 다 도둑놈들입니다. 아니, 관리들이 더 큰 도둑놈들입지요. 관부에 고발을 하면 바로 그날 밤 그 가게와 주인은 묵사발이 됩니다요. 관리 놈들이 폭력배들에게 꼰지르는 게지요. 그러니 겁이 나서 어떻게 고발을 할 수 있겠습니까."

점소이는 참 순진한 사람 보겠다는 듯 쯧쯧, 혀까지 차기 시작했다.

"하지만 이상하군. 나는 지난 열흘 가까이 이곳에 들렀지만 한 번도 소란이 이는 것을 보지 못했는걸?"

"운이 좋았던 겁니다요. 결국 주인님이 두 손을 드셨거든요. 주방장은 물론 점소이들까지 몽땅 짐을 챙겨 떠나고, 주루는 매일 같이 부서지고 하다 보니 안 되겠다 싶었던 게지요. 그래서 두어 달 전부터 세금을 내기 시작한 겁니다. 하지만……."

점소이가 긴 한숨을 내쉬며 말끝을 흐렸다.

"하지만 뭐지?"

"오늘은 너무 오래 계시지 마십시오."

"그건 또 왜지?"

느긋하게 술을 따르던 성검이 가볍게 웃으며 물었다.

"어휴, 속 터지는 일이 생겼습지요. 도대체 무슨 생각인지 몰라도 주인님이 보름 전쯤에 무사 삼십여 명을 사들였습니다. 그리고 이번 달 세금을 내지 말라고 명령을 내리셨지요. 흑랑파를 상대로 한판 붙을 생각인가 봅니다요. 그런데 아마도 그게 오늘이 될 겁니다. 바로 오늘이 세금 바치는 날이니까요. 젠장, 또 우리 점소이들만 죽어나게 생겼습니다. 손님도 괜히 험한 꼴 당하실 수 있으니 일찌감치 들어가십시오. 에휴, 내 정신 좀 보게. 주방 일 좀 도와달라고 했는데 이렇게 수다만 떨고 있었느니……. 헤헤, 뭐 필요한 게 있으면 불러주십시오, 손님."

쟁반을 받쳐 든 점소이는 한차례 허리를 꺾어 인사한 후 휙 등을 돌렸다. 문을 열자마자 들이닥친 성검 때문에 미처 하지 못한 일이 남은 듯했다.

"이보게, 한 가지만 더 물어보면 안 될까?"

"뭡니까요, 손님?"

어정쩡하게 뒤돌아선 점소이가 물었다.

"자네 주인이 사들였다는 무사들은 지금 어디에 머물고 있지?"

"헤헤. 요 앞 객잔에 머물고 있습니다요. 하나같이 우락부락한 게 섬뜩하게 생겼지만 아무리 그래도 서른 명으로 흑랑파를 상대한다는 건 말이 안 됩니다요. 흑랑파에는 우이경이란 항우장사가 있습지요. 그야말로 괴물입니다요."

"우이경이라……. 어쨌든 고맙네."

말을 마친 성검은 주머니에서 은전 한 닢을 꺼내 가볍게 손가락으로 퉁겼다.

짜르르릉—

은전은 점소이가 들고 있는 쟁반 위에 정확히 떨어졌다.

"헤, 헤헤헤. 감사합니다요, 손님."

뜻하지 않은 횡재에 점소이의 입이 헤벌쭉이 벌어졌다. 하지만 한편으론 은전을 날리는 성검의 솜씨에 고개를 갸우뚱할 수밖에 없었다.

2

성검은 평소와 다름없이 느긋하게 술을 마시며 날이 저물기를 기다렸다.

지난 아흐레는 더없이 지루한 나날이었다. 하지만 그런 시간도 오늘로 끝이다. 바로 내일부터 낙양에서의 세력 싸움이 본격적으로 시작될 것이다.

사실 추향각은 은하대맥에서 사들인 주루다. 그리고 건너편 객잔에 있다는 무사들 역시 이번 임무를 수행하기 위해 동원된 용병 무사들이다. 물론 그중 여섯 명은 성검 휘하에 있는 동방칠수의 살성들이었다.

막상 한 조직의 수장이 되었지만 성검은 아직 그들의 얼굴조차 보지 못했다. 예정대로라면 성검은 내일 아침 이 주루에 들러 주인 채승옥과 만나기로 되어 있었다. 동방칠수의 살성들을 인계받는 것도 그 자리에서다.

하지만 성검은 적절히 신법을 펼치며 예정보다 아흐레나 먼저 낙양에 도착했다. 그리고 느긋하게 추향각의 술과 음식을 즐겨왔다. 특별한 이유가 있었던 것은 아니다. 그저 달리 할 일이 없었기 때문이다.

성검은 낙양으로 출발하기 전에 몇 차례 채승옥과 서신을 주고받았다. 시시때때로 채승옥에게 이곳의 사정을 전해 듣고, 적당한 대처 방안을 논의하기도 했다. 세금을 내지 말라고 지시한 것도 성검이다. 이제 서서히 상대를 자극할 필요가 있었으므로…….

추향각에서 소란이 일기 시작한 것은 술시(戌時)가 조금 넘어서였다.

아래층에서 왁자지껄한 욕설이 들리는가 싶더니 얼마 지나지 않아 탁자가 부서지고 접시 따위가 깨지는 소리가 이어졌다. 하지만 성검은 그저 묵묵히 홍등이 빛을 발하고 있는 거리에 눈길을 주었다. 아직 나설 때가 아님을 알고 있었기 때문이다.

소란이 더욱 거세진 것은 채 반 각의 시간도 지나지 않아서다. 사내들의 비명이 터지기 시작했고, 잠시 후엔 도검이 맞부딪치는 소리까지 들려왔다. 별일 아니라는 듯 술을 마시던 손님들이 하나둘 일어나 계단 아래로 내려갔다. 그들 역시 뭔가 큰일이 터졌음을 비로소 깨달은 것이다.

'음회회! 이쯤에서 나도 구경이나 하러 갈까?'

무심한 표정으로 술을 마시던 성검의 얼굴에 가느다란 미소가 그어졌다. 그러지 않아도 무게 잡고 술을 마시는 일이 질리던 참이었다.

"흥! 어디서 굴러온 놈인지는 알 수 없으나 히, 우리 흑랑파를 건드려? 네놈들은 물론 추향각의 현판 역시 오늘부로 땅에 묻히게 될 것이다!"

계단을 내려간 성검이 제일 먼저 본 사내는 흰색 무복을 걸친 삼십 대의 장한이었다.

그런데 그는 큰소리치는 것과는 달리 이미 코피를 쏟아내고 있었다. 게다가 바닥에는 같은 복장의 사내 십여 명이 신음을 흘리며 나뒹구는 중이다.

"다시 한 번 지껄여 보거라!"

장한 앞에 서 있던 사내가 매섭게 눈을 치뜨며 한쪽 주먹을 들어 올렸다.

그는 갈색 마의를 입었는데, 그야말로 섬뜩한 인상이었다. 얼굴에 난 검상 때문이었다. 왼쪽 검미에서 오른쪽 하관까지, 오른쪽 검미에서 왼쪽 하관까지 굵직한 흉터가 대각선으로 엇갈려 나 있었다. 분명 누군가에게 몹쓸 짓을 당한 게 분명했다. 그 흉터는 누가 보기에도 고의적인 것이었으니까.

사내의 손에는 한 자 길이의 도끼가 들려 있었다. 무기로 쓰이기보다는 나무 조각을 할 때나 어울릴 법한 갸름한 손도끼였다.

"입술이 찰싹 달라붙기라도 한 게냐?"

"……"

마의 사내의 매서운 눈빛 때문이었을까. 독기를 머금었던 장한은 한 차례 바르르 몸을 떨 뿐 아무 말도 하지 못했다.

"그래, 기회를 주지."

빠드득, 이 갈리는 소리와 함께 사내의 손이 가볍게 움직였다.

스팟—

손도끼가 예리한 파공음을 내며 장한의 목을 가볍게 스쳐 갔다. 그리고 그대로 나무 벽에 꽂혀 버렸다. 섬전처럼 빠른 움직임이었다.

"흡!"

짧은 신음을 내지르며 두 눈을 꼭 감았던 장한이 슬며시 눈을 떴다. 목에는 가느다란 혈선이 그어져 있었다.

"가서 네놈 일당을 몽땅 이끌고 와보거라. 나 고독부(孤獨斧) 현현경이 한꺼번에 장작 쪼개듯 쪼개줄 테니."

"……!"

장한은 잠시 눈을 끔뻑거리다가 그대로 등을 돌려 주루를 빠져나갔다.

"와아! 대단한걸?"

"그러게 말이야. 지금 달아난 놈은 흑랑파의 십팔미호(十八尾狐) 아닌가. 아주 사특하고 잔혹한 놈이지."

"맞아, 아주 질 나쁜 쉬키지."

흑랑파의 장한이 달아난 후에야 술꾼과 점소이들이 탄성을 내지르기 시작했다.

그들은 아주 통쾌해하면서도 한편으론 고독부 현현경에게 얼마간 두려움을 느끼는 듯했다. 물론 잔뜩 술에 취해 앞뒤 분간을 못하는 자들도 있었지만…….

"꺼억, 무슨 차력이 이렇게 시시해? 푸헤헤. 이번엔 이마로 도끼 날을 찍어봐. 그럼 내가 오늘 다 쏜다!"

"맞아, 시시해. 차라리 계집이 나와서 옷 벗으면서 뱀을 목에 두르는 거 뭐 그런 걸 해봐. 딸꾹! 헤헤. 왜 땅이 움직이지?"

한편 계단 한중간에 서서 현현경을 바라보던 성검의 눈빛엔 이채가 어렸다.

'고독부 현현경? 기도가 예사롭지 않은 자군. 음회회. 아마도 동방 칠수 가운데 한 명이겠지. 제법 쓸 만하겠어……'

현현경과의 첫 만남. 그것은 곧 동방칠수와의 첫 만남을 의미했고, 앞으로 어떻게 그들을 다룰 것인지를 고민하게 하는 순간이기도 했다.

막귀안에게 듣기로, 동방칠수는 이번에 새롭게 조직되었다. 기존의 동방칠수 살성들이 한꺼번에 죽었기 때문이다. 그들은 천검궁에서의 모반 이후 역천휘를 암살하는 임무를 띠고 천검궁으로 잠입했었다. 일 검수와의 일전으로 인해 역천휘가 적지 않은 내상을 입었다는 정보를 입수했던 것이다.

하지만 결과는 참담했다. 그들은 역천휘의 처소에 잠입하기도 전에 발각되었고, 그것이 끝이었다. 세 명의 살수가 궁을 넘어 달아나기는 했지만 채 남진관을 벗어나지 못한 채 척살되었다. 그것도 천검궁의 무사들이 아닌 왜국의 인자들에 의해서……

후에 밝혀진 것이지만, 역천휘는 이미 왜국의 낭인 집단과 은밀하게 교류를 해왔다. 부궁주였던 황보검웅이 왜나라 최고의 낭인 집단 흑천설야와 연합해 모반을 준비하는 동안 역천휘 역시 그것을 충분히 대비했던 셈이다.

왜나라에는 흑천설야와 경쟁 관계에 있는 낭인 집단이 몇 개 있는데 역천휘는 그들 가운데 다섯 번째로 세력이 큰 야검진성(夜劍辰星)과 결탁했다.

야검진성. 흑천설야와는 달리 그들은 막부와 모종의 협약을 맺고 활동하는 살수 집단이다. 그렇다고 정치에 깊게 관여하는 것은 아니었다. 다만 막부에서 할 수 없는 일들을 청탁받고, 그에 따른 보상을 철저하게 받고 있다. 그들 집단의 안위와 세력 확장 과정에서 생기는 문제들을 막부가 은밀하게 해결해 주곤 했던 것이다.

역천휘가 굳이 다섯 번째로 큰 세력에 관심을 가진 것도 그런 이유에서였다. 첩자들을 통해 왜나라의 정세를 읽고 있던 역천휘로선 왜국 막부와 교섭할 수 있는 단체를 원했고 그게 바로 야검진성이었다.

사실 야검진성이 천검궁의 사주를 받은 것은 이번이 처음이 아니었다. 이십여 년 전 정파연합과의 대전에서도 그들은 적지 않은 역할을 했다.

하지만 천검궁이 그 싸움을 승리로 이끈 후 야검진성은 대륙에서 자취를 감추었다. 당시엔 일종의 용병으로 활동한 것에 불과했으므로……

그런데 그들이 최근 다시 대륙에 잠입해 천검궁의 일을 돕고 있다. 그렇게 해서 그들 야검진성이 무엇을 얻을 수 있는지는 아직 알 수 없지만 한 가지만은 분명해졌다. 역천휘는 역천을 꿈꾸고 있으며, 거기엔 왜국의 막부까지도 관여되어 있다는 점…….

'음……. 굳이 다시 삼층까지 갈 필요는 없겠지?'

난장판이 된 주루를 돌아보던 성검은 구석 자리의 식탁으로 천천히 걸어갔다. 아직 싸움이 끝나지 않았음을 알기 때문이다.

"헤헤. 손님, 추향각이 결코 조용하지만은 않다는 사실을 깨달으셨지요?"

아까 은전을 받았던 점소이가 쪼르륵 달려와 가볍게 웃었다.

"삼층 자리는 내버려 두고 여기 새로 술상을 차려줄 수 있겠는가?"

"예? 하지만 이렇게 엉망이 되었는데 굳이 여기서 술을 드셔야겠습니까요? 당장 청소를 시작해야 하기 때문에……."

"나는 절간에서 큰 사람이라 조용한 것을 아주 싫어한다네. 새 소리, 풍경 소리, 바람 소리…… 뭐, 그런 것들 외의 소음을 좋아하는 편이지. 먼지가 풀풀 날려도 상관없으니 그냥 술이나 가져다 주게."

성검은 이번에도 주머니에서 은전 한 닢을 꺼내 점소이의 소매 안에 집어넣었다.

"이, 이러실 필요까지는 없는뎁쇼. 헤헤, 헤헤헤헤."

점소이는 잠시 주위를 둘러보다가 곧장 주방 쪽으로 사라졌다.

"애야, 여기에도 술 좀 내오너라!"

구경꾼들이 사라진 후 식탁 하나를 차지해 앉았던 현현경이 크게 소리쳤다. 그는 굳이 난장판이 된 곳에서 술을 마시려는 성검이 이상하다는 듯 간혹 눈길을 주었다. 얼마간의 의혹이 담긴 눈빛이었다.

잠시 후, 식탁이 무너져 내리는 소리가 들렸고 현현경이 화들짝 놀라 일어섰다.

"어이쿠, 이런……! 이 식탁에도 금이 가 있었던 모양이군. 그러고 보니 저놈들에게 수리비를 단단히 받아내야겠어. 쩝. 그나저나 식탁이 무너졌으니 어쩐다? 서서 술을 마실 수도 없는 노릇이고……."

현현경이 주루를 둘러보며 투덜거렸다.

마침 주루엔 성한 식탁이 성검의 것밖에 남지 않았다. 나머지는 모두 박살이 난 것이다.

'음회회! 미련하게 생겨먹은 자가 잔머리도 쓸 줄 아는군? 이렇게 되면 하루 앞당겨 인사를 나누게 되는 것인가?'

필요 이상으로 크게 지껄여 대고 있는 현현경의 목소리를 들으며 성검은 가볍게 미소 지었다. 그가 일부러 식탁을 망가뜨렸음을 짐작하고 있었던 것이다.

아니나 다를까, 괜스레 투덜거리던 현현경이 성검에게 천천히 다가왔다.

"하하. 형씨, 초면에 실례지만 동석을 하면 안 되겠소? 보시다시피 남아 있는 식탁이라곤 이거 하나밖에 없으니……."

성검은 묵묵히 고개를 들어 현현경을 바라보았다.

언뜻 그의 얼굴이 '흉(凶)' 자처럼 생겼다는 생각이 들었다. 얼굴을 가로지르고 있는 두 개의 흉터 때문이다.

"그럽시다. 나는 화관필이오. 어차피 술벗이 없어서 적적했는데 잘 됐소이다. 어서 앉으시오. 하, 하, 하!"

'하, 하, 하? 역시 음회회처럼 자연스럽지는 않아. 하지만 거부감을 주지 않기 위해선 어쩔 수 없는 노릇이지. 열심히 노력해 보는 수밖에…….'

성검은 어색하게 웃으며 빈자리를 가리켰다.

화관필. 비밀 임무를 수행하기 위해 새로 지은 이름이다. 당분간 주먹패로 행세해야 할 그로서는 류씨 가문의 명예를 생각해 어쩔 수 없이 가명을 사용하기로 했다.

"고맙소. 나는 현현경이오. 달리는 고독부라고도 불립니다. 이놈 때문에 그런 별난 외호를 얻게 되었다오. 이상하게도 이 도끼는 내가 사람 사귀는 것을 싫어하지요. 그래서 나와 친했던 이들은 모두 이 도끼에 맞아 죽었다오."

현현경은 나무 벽에서 뽑아온 도끼를 툭 떨어뜨리며 말했다.

퍽—

아무렇게나 떨어진 도끼가 식탁에 찍히며 둔탁한 소리를 냈다. 언뜻 성검의 배포를 시험하거나, 그것도 아니라면 원래 성격이 그런 듯했다.

"하, 하, 하! 현 형, 저놈의 도끼는 질투가 무척 심한가 보오. 대륙의 법도에 따라 저런 놈은 칠거지악의 죄로 엮어서 내쳐야 하는데……."

"……!"

현현경의 눈빛이 갑자기 매섭게 변했다.

"하지만 이놈은 내 조강지처나 다름없소. 어린 시절부터 나랑 많은 고생을 같이했단 말이오. 그러니 앞으로는 이놈을 상대로 그런 농담은 하지 마시오."

"……?"

'어라, 이자가 지금 내게 시비를 거는 거야? 음……. 농담도 안 통하는 무서운 놈.'

성검이 살짝 인상을 찌푸리는데 마침 점소이가 술과 안주를 내왔다.

"헤헤, 그새 사귀셨습니까요? 하긴 술은 혼자 마시는 것보다야 둘이 마시는 게 낫습지요. 그래야 건배라도 할 거 아닙니까요?"

점소이가 죽엽청과 장어구이를 내려놓으며 살갑게 굴었다.

성검은 참 성격 좋은 점소이라고 생각하면서도 짐짓 인상을 찌푸렸다.

"사귀다니? 이보게, 현 형의 조강지처 앞에서는 말조심하시게."

"예? 그게 무슨……."

"하, 하, 하! 농담일세."

"아, 예……."

점소이는 고개를 갸우뚱하며 뒤돌아섰다.

하지만 현현경은 자기가 놀림을 받았다고 생각한 것인지 얼굴이 벌
겋게 달아올랐다. 갸름한 눈매도 더욱 가늘어졌다.

"화 형, 지금 나를 비웃는 거요? 나는 농담도 싫어하지만 조롱당하
는 것도 싫어하오!"

"그, 그렇소? 음……. 그 외에 또 싫어하는 것이 있으면 미리 말씀해
주시오. 현 형하고 술 마시다간 취하는 게 아니라 체하겠소."

'아, 그놈 정말 성질 더럽네. 솔직히 저 도끼에 죽어 나간 놈들은 이
작자랑 친해서 죽은 게 아니라 실수로 농담 잘못해서 죽은 걸 거야.'

성검은 그냥 주먹이라도 한 방 날려줄까 생각하다가 좀 더 지켜보기
로 했다. 어차피 내일이면 상하 관계가 분명해질 테니까.

하지만 현현경의 얼굴은 더욱 벌게져 있었다.

"방금 그 말도 혹시 농담 아니오?"

"예? 내가 무슨 농담을 했다고……."

"취하는 게 아니라 체하겠다고 하지 않았소. 아무리 생각해도 내겐
농담으로 들리는데……."

"……?"

현현경이 점점 황당하게 나오자 성검도 은근히 짜증이 치밀었다. 조
직을 위해 적어도 현현경만은 매로 다스려야겠다는 생각도 스쳤다.

"음회회! 현 형 도끼한테 한번 물어보시오, 내 말이 농담인지 조롱인
지. 원래 애처가들은 조강지처와 모든 걸 상의하지 않소?"

"뭐요, 지금 내게 시비 거는 거요?"

"이런 우라질! 내가 웃는 건 이상해도 인간성 좋다는 얘기를 수도 없
이 들은 사람이오. 시비를 걸었다면 현 형이 먼저 걸었겠지!"

"이런! 정말 한판 붙어보자는 거요?"

현현경이 노성을 터뜨리며 자리에서 벌떡 일어섰다.

하지만 성검은 태연했다. 어디부터 어떤 방식으로 때려야 할지 생각하는 것만으로도 머리가 복잡했던 것이다.

주루의 총관이 헐레벌떡 달려온 것도 그 순간이었다.

"현 대협, 큰일났습니다. 흑랑파에서 떼로 몰려오고 있습니다."

"……?"

성검을 노려보며 씩씩거리던 현현경이 인상을 찌푸렸다. 당연히 벌어질 일이 벌어지는데 왜 그렇게 호들갑스럽냐는 듯이.

사실 주루는 꽤나 어수선했다. 이층과 삼층에 있던 손님들이 점소이들의 안내를 받으며 우르르 빠져나가기 시작했다. 큰 싸움이 벌어질 것을 예상한 총관이 일찌감치 점소이들을 시켜 손님들을 대피시키고 있었던 것이다.

"대협, 객잔에 가서 무사들을 데려올까요?"

"흥! 저런 피라미 같은 녀석들을 상대하는 데 군이 그럴 필요 없네. 어쨌든 여기 이 손님은 내보내지 말게. 나와 볼일이 남았으니 말이야."

"하지만 이제 곧 난장판이 될 텐데 괜히 대협이 다치시기라도 하면 어쩝니까. 흑랑파는 그, 그렇게 만만히 볼 상대가 아닙니다. 게다가 지금 이곳으로 오는 놈들이 한두 놈이 아닙니다. 족히 오십 명은 되는 듯한 데다 하나같이 무기도 들고 있습니다. 아무래도 오늘 우리 추향각을 박살 낼 모양입니다."

"오십 명? 음……. 생각보다는 화끈한 놈들이군. 전면전은 내일쯤 벌일 생각이었는데 말이야. 알았네. 어차피 나는 우두머리만 상대하면 되지. 객잔으로 가서 형제들을 불러오게."

잠시 생각에 잠겼던 현현경이 담담하게 말했다.

"예, 그럼 저는 이만……."

행여 불똥이라도 튈까 봐 안절부절못하던 총관이 후닥닥 주루를 빠져나갔다. 그리고 잠시 후……

쾅! 쾅! 쾅—!

거대한 굉음과 함께 주루가 한차례 들썩거렸다. 무엇인가가 주루의 벽을 강하게 들이받고 있는 것이다.

"아니, 이건 또 무슨 일이냐?"

느긋하게 식탁의 도끼를 뽑아 들던 현현경이 황당하다는 듯 고개를 번쩍 들었다. 주루의 벽과 창문이 박살난 것도 그 순간이다.

쾅! 쾅! 콰르르르—!

"……!"

무너진 벽 쪽으로 시선을 돌리던 현현경의 표정에 이채가 어렸다.

묵직한 철봉을 든 팔 척 거구가 뿌연 먼지를 헤집으며 주루 안으로 들어서고 있었다. 그게 다가 아니었다. 간발의 차를 두고 또 한쪽의 벽이 와르르 무너지며 충차(衝車)가 모습을 드러냈다. 공성전(攻城戰)에나 쓰일 듯한 거대한 충차였다.

"하하! 이놈들이 모두 어디로 달아난 것이냐?"

주루 안을 한차례 둘러보던 거구의 사내가 호탕하게 웃으며 철봉으로 바닥을 쿵 찍었다. 그는 성검과 현현경을 설핏 보기는 했지만 아예 무시하고 있는 눈치였다.

"혀, 형님, 바로 저, 저자가……."

아까 전 치도곤을 당했던 십팔미호가 더듬거리며 현현경을 가리켰다.

"그래? 하지만 나머지 놈들은?"

"아, 아마 우리가 올 것을 눈치 채지 못하고 모두 술이나 퍼마시러 간 모양입니다."

십팔미호가 현현경의 눈치를 살피며 대답했다.

눈치로 보아 십팔미호는 자신이 당한 일에 대해 과장되게 보고한 듯했다. 물론 그것은 추향각의 주인이 삼십여 명의 무사를 사들였다는 정보를 들은 바 있기 때문일 것이다.

"하하하! 정말 간이 부은 놈들이군. 감히 우리 흑랑파를 건드리고 속 편하게 술이나 마시러 갔다? 하지만 상관없지. 어차피 순서만 다를 뿐이니까. 얘들아, 이 주루를 박살 낸 후 그놈들을 기다리자."

"예, 형님!"

거구의 뒤편에 늘어섰던 사내들이 일제히 답한 후 망치와 도끼 따위를 들고 벽면을 따라 쭈욱 늘어섰다. 아예 추향각을 무너뜨리기로 작정하고 온 것이다.

"형님, 우선 저놈의 뼈다귀부터 마디마디 똑똑 부러뜨려야 하지 않겠습니까?"

십팔미호가 사이한 웃음을 내비치며 손가락으로 현현경을 가리켰다.

"하하, 이거야 원⋯⋯."

물끄러미 침입자들을 바라보던 현현경은 기가 차다는 듯 헛웃음을 웃었다.

그제야 거구의 사내가 현현경에게 눈길을 주었다. 하지만 그는 곧 현현경을 무시한 채 십팔미호에게 시선을 돌렸다.

"하하, 그놈 참 불쌍타! 다른 놈들처럼 떼를 지어 술이나 마시러 갈 것이지⋯⋯. 십팔! 나는 술이나 한잔하고 있을 테니 저놈은 네 마음대로 해라."

"예? 혀, 형님, 하지만……."

십팔미호의 얼굴에서 삽시간에 웃음기가 사라졌다. 이미 한 차례 겪어본 만큼 자신이 현현경의 상대가 되지 않는다는 것을 잘 알고 있었던 것이다.

"왜 그러느냐?"

"저, 그것이……. 아무래도 저놈이 두목인 듯했습니다. 그러니……."

"뭐, 두목? 하하하! 그래서 지금 나 우이경에게 저런 애송이를 상대로 싸움이라도 하란 얘기냐? 십팔! 네놈 혹시 간이 부은 것 아니냐?"

"형님, 그, 그게 아니라……."

울상이 된 십팔미호가 간절한 눈빛으로 주위를 둘러보았다. 하지만 다른 사내들은 이미 벽을 대망치로 두드리느라 정신이 없었다.

'음……. 저자가 항우장사 우이경이었군. 음회회! 정말 대단한 거인인걸? 현현경 이자의 솜씨를 유감없이 보게 되었군.'

성검은 점소이에게서 들은 이야기를 떠올리며 씨익 웃었다. 첫눈에 보기에도 현현경과 우이경은 팽팽하게 맞수를 이루는 상대였다.

"하하, 이 비열한 놈! 네놈 이름이 십팔이냐? 십팔, 어디 이리 와서 내 뼈마디를 똑똑 부러뜨려 보지 그러느냐?"

현현경이 피식 웃으며 손가락을 까닥였다.

"이, 이런 우라질! 내 이름은 황만득이다. 그리고 십팔, 아니, 십팔미호는 별호이고……. 굳이 부탁하지 않아도 네놈은 오늘 초상을 치르게 될 거야. 흥! 하지만 우리 형님 말씀대로 이놈의 주루를 박살 내는 게 우선이다. 가만… 대망치가 어디 있더라……."

앙칼지게 내뱉은 십팔미호가 뒤로 물러서서 바닥에 눈길을 주었다,

대망치를 찾기 위해. 하지만 잠시 후, 현현경의 벼락같은 음성에 망치질을 하던 사내들의 동작이 딱 멈춰졌다.

"이놈들, 당장 그만두지 못할까!"

"……."

사내들은 물론 우이경까지도 깜짝 놀랄 만큼 우렁찬 음성이었다.

"하하하! 그놈 목청 한번 좋다. 네놈 이름이 무엇이냐?"

우이경이 빙그레 웃으며 현현경을 빤히 쳐다보았다. 비로소 현현경이 만만치 않은 상대임을 깨닫게 된 것이다.

"고독부 현현경이다. 그러는 네놈은 누구냐?"

"나? 만근봉(萬斤棒) 우이경!"

두 사내의 눈에서 파파팍 불꽃이 일었다.

제3장
흑랑, 무너지다

"대형! 이게 어찌 된 일입니까?"

현현경과 우이경이 대치할 즈음, 객잔으로 또 한 무리의 무사들이 들이닥쳤다. 추향각의 용병들이었다.

그들이 들이닥침으로써 추향각 안은 새로운 긴장감에 휩싸였다. 흑랑파의 주먹패들이 머릿수는 많았지만 상대가 검을 다루는 무사들인만큼 위축될 수밖에 없었다.

반면, 용병들은 우이경으로 인해 내심 놀랐다. 생전 처음 보는 거구인데다 그가 들고 있는 철봉이 워낙 무식해 보였던 것이다.

"하하, 별일 아니다. 이 잡놈들이 추향각을 새로 지어줄 모양이다. 하긴 그동안 개 떼처럼 몰려다니며 돈을 뜯었을 테니 추향각을 오층으로 올릴 정도는 모아두었겠지."

현현경이 가볍게 웃으며 대꾸했다.

"뭣이라? 하하, 그놈 간이 제대로 부었어. 네놈이 아직 나 우이경의 소문을 듣지 못한 모양이구나."

우이경은 어이가 없다는 듯 지껄인 후 철봉으로 쿵, 바닥을 찍었다.

빠지직—

꽃 문양이 음각된 돌 바닥이 쩍 갈라지며 철봉이 한 자가량 묻혔다. 가공할 외공이다. 그 단순한 동작만으로도 용병 무사들의 기를 꺾기에 충분했다.

하지만 현현경은 성검을 상대할 때와는 달리 무척이나 느긋했다.

"미련하기 이를 데 없는 놈이구나. 이제까지 부순 것만 해도 만만치 않은 값이다. 그런데 또 일을 저질렀어. 아마 청구서를 받는 네놈 두목의 눈이 한 치가량 튀어나올 게다. 바닥의 재질이나 문양으로 보아 이번 것은 꽤나 값이 나갈 것 같거든. 물론 무식한 네놈 눈에는 그저 돌로 보이겠지만……."

"그러냐? 그럼 이번엔 반 푼어치도 안 나갈 네놈 대가리를 박살 낼 차례구나."

우이경 역시 느긋하게 받아치며 천천히 한 발을 들어 올렸다. 그리고 씨익, 웃더니 힘껏 바닥을 찍어 눌렀다.

쿠쿠쿠쿵—

주루에 들어와 있던 자들의 발이 짜르르 울릴 만큼 진동이 일더니, 기어코는 금이 가 있던 한쪽 벽이 무너졌다.

"헙!"

"으헉!"

벽 근처에 서 있던 자들이 다급히 피하며 비명을 내질렀다. 용병 무사들의 얼굴에도 한줄기 두려움이 스쳐 갔다.

"흐하하! 애송이, 준비되었느냐? 간닷!"

한 차례 위용을 보여준 우이경이 망설임없이 쏘아져 들어갔다.

하지만 그는 철봉을 휘두르는 대신 솥뚜껑만한 손바닥을 활짝 펼친 채, 곰이 물고기를 낚아채듯 현현경의 머리를 찍어 내려갔다.

츠츠츠츳—

기괴한 파공성을 내며 손바닥이 정수리에 닿을 무렵, 현현경의 신형이 일 장가량 좌측으로 이동했다. 섬전 같은 움직임이었다.

"······!"

우이경의 얼굴에 이채가 어린 것도 그 순간이다.

"놈, 제법이구나?"

"하하, 글쎄. 대단하지는 않지만 곰 한 마리 잡을 실력은 되지."

현현경은 손도끼를 어루만지며 느긋한 표정으로 말했다.

'젠장, 저 인간 조롱하는 거 싫어한다더니 비아냥거리는 것 좀 봐라.'

자리에 앉아 술을 홀짝이던 성검이 속으로 구시렁거렸다.

하지만 현현경을 바라보는 그의 눈은 더없이 만족스러워 보였다. 마음만 먹었다면 현현경의 손도끼는 방금 전 우이경의 옆구리에 박혔을지도 모를 일이다.

물론 우이경 역시 호락호락한 상대는 아니었다.

"흐하하. 글쎄, 어디 볼까?"

우이경이 두 손으로 철봉을 움켜쥔 채 휘휘 돌리기 시작했다. 그 속도가 점차 빨라지면서 휙, 휙, 바람 소리가 주루 안을 어지럽게 맴돌았다.

"어디 이번에도 한번 피해보거라. 히야압!"

일갈과 함께 우이경이 빠르게 직격해 들어갔다. 그의 손에 들린 철봉이 기이한 파공성을 내며 숱한 허초를 뿌려댔다.

현현경으로서도 이번만큼은 당혹스런 표정이었다. 상대적으로 짧은 무기를 쥔 그는 철봉의 파상적인 공세를 뚫고 들어갈 틈을 쉽게 찾지 못했다.

슈슈슛—

마치 뱀이 헛바닥을 날름거리며 휘파람을 부는 것처럼 섬뜩한 파공성…… . 상하좌우로 큼직한 호선을 그리며 흩뿌려지던 봉 끝이 한순간 현현경의 얼굴을 향해 쭉 뻗어 나왔다.

무시무시한 힘이 실린 찌르기였다. 단순히 뻗어 나오는 것이 아니라 팽이처럼 빠르게 휘돌고 있어서 섣불리 쳐내려 했다가는 도끼가 튕겨 나가기 십상이다. 게다가 미처 피할 틈도 없이 뻗어 나온 변초였다.

"헛—"

저절로 헛바람이 새어 나왔다.

봉이 빠르게 눈앞으로 밀려오자 팔찌 굵기의 봉 끝이 마치 거대한 징처럼 크게 확대되었던 것이다.

하지만 현현경은 고수였다. 그는 도끼를 떨군 채 양손을 활짝 펴서 태극의 문양을 그리며 봉 끝을 휘감았다. 지극히 짧은 순간이었고, 언뜻 단순한 방어였지만 그의 손놀림은 유(柔)와 강(剛)이 적절하게 배합된 것이었다.

한 가지 놀라운 것은 슬쩍 떨구었던 그의 손도끼가 돌로 된 바닥에 박혔다는 점이다. 물론 우이경은 미처 그 점을 의식하지 못한 듯했지만…….

츠츠츠츳—

현현경이 상체를 살짝 비틀며 봉 끝을 오른 어깨와 머리 사이로 흘려내는 순간 거센 마찰음이 흘러나왔다.

자신의 공격이 무위로 끝나자 우이경은 다급히 초식을 바꾸어 힘으로 현현경의 방어를 파쇄하려 했고, 현현경은 또 그 나름대로 원(圓)과 방(方)을 그리며 봉을 잠식해 들어간 것이다. 당연히 봉과 손 사이에서 마찰음이 일 수밖에 없는 상황이었다.

하지만 그런 힘 겨루기는 현현경의 뜻하지 않은 일격으로 끝났다.

"헙!"

현현경의 현란한 손동작에 눈이 팔려 있던 우이경은 자신의 복부를 향해 빠르게 다가드는 살기를 느꼈다.

"이런……!"

우이경은 봉을 놓치며 뒤로 나자빠졌다. 다른 방도가 없었다.

챙—

날카로운 금속성이 들린 것도 그 순간이다.

"……!"

우이경의 눈이 크게 떠졌다. 자신이 놓친 철봉의 손잡이 부분에 현현경의 도끼가 반 치가량 박혀 있었기 때문이다.

방금 전 현현경은 두 손으로 봉 끝의 힘을 흩어놓는 동시에 바닥에 찍힌 도끼의 손잡이를 걷어차 회심의 일격을 가했던 것이다.

아무리 그렇다고 해도 철봉에 도끼가 박히다니, 우이경은 섬뜩한 공포를 느낄 수밖에 없었다. 설상가상으로 다른 쪽의 봉 끝은 현현경이 감아쥔 상황이다. 결국 무기까지 빼앗긴 꼴이다.

'음……. 태극권의 변형이다. 하지만 정통으로 무당파의 무공을 익힌 것 같지는 않아. 도끼를 무기로 삼는 것만 보더라도……. 어쨌거나 제법 일가를 이룬 인물임에는 분명하군.'

성검은 술잔을 내려놓으며 지그시 현현경을 쳐다보았다.

자기에게 시비를 걸 때와는 확연히 다른 모습이었다. 무식하다기보다는 지나치게 영악한 인간일지도 모른다는 생각이 언뜻 스쳤다.

'그래, 어쩌면 현현경은 이미 내가 동방칠수의 수장 '각' 임을 눈치채고 일부러 시비를 걸어왔을 수도 있다. 심계가 깊은 인물이야.'

현현경을 바라보는 성검의 눈에서 웃음기가 가셨다.

"운이 좋은 놈이구나. 내 도끼를 막아내다니 말이야."

멍하게 두 눈을 끔뻑이고 있는 우이경을 내려다보며 현현경이 씨익, 웃었다.

이로써 두 번에 걸쳐 현현경이 우위를 점했다. 현격한 실력 차를 실감한 이상 물러설 수밖에 없는 상황이다.

그런데 우이경은 인정하려 들지 않았다. 미련한 놈이었으므로…….

"아직 끝나지 않았다!"

우이경은 바닥에서 펄쩍 튀어 오르며 늘어져 있던 봉 끝을 밟고 허공으로 솟구쳐 그대로 현현경을 덮쳐 갔다. 그의 어깨가 크게 뒤로 젖혀지며 큼직한 주먹을 뻗은 것도 순식간이었다.

"……!"

현현경이 당혹스런 표정을 지었다.

잠시 방심하고 있다가 우이경이 봉 끝을 밟는 순간 균형을 잃고 비틀거렸던 것이다. 그사이 큼직한 주먹이 이마에 내리 꽂히고 있었다.

하지만 이번에도 현현경은 믿기지 않을 만큼 빠른 퇴법을 펼쳤다. 그게 다가 아니다. 두어 걸음가량 미끄러지듯 물러서는가 싶던 그가 물러설 때만큼 빠르게 쏘아져 나오며 다시 쌍수를 비틀었다. 마치 공을 굴리듯 자연스러운 동작이었다.

빠드드득—

현현경의 쌍수에 주먹이 빨려 들어가는 순간 우이경의 팔에서 뼈 갈리는 소리가 들렸고, 그의 거구가 두어 바퀴 비틀리며 현현경의 어깨 너머로 날아가 바닥에 처박혔다.

"끄으……!"

우이경은 팔을 감싸 쥔 채 바닥을 나뒹굴며 고통스런 신음을 흘렸다.

"이번엔 어디를 부러뜨려 줄까? 네놈 뼈대를 모두 두 동강 내려면 오늘 밤을 새도 모자랄 게다. 꾸물거리지 말고 일어서거라."

현현경이 빙긋이 웃으며 말했다.

"크흐흐! 추향각의 주인 놈이 믿는 구석이 있었던 게구나. 하지만 잘못 걸렸다. 우리 흑랑파는 비록 상대가 범이라 해도 영역에 함부로 들어와 설친다면 용서하지 않는다. 대가리가 깨지고 만신창이가 되는 한이 있어도 네놈을 갈기갈기 찢어놓고 말 테다. 흑랑파의 명예를 걸고……."

빠드득, 이를 갈며 씹어뱉듯 말한 우이경이 부하들에게 시선을 돌렸다. 흑랑파의 주먹패들은 당혹스런 표정을 지으면서도 그의 눈빛을 외면하지 않았다.

"각수야, 큰형님을 모셔오너라."

입구 쪽에 서 있던 날래게 생긴 사내를 발견한 우이경이 침통한 음성으로 말했다.

"알겠습니다, 형님. 흑랑파의 형제들을 모두 이끌고 오겠습니다. 어떻게 해서라도 그때까지만 버티십시오."

각수란 자는 결연한 표정으로 말한 후 날듯이 거리를 향해 쏘아져 나갔다.

"……!"

현현경의 얼굴에서 웃음기가 가셨다. 결국 흑랑파와의 일전이 예상보다 빨리 벌어지게 된 것이다.

'음……. 항상 무식한 놈들을 조심해야 해. 한번 물면 놓질 않거든. 아무래도 현현경이 고생 좀 하겠군. 우이경도 만만치 않은 상대인데 그보다 더한 고수가 있을 것 같단 말이지. 게다가 흑랑파 놈들은 말 그대로 이리 떼야. 아무리 무서운 상대라도 천천히 몸에 생채기를 낸 후 그 피 냄새에 미쳐 죽음을 무릅쓰고 덤벼들지. 음회회, 하긴 흑랑파가 낙양 유흥가에서 제일 가는 조직이 된 데는 다 이유가 있었겠지.'

길게 한숨을 내쉬던 성검이 다시 빈 잔에 술을 따랐다. 우이경이 몸을 일으킨 것도 그 순간이었다.

"얘들아, 쳐라!"

우이경의 명령이 떨어지자 흑랑파와 추향각 용병 무사들이 본격적으로 싸움을 벌이기 시작했다. 주루 안에 꽉 들어찬 사내들로 인해 백여 평의 실내가 좁게 느껴질 지경이었다.

"될 수 있으면 검을 뽑지 말아라!"

현현경이 다급히 명령했다. 저자 한복판인지라 살인이라도 나면 뒷감당이 골치 아파질 것을 알기 때문이다.

퍽, 퍽, 퍽—

"크헉—"

"으아악!"

몽둥이와 주먹이 난무하며 곳곳에서 비명성이 터져 나왔다.

쓰러지는 쪽은 대개 흑랑파의 주먹패들이었다. 하지만 워낙 밀집된 장소고 흑랑파의 수가 많았으므로 난전이 거듭되면서 용병 무사들 역시 하나둘 바닥을 나뒹굴기 시작했다.

그사이 부하로부터 창 한 자루를 받아 쥔 우이경이 그것을 왼손으로 부여잡은 후 다시 현현경과 맞붙고 있었다.

"우우죽창(羽羽竹槍)!"

묵직한 철봉을 휘두를 때와는 달리 우이경의 창은 수십 가닥의 현란한 허초를 흩뿌리며 현현경을 공략했다. 왼손만으로 펼치는 창술이라고 보기 힘들 만큼 정교한 초식이었다.

'흠, 제법인걸? 정통으로 익힌 창술이야. 왜 저런 실력을 썩혀두고 있었을까? 어이쿠, 이런. 술 쏟아지겠다.'

우이경의 창술을 눈여겨보던 성검은 용병 무사의 주먹에 맞아 식탁 위로 떨어져 내리는 주먹패를 보며 잽싸게 술병을 거머쥐었다.

콰다당—

"으, 으아아—"

사내는 식탁을 부수며 바닥을 나뒹굴었지만, 성검은 여전히 의자에 앉아 있었다. 다만, 식탁 위의 안주가 바닥에 내동댕이쳐진 만큼 이젠 강술을 마셔야 할 처지다.

'이거 다시 영업을 하려면 최소한 보름은 걸리겠군.'

성검은 여기저기 부서져 나가는 기물들을 보며 쯧쯧 혀를 찼다. 그리고 다시 현현경과 우이경 쪽으로 시선을 돌렸다. 그나마 주루 안에서 벌어지는 싸움 중에선 두 사람의 싸움이 제일 볼 만했다.

"어딜……!"

쉬지 않고 파고드는 창을 피하며 현현경은 유유히 흘러 다녔다.

뿐만 아니라 주위에 있는 흑랑파의 무사들을 하나둘 쓰러뜨려 갔다. 부드럽게 쌍수를 휘어 칠 뿐인데도 그의 손이 닿을 때마다 사내들은 일 장여를 날아가 내동댕이쳐졌다. 신법과 장법 모든 면이 지극히 부드럽고 자연스러워서 마치 물속을 유영하는 장어처럼 보였다.

'쩝! 그리고 보니 새로 나온 안주가 장어구이였는데……'

성검은 바닥에 흩어진 안주를 훑어보며 다시 한 번 입맛을 다셨다.

"파란만창(波瀾萬槍)!"

우이경의 창은 보다 현란하게 흩뿌려지고 있었다. 마치 정교한 검식처럼 손끝의 움직임이 그대로 창 전체로 이어져 자유자재의 변화를 일으켰다.

한순간 현현경의 눈빛이 반짝였다. 그의 좌수가 태극의 물결을 이루며 창날을 감싸 휘어져 들어갔다.

이미 한 번 당한 경험이 있는 터라 우이경은 다급히 창을 회수하려 했다. 하지만 늦었다. 창은 이미 현현경의 좌수로 소용돌이처럼 빨려 들어가고 있었다. 이제껏 힘에선 밀려본 적이 없는 우이경이었지만 도저히 손쓸 방법이 없었다. 그야말로 거역할 수 없는 신비한 힘이었다.

"구구회회(九九回回)!"

우이경은 창을 따라 한 발을 내딛는가 싶더니 빠르게 몸을 회전시켰다. 창을 회수할 수 없다면 창날의 방향을 틀어 현현경을 공략하는 수밖에 없다고 생각한 것이다. 그리고 그 생각은 적중했다. 창은 우이경의 체중을 이겨내지 못한 채 크게 휘어졌다.

"헛―"

현현경은 다급히 신형을 움직이며 창날을 겨드랑이 사이로 흘렸다. 하지만 그게 다가 아니다. 그는 곧장 몸을 틀어 봉 부분을 따라 휘돌더니 수도로 창의 한가운데를 쳐냈다.

팍—

단 일 격에 창이 부러졌고, 그 바람에 균형을 잃은 우이경이 쿵, 소리가 나게 바닥을 울리며 나가떨어졌다. 우이경은 현현경을 견제하기 위해 다급히 상체를 일으켰지만, 그 순간 두 눈에 절망의 빛이 어렸다.

쇄애액—

예리한 파공성과 함께 청록색의 손도끼가 날아들고 있었던 것이다.

"헉……!"

미처 몸을 굴릴 시간도 없었다.

도끼가 뼈를 부수고 박혀드는 끔찍한 소리를 들으며 우이경은 외마디 신음을 흘렸을 뿐이다. 그의 눈빛이 파르르 떨렸고, 왼쪽 어깨를 향해 천천히 고개가 돌아갔다.

"……"

도끼는 정확히 견쇄골 정중앙에 박혔다.

검붉은 피가 꾸역꾸역 흘러내렸다. 이미 오른팔 전체가 토막이 난 상황에서 왼쪽 어깨까지 박살이 났다. 더 이상 싸울 수 없는 몸이 된 것이다.

하지만 우이경의 눈엔 여전히 독기가 어려 있었다.

"현현경 이놈, 받은 것의 몇 배로 돌려주고 말 테다!"

"흥! 끝까지 미련을 떠는구나. 마음만 먹었다면 이 도끼는 네놈 정수리에 박혔을 수도 있어. 널 살려둔 것은 그저 널 거두겠다는 생각 때문이었다."

우이경에게 다가간 현현경이 어깨에서 도끼를 뽑아내며 말했다.

"크흐흐! 개소리다. 내겐 이미 형님으로 모시는 분이 있거든. 너도 이제 곧 만나게 될 것이다. 크하하하!"

우이경의 괴소. 그 웃음의 여운이 채 가시기도 전에 주루 안으로 한 무리의 사내들이 들어서고 있었다.

2

"멈추어라!"

한 사내의 사자후에 주루 안의 싸움이 일시에 멎었다.

사내는 흑삼을 걸친 삼십 대의 장한으로, 길게 풀어헤친 머리가 허리까지 닿았다. 갸름한 얼굴에 눈매가 날카롭고 얇은 입술은 한일(一)자를 이루었다. 낯빛은 얼마간 창백해 보였으며 체구 또한 작은 편이었지만, 풍기는 기도는 범상치 않았다.

그는 곧장 바닥에 주저앉아 있는 우이경을 향해 걸음을 옮겼다. 아무도 그의 길을 가로막지 않았다.

"혀, 형님!"

"아무 말 하지 말거라."

사내는 우이경을 내려다보며 담담하게 말했다.

"네가 한 짓이냐?"

그가 조용히 고개를 돌려 현현경을 바라보았다.

"그대가 흑랑(黑狼)인가?"

현현경은 대답 대신 짤막하게 물었을 뿐이다. 손에 들린 도끼에서는 검붉은 피가 뚝뚝 떨어지고 있었다.

"나에 대해 알고 있는가?"

사내는 이번에도 억양이 느껴지지 않을 만큼 담담하게 물었다. 그저 그의 눈이 잠시 반짝였을 뿐이다.

흑랑! 흑랑파의 두목으로 십여 년 전 낙양에 모습을 드러냈다. 당시 그는 이십 대 중반의 청년이었으나 단신으로 유흥가의 주먹패들을 꺾기 시작했고, 채 일 년이 지나기 전에 하나의 세력을 이루어 파를 조직했다.

이후, 흑랑파가 낙양 일대 최고의 조직으로 성장하는 데는 채 삼 년이 걸리지 않았다. 그들은 잔혹무비했으며 강했다. 큰 싸움에선 늘 흑랑이 몸소 나서 상대 파의 수장을 제압했는데, 흑랑이 싸우는 모습을 지켜본 이들은 그가 낙양 제일의 싸움꾼임을 인정할 수밖에 없었다. 상대가 누가 되었든 삼 초를 넘기지 않은 채 불구로 만들어 버렸으므로.

그와 겨룬 상대가 그저 그런 주먹패였기 때문이 아니다. 개중에는 무관을 운영하는 무사들도 있었고, 크지는 않지만 무림방파를 이룬 무림인들도 있었다. 이권 다툼이나 사소한 마찰로 인해 싸움이 붙는 경우였으나, 그들 역시 삼 초를 버텨내지 못했다.

흑랑이 명성을 날리면서부터는 일 대 일의 비무를 청해오는 이들도 생겨났다. 떠돌이 무사들이나 흑랑에게 패해 이를 갈던 자들이 사들인 무림고수, 그 외 다른 지역 무림방파의 인물들까지 꽤나 많은 인원이었고, 그 가운데는 상당한 실력자도 있었다. 하지만 그들 역시 모두 흑랑에게 무릎을 꿇었다.

최근 몇 년 동안, 흑랑에게 도전해 온 이는 아무도 없다. 아니, 얕은 실력을 믿고 무모하게 덤벼든 자들은 몇 명 있었으나 그들은 모두 우이경의 손에 걸려 반신불수가 되었다.

그런 탓에 요사이엔 흑랑보다 오히려 우이경의 악명이 높아졌다. 실제로 전면에 나서서 조직 내의 문제를 해결하는 이가 우이경이었고, 또 그의 거구가 워낙 눈에 띄다 보니 흑랑파 하면 모두 우이경을 떠올리게 된 것이다.

하지만 오늘 결국 흑랑이 모습을 드러냈다. 우이경이 꺾였고, 흑랑파에 대항하는 새로운 무리가 모습을 드러냈으니…….

"추향각에서 용병을 사들였다는 이야기는 들었다. 하지만 이런 일이 벌어질 거라곤 생각지 못했군. 결코 용병 따위가 우이경을 꺾을 수는 없다. 너희들의 정체가 무엇이고 또 목적은 무엇이냐?"

묵묵히 현현경을 바라보던 흑랑이 차분한 음성으로 물었다.

"거기까지 생각했다면 적어도 우리가 무엇을 원하는지는 알겠군?"

현현경의 얼굴에 가느다란 미소가 새겨졌다.

사실 현현경은 이미 흑랑의 정체에 대해 알고 있었다. 추향각의 용병들이 단순한 용병이 아니듯 흑랑 역시 단순한 주먹패가 아니다. 흑랑은 천검궁의 무사로, 낙양 일대를 관리하며 세금을 거두어 천검궁에 바치는 임무를 띠고 파견되었다.

철화방이나 청천문 따위의 주먹패들이 아직 낙양 땅에 발을 붙일 수 있는 것도 흑랑의 허락이 있었기에 가능한 일이었다. 겉으로는 흑랑파와 철화방, 청천문이 서로를 견제하고 있는 것처럼 보이지만, 실상 철화방과 청천문은 오래전부터 흑랑파에 막대한 세금을 바쳐 왔다. 도저히 실력으로 흑랑파를 상대할 수 없기 때문이다.

흑랑으로서도 천검궁이라는 몸통을 감추기 위해선 철저하게 주먹패로 가장해야 했고, 또 천검궁에서 많은 수의 인원을 차출하기도 힘든 상황이었다. 그저 철화방이나 청천문 따위의 무리들에게 꼬박꼬박 세금을 받아 본궁에 바치면 그만이다. 흑랑의 역할은 어차피 그런 식으로 낙양의 조직들을 관리하는 것이었으므로······.

"이곳 낙양에 둥지를 틀겠다는 것인가?"

흑랑이 가벼운 웃음을 내비치며 말했다.

그의 입장에선 하나의 조직이 더 생겨난다고 해서 달라질 것은 없다. 아니, 오히려 조직이 많으면 많을수록 경쟁이 치열해져서 세금을 높일 수 있다. 하지만 문제는 눈앞에 서 있는 현현경의 정체다. 우이경을 꺾을 정도라면 그는 결코 단순한 용병이 아닐 테니까.

"제대로 짚었군."

현현경이 담담하게 대답했다.

"그래? 하지만 그러기 위해선 내 허락이 필요하다는 사실을 알고 있는가?"

"하하, 그 반대일 수도 있지 않겠는가? 너희 흑랑파가 이곳에 적(籍)을 두고 싶다면 앞으로는 우리에게 세금을 바쳐야 할 게다."

"더욱 궁금해지는구나. 너희 배후에 누가 있는지 말이야. 설마 추향각의 주인은 아니겠지? 일개 장사꾼이 그만한 배포를 가졌을 거라곤 믿어지지 않아."

"하하하! 그 말은 마치 흑랑파에게도 배후가 있다는 말처럼 들리는군?"

"······!"

흑랑의 표정이 처음으로 굳어졌다.

그의 눈매가 보다 날카로워졌고, 소매 속에서 이제껏 모습을 감추고 있던 한 자 길이의 단도 두 자루가 흘러나왔다.

"굳이 네놈의 입을 통해 배후를 알아낼 필요는 없다. 기도로 보아 결코 떠돌이 무사가 아니고, 설령 목에 칼이 박힌다 해도 입을 열지 않으리란 것을 안다. 어차피 네놈 다음 차례는 추향각의 주인 놈이 될 게야. 그자의 입을 열면 의외로 쉽게 네놈 배후의 꼬리를 잡을 수 있겠지. 흐흐. 안 그런가?"

"좋은 생각이군. 하지만 과연 흑랑 너에게 그럴 기회가 올까?"

현현경이 도끼 날을 만지며 싸늘하게 웃었다.

그는 많은 것을 생각하지 않는다. 어린 시절, 화전을 일구던 부모가 정체 불명의 무사들에게 죽었을 때도 그랬다. 부모의 장례를 어떻게 치러야 할지, 내일부터 무엇을 먹고 살아야 할지를 걱정했을 뿐이다. 무사들의 정체를 밝혀야겠다거나 힘을 키워 복수해야겠다는 따위의 생각은 미처 하지 못했다. 그것은 너무 먼 훗날의 일이기 때문이다.

고독부 현현경. 그는 눈앞에 닥친 일만을 생각한다. 부모가 죽은 다음 날 한 명의 노인이 찾아와 그를 거두었을 때도 그랬다. 부모의 장례를 치를 수 있겠구나, 굶지는 않겠구나 하는 생각을 했을 뿐이다. 노인이 왜 자기를 거두었는지, 앞으로 자기 운명이 어떤 식으로 변해갈지 따위는 미처 생각지 못했다.

지금도 마찬가지다. 어떻게든 눈앞의 고수를 꺾어야 한다는 생각만이 그의 뇌리에 가득 차 있었다. 원래 흑랑을 상대할 인물은 동방칠수의 '각' 이란 점, 흑랑은 어쩌면 자신이 상대하기엔 버거운 고수란 점 따위는 무시해 버렸다.

하지만 그는 심계가 깊은 인물이다. 왜 눈앞의 일을 먼저 걱정해야 하는지 알 만큼 현명했다. 지금 동방칠수의 '각' 이 주루 안에서 자신의 싸움을 지켜보고 있으리란 사실도 어렴풋이 짐작했다.

그는 믿음이 강한 인물이다. 흑랑이 아무리 강해도 자신이 죽을 일은 없으리란 믿음을, 동방칠수의 '각' 은 흑랑보다 강한 인물이리란 믿음을 가지고 있었다. 그것은 한편으론 자신이 몸담게 된 은하대맥에 대한 믿음이기도 했다.

"그래, 어디 네 잔재주를 구경해 볼까?"

흑랑이 쌍수를 털어내는 순간, 두 개의 단도가 매서운 파공성을 내며 날아들었다. 단도는 마치 두 마리의 나비가 어울려 놀듯 난잡한 파형을 그렸다. 그런데 그 속도가 감당할 수 없을 만큼 빨랐다.

'강하다……!'

현현경은 부서진 식탁 위로 잽싸게 몸을 굴렸다.

다리가 바닥에 닿을 때는 이미 원형의 식탁이 매섭게 회전하며 두 자루의 단도를 향해 날아가고 있었다. 손에 들렸던 도끼는 어디로 사라진 것인지 보이지 않았다.

빠지직—

오동나무로 만들어진 식탁의 원판이 쪼개지는 소리가 주루 안에 공명했다.

"……!"

현현경의 두 눈이 부릅떠진 것도 그 순간이다.

원판을 쪼갠 단도가 계속해서 날아들고 있었다. 마치 눈에 보이지 않는 누군가가 휘두르듯 정확히 현현경 자신을 향해서…….

"기대 이상이군!"

도의 속도를 계산한 현현경은 예의 빠른 신법을 이용해 뒤로 미끄러지며 쌍수를 휘저었다.

하지만 우이경의 주먹이나 창을 상대할 때와는 달리 도를 빨아들이는 것이 아니라 파상적인 공세를 흩뜨려 놓기 위한 동작이었다.

카캉!

예상대로 두 자루의 도가 허공에서 맞부딪치며 튕겨 나갔다.

"후—"

현현경은 자신도 모르게 안도의 한숨을 내쉬었다.

하지만 한숨이 채 멎기도 전에 그의 눈이 부릅떠졌다. 양쪽으로 튕겨지던 도끼가 크게 호선을 그리며 흑랑의 손으로 갈무리되고 있었던 것이다.

"제법이구나. 우이경이 당한 것도 무리가 아니야. 하지만 그 정도로는 나를 상대하기가 어렵겠는걸?"

흑랑의 얇은 입술이 살짝 비틀어지며 기분 나쁜 미소를 만들어냈다.

"자, 이제 네 뼈마디를 천천히, 하나하나 부러뜨려 볼까?"

두 자루 도를 허리춤에 꽂은 흑랑이 천천히 걸음을 옮겼다.

아주 느린 걸음이었다. 하지만 현현경과 이 장여 거리로 좁혀졌을 무렵, 갑자기 그의 신형이 흐릿해졌다.

"흡!"

갑작스런 속도의 변화에 현현경은 다급성을 내지르며 좌측으로 미끄러져 갔다. 눈 깜짝할 사이에 흑랑의 쌍수가 시야를 가리고 있었기 때문이다.

"거북이처럼 느리구나!"

채 자세를 가다듬기도 전에 흑랑의 음성이 등 뒤에서 들려왔다. 믿어지지 않을 만큼 빠른 신법이다.

"……!"

온몸에 소름이 돋았다.

현현경은 이제껏 수많은 상대를 만나왔지만 자신보다 빠른 신법을 구사하는 이는 없었다. 그런데 이번엔 달랐다. 흑랑은 이미 자신의 진로와 퇴로를 꿰뚫고 있으며, 자신보다 먼저 움직였다.

"너는 이미 내게 잡혔다. 다행히 나는 방생(放生)을 즐기지. 다시 한번 달아나 보거라. 단, 이번에도 잡힌다면 그때는 팔 한쪽이 뽑혀 나갈 것이다. 풀려났다가 다시 잡히는 미련한 물고기는 질색이거든."

음산한 흑랑의 목소리……

온몸이 싸늘하게 굳어왔다. 공포다. 하지만 그 순간 현현경의 머리는 빠르게 돌아갔다. 당장 이 위기를 어떻게 벗어나야 할까, 오로지 그한 가지만을 염두에 둔 채……

생각은 길지 않았다.

"만류일착(卍流一着)!"

현현경은 궁신탄영의 신법으로 삼 장여 앞으로 쭈욱 뻗어 나가다가 급회전하며 쌍수를 휘저어 '만(卍)' 자를 그렸다.

쇄애액—

예리한 파공성……. 모습을 감추었던 청록색의 도끼가 '만(卍)' 자를 따라 움직이기 시작한 것은 그 다음이다.

"헙!"

현현경을 바짝 따라붙던 흑랑이 이 장여 뒤로 물러서며 당혹성을 내질렀다.

그의 흑삼 가슴 부분이 일곱 치가량 찢겨진 채 너덜거렸고, 그곳에서 얼마간의 핏기가 내비쳤다. 현현경의 도끼에 스친 것이다.

"크, 크하하하!"

멍하니 찢겨진 흑삼을 내려다보던 흑랑이 괴소를 쏟아냈다.

"놀랍구나. 네가 내 몸에 생채기를 냈어. 하남 일대를 주름잡던 일월쌍귀(日月雙鬼) 첩노적, 첩노작 형제조차 내게 삼 초를 버텨내지 못했건만……. 크하하. 그래, 네놈은 지나치게 영악한 물고기다. 나를 화나게 할 만큼……."

"……"

흑랑과는 달리 현현경의 표정은 싸늘하게 굳어 있었다.

회심의 일격이 무위로 돌아갔다. 비록 상처를 내기는 했으나, 그저 가볍게 스친 정도다. 그것도 흑랑이 지나치게 방심하고 있었기에 가능한 일이었다. 어쩌면 더 이상 기회가 없을지도 모른다.

현현경의 시선이 자연스럽게 성검을 향했다.

"……!"

성검은 현현경이 자신의 정체를 완전히 파악했음을 깨달았다. 그의 눈빛이 애절하게 도움을 청하고 있었던 것이다.

'저 표정은 뭐야? 그리고 보니 은근히 기분 상하네. 저 인간이 내 정체를 눈치 채고도 시비를 걸었다는 얘기 아냐. 나를 시험하기 위해서 말이지?'

길게 한숨을 내쉰 성검이 의자에서 몸을 일으켰다. 사정이야 어떻든 아까운 수하 하나를 잃을 수는 없는 일이었다.

"흑랑, 네 잔재주는 충분히 보았다. 이제 나와 상대해 볼까?"

성검은 술병을 기울여 한 모금 들이킨 후 소매로 입을 닦으며 씨익, 웃었다.

"넌 또 뭐지?"

흑랑이 고개를 갸우뚱하며 성검을 쳐다보았다.

"고수."

"……?"

성검의 짤막한 대답에 흑랑의 표정이 굳어졌다.

'뜻밖의 일이군. 더 강한 상대가 기다리고 있었다? 불길해……. 배후는 알 수 없으나 상상외로 큰 집단이다. 하지만 이상한 일이다. 저자에게선 아무런 기도가 느껴지지 않아…….'

흑랑은 다시 고개를 갸우뚱했다.

싸움이 한창 벌어지고 있는 주루에서 태평스레 술병이나 기울이고 있는 성검이 눈에 띄지 않은 것은 아니다. 그런데도 그를 무시한 것은 그저 주정뱅이 정도로 치부했기 때문이다.

'내 상상을 뛰어넘는 고수란 말인가?'

흑랑은 몸 안의 기를 일주천시킨 후 쌍수에 내력을 모으기 시작했다. 언제 어떤 공격이 펼쳐질지 모르기 때문이다.

"자네도 한 모금 하겠는가?"

성검이 들고 있던 술병을 흑랑에게 날렸다.

"……!"

더 이상 망설일 이유가 없었다. 늘어져 있던 흑랑의 쌍수가 빠르게 움직였다.

"수라일섬(修羅一閃)!"

허리춤에 꽂혀 있던 두 자루의 단도가 섬전처럼 빠르게 두 줄기 빛살을 만들어내며 뻗어 나갔다.

챙―

좌우에서 날아들던 쌍도가 가위 모양으로 엇갈리며 허공에 떠 있던 술병을 정확히 양단했다.

깔끔한 한 수다. 술병은 산산조각나는 대신 정확히 두 동강 났다. 다만 술병 안에 들었던 술이 사방으로 비산했을 뿐이다. 하지만 그것도 아주 잠시 동안의 일이었다.

"일섬폭풍(一閃爆風)!"

어느새 허리 뒤편으로 회수되었던 흑랑의 쌍수가 양쪽으로 활짝 펼쳐지는가 싶더니 크게 원을 그렸다.

츠츠츠츳……

빗방울처럼 뿌려지던 술의 파편이 구형(球形)으로 모아지며 허공에서 느리게 유영했다.

하지만 흑랑의 쌍수가 다시 격출되는 순간, 무형의 기류에 휘말렸던 파편들이 성검을 향해 일시에 폭사되었다.

"……!"

성검의 눈에 이채가 어린 것은 찰나간의 일이었다.

그 짧은 시간 동안 성검은 초자영을 떠올렸다. 기를 다루는 흑랑의 동작이 초자영의 몸짓과 유사했기 때문이다.

"할!"

성검의 좌수가 부드럽게 뻗어 나갔다.

초자영의 수법에 맞서던 굉우소의 초식이었다. 전방을 향해 폭사하던 술의 파편들이 다시 허공에서 느리게 유영하며 보다 거대한 구체(球體)로 모아지기 시작했다.

"능파천도(能破天圖)!"

느릿하게 허리 뒤로 회수되었던 성검의 좌수가 쭉 뻗어 나갔다.

"이, 이런……!"

유사한 수법에 의해 역공을 당한 흑랑의 표정은 납빛으로 변해갔다. 그는 방금 전의 공격에 전력을 실은 만큼 반격할 기력이 남아 있지 않았다. 더욱이 자신을 향해 밀려오는 강기는 이제껏 그가 경험했던 어떤 힘보다 막강했다.

'미, 믿을 수 없다. 도대체……'

흑랑은 모든 것을 체념한 듯 두 눈을 감았다. 뒤이어 벌어질 일을 이미 짐작하고 있었으므로……

무수한 파편으로 모아진 구체는 물 위에 뜬 공처럼 천천히 굴러갔다. 그러는 동안 변두리부터 이어지던 자잘한 금이 점차 내부로 옮겨졌다.

촤아아아ㅡ

정확한 수순을 밟고 있었다. 구형의 기류 안에 모아졌던 파편이 일시에 터진 것이다. 하지만 그것으로 모든 것이 끝난 건 아니었다.

퍼퍼퍼퍼펑!

빠르게 비산하던 술의 파편이 또 한 번의 폭사를 일으키며 뿌연 수증기를 피워 올렸다.

"끄아아악!"

무방비 상태로 서 있던 흑랑의 입에서 처절한 비명성이 터졌다.

그의 신형은 오 장가량이나 날아가다가 그대로 벽에 부딪쳐 터지며 거대한 피분수를 일으켰다. 그도 그럴 것이 이미 수천 방울의 술 파편이 그의 몸을 뚫고 지나쳤던 것이다.

"……!"

주루 안은 삽시간에 침묵의 도가니에 빠졌다.

흑랑파의 주먹패는 경악의 눈빛으로 몸을 휘청거렸고, 추향각의 용병 무사들까지 바르르, 진저리를 쳤다.

다만, 현현경 한 사람만이 조용히 고개를 끄덕이며 성검을 바라보고 있었을 뿐이다.

제4장

사연 많은 동방칠수

오시(午時)를 갓 넘긴 시각, 추향각의 문은 굳게 닫혀 있었다.

전날 부서진 벽은 묵직한 궤짝들에 의해 임시로 메워졌고, 이십여 명의 무사가 정문 앞에 배치되었다. 거리의 행인들은 하루아침에 폐가처럼 변해 버린 추향각을 보며 고개를 갸우뚱했다. 소문에 밝은 이들조차 그 진풍경을 바라보며 혀를 내둘렀고, 아녀자들은 무사들의 굳은 표정에 기가 질려 멀찍이 길을 돌아갔다.

흑랑파와의 싸움으로 인해 추향각은 새롭게 부각되었다.

싸움은 깔끔하게 끝났다. 우이경에 이어 흑랑이 쓰러지자 사기가 꺾인 흑랑파는 일시에 추향각의 용병 무사들에게 제압당했다. 우이경은 추향각에서 미리 준비해 놓았던 각서에 도장을 찍고서야 폐인이 된 흑랑과 함께 수레에 실려 돌아갈 수 있었다.

그 시간 이후 흑랑파에서 관리하던 모든 영역을 추향각에 넘기고 흑랑파는 즉각 해체하겠다는 각서였다. 그로써 이제까지 낙양 유흥가를 지배하던 질서가 깨지고 새로운 율법이 세워졌다.

물론 당분간 혼란이 거듭될 것이다. 철화방과 청천문이 저항할 것이고, 이 기회를 노리고 새롭게 낙양으로 진출하는 세력도 있을 것이다. 하지만 지금 추향각의 삼층 객실에 둘러앉은 이들이 걱정하는 것은 그런 게 아니었다.

삼층 객실……. 칠 인의 사내가 모여 있었다.

그들 가운데 가장 눈에 띄는 이는 반백의 머리를 단정하게 관으로 갈무리한 초로의 사내였다.

그는 황금 요대에 칠색 비단옷을 걸치고 치아에까지 금을 덧씌워 화려하다 못해 극성스럽게까지 느껴졌다. 하지만 그런 차림새에도 불구하고 워낙 볼품없는 얼굴이라 기껏해야 광대처럼 보일 뿐이다. 그가 바로 추향각의 주인 채승옥이었다.

"헤헤. 이거 영 어색하군. 하지만 한동안은 편안히 먹고 즐길 수 있겠지? 쩝! 주루로 바꿀 것이 아니라 그냥 기루를 그대로 넘겨받았으면 훨씬 좋았을 텐데 말이야. 우리 대가리들은 지나치게 가리는 게 많단 말이야. 안 그런가?"

채승옥은 옆에 앉은 현현경을 쳐다보며 헤벌쭉이 웃었다.

채승옥. 비록 귀티가 나는 얼굴은 아니지만 돈을 긁어모으는 데는 천부적인 자질을 지닌 위인이다. 그는 해동과 왜국, 서장은 물론 저 멀리 천축에 이르기까지 가보지 않은 곳이 없었다.

그렇다고 거대한 상단을 만든 것도 아니다. 그저 몇몇 수행원과 오십여 명 안팎의 무사를 이끌고 다녔을 뿐이다. 그가 취급하는 물건들이 대개 희귀한 보석이나 약재, 영물(靈物) 따위였으므로 사실상 큰 인력이 필요치 않았던 것이다.

물론 간혹 큰 이문을 남길 수 있겠다 싶으면 소금이나 가죽, 비단 따위를 대량으로 구입하기도 했다. 그럴 때면 표국을 이용해 그 물건들을 운반할 인력과 마차, 배 따위를 사들였다. 그 비용이 거대 상단을 유지하는 것보다 훨씬 저렴했기 때문이다.

어쨌거나 채승옥 역시 은하대맥의 일원이었다. 그것도 나름대로 거물 측에 속하는 인물이었다. 성검을 제외한 동방칠수의 육인 모두가 그의 휘하에 있던 무사들이라는 점만으로도 충분히 그 세(勢)를 짐작할 수 있다.

"쯧쯧, 그나저나 '각'은 왜 이렇게 늦는 게야. 헤헤. 현경아, 어제 흑랑이랑 싸울 때 오줌을 질질 흘렸다며?"

"누가 그럽디까?"

묵묵히 앉아 있던 현현경이 주먹으로 탁자를 쿵 내려쳤다.

"헤헤. 그놈 귀는 뚫려 있었군. 이놈아, 어른이 이야기를 하면 맞장구도 좀 쳐주고 그래라. 이건 뭐 통나무를 상대로 이야기하는 기분이니……."

"저 원래 농담 싫어하는 거 아시지 않습니까."

현현경은 고개도 돌리지 않은 채 무뚝뚝하게 대답했다.

"그랬냐, 언제부터?"

"내일부터요. 파하하하!"

"……."

"아, 안 웃겼습니까?"

"숭산 흑곰 가운데 제일 미련한 곰도 너보다는 농담을 더 잘할 게다. 머리에는 잔꾀가 가득한 놈이 왜 이다지도 해학이 없는 것인지. 쯧쯧."

채승옥은 현현경을 외면한 채 나머지 다섯 사내를 쳐다보았다.

그들은 하나같이 꿰다놓은 보릿자루처럼 멍하니 앉아 있을 뿐이다. 이제껏 함께 생활해 오면서 채승옥은 그들이 백 개 이상의 단어를 사용하는 것을 본 적이 없다.

기껏 기억할 수 있는 말들이 '밥 때가 되었습니다', '산적입니다. 죽일까요?', '이런… 또 밥 때가 되었습니다', '급여는 언제 오릅니까?', '밥 먹고 해도 되겠습니까?' 정도였다. 아무리 애써 기억하려 해도 그 외의 말들은 좀체 떠오르지 않았다.

'음……. 어떤 자인지는 모르겠지만, 이 녀석들을 이끌자면 속깨나 터질 게야.'

채승옥은 길게 한숨을 내쉬었다.

현현경을 비롯한 여섯 명의 사내는 채승옥을 중심으로 좌측으로부터 원을 그리며 앉아 있는데 각각 항(亢), 저(氐), 방(房), 심(心), 미(尾), 기(箕)의 별칭을 지니고 있다. 바로 그들이 동방칠수의 여섯 살성이었다.

원래 동방칠수란 주(周)나라 시절에 만들어진 별자리 이십팔수(二十八宿)의 일부다.

당시의 사람들은 달이 27.3일을 주기로 하여 백도를 일주한다고 믿었다. 따라서 달이 동쪽으로 옮겨가는 거리를 이십팔 등분하게 되었는데 그것이 바로 이십팔수다.

이십팔수는 앞서 말했듯 동방칠수(東方七宿), 서방칠수(西方七宿), 남방칠수(南方七宿), 북방칠수(北方七宿)로 나뉘는데, 이들은 각각 창룡(蒼龍)과 백호(白虎), 주작(朱雀), 현무(玄武)를 상징한다.

또한 동방칠수의 일곱 살수에게 부여된 각(角), 항(亢), 저(氐), 방(房),

심(心), 미(尾), 기(箕)는 각각 창룡의 뿔, 목, 가슴, 배, 엉덩이, 꼬리, 항문을 상징한다. 즉 그 일곱 개의 별을 선으로 이으면 비로소 창룡의 형상이 만들어지는 것이다.

하지만 채승옥이 보기에 현현경과 나머지 다섯 사내는 당최 용과는 어울리지 않는 자들이었다. 곰이라면 모를까.

'헤헤. 하지만 전대 맥주의 아들이라니 얼마간 마음이 놓이는군. 일검수 대협은 진정한 영웅이었지. 씨도둑을 하지 않은 이상 그 아들도 다를 바 없을 게야. 헤헤, 이 채승옥이 든든한 후원자를 얻은 셈이군.'

채승옥이 이런저런 상념에 잠겨 있는데 마침 문이 열리며 수려한 모습의 사내 하나가 들어왔다.

사내는 흑삼(黑衫)을 걸쳤고, 풀어헤친 머리는 가볍게 어깨를 덮고 있었다. 소박한 옷차림과 심지가 굳게 생긴 얼굴이 전체적으로 담백한 아름다움을 이끌어냈다. 하지만 첫인상은 그리 강하지 않았다.

'음……. 일면 일검수 대협과 닮았군. 하지만 기도는 그다지 강해 보이지 않는걸? 아니, 아니야……. 제왕의 상이다. 보기 드문 인재야. 하하, 나 채승옥은 늘 운이 따른단 말이야.'

채승옥이 흡족한 표정을 지으며 몸을 일으켰다.

"채가가 류 공자, 아니지. 하하, 화 공자를 뵙소이다."

채승옥은 정중하게 포권을 취한 후 빈 의자를 가리켰다.

비록 동방칠수의 육인 모두가 채승옥 자신의 수하였지만 그것은 어디까지나 과거의 일이다. 그들 여섯 명이 동방칠수의 살성들로 승격한 이상 채승옥조차도 그들을 마음대로 부릴 수 없다. 성검에 이르러선 더 더욱 그랬다.

"음……. 서찰을 주고받았기 때문일까요? 비록 초면이지만 채 대인은 전혀 낯설지 않습니다. 글에 묻어난 고매한 인격이 그대로 몸에 배어 있는 듯합니다. 아무쪼록 앞으로 잘 부탁드립니다."

성검은 정중하게 포권한 뒤 닭살 돋는 칭찬을 몇 마디 늘어놓은 후에야 의자에 앉았다.

"하하. 무슨 낯뜨거운 말씀을……."

'헤헤, 제법 보는 눈도 있군.'

기분이 좋아진 채승옥은 성검에게 신뢰가 가득 담긴 눈길을 보냈다.

"화 공자, 어찌하다 보니 내가 주제넘게 이번 일의 책사 역을 맡았습니다. 우선 서로를 소개한 후 하남성 지부 설립에 관한 전체적인 계획을 논의하는 게 어떻겠습니까?"

채승옥은 황금 요대를 어루만지며 어울리지 않게 겸손을 가장했다.

"저 채승옥은 당분간 이 추향각의 주인으로 행세하게 될 것입니다. 물론 화 공자를 보필해 하남성 지부의 설립을 돕는 게 목적입니다. 그리고 제 우측에 앉은 이는 동방칠수의 부단장인 항(亢) 현현경입니다. 달리는 고독부라 불리며 꽤나 쓸 만한 도끼를 지니고 있습니다. 화 공자와는 이미 안면을 익힌 것으로 압니다."

"어제는 감사했습니다."

현현경이 자리에서 일어나 정중하게 읍한 후 자리에 앉았다. 지난밤과는 사뭇 다른 분위기였다.

성검은 가벼운 미소를 내비치며 고개를 끄덕였다.

"그리고 제 좌측에 앉은 이는 동방칠수의 저(氐) 소자경입니다. 빼어난 검수로, 현현경과 맞수를 이룹니다. 무척이나 과묵한 사람이지요."

"소자경이 인사 올립니다."

소자경이 천천히 몸을 일으켜 포권지례했다. 그는 육 척가량의 우람

한 체격을 지닌 사내로, 허리춤에는 길이 한 자 반가량의 검이 꽂혀 있었다.

성검은 이번에도 고개를 끄덕이며 미소를 내비쳤을 뿐이다.

"그 옆에 앉은 이는 동방칠수의 방(房) 북우초입니다. 한때 도(刀)로 이름을 날린 인물로, 녹림 출신입니다. 저를 공격했다가 현현경에게 당했는데, 인생이 불쌍해서 제가 수하로 거두었습니다. 워낙 체구가 장대해 밥값이 만만치 않게 들지만 충성심 하나는 대단한 인물입니다. 다만……."

"북우초 인사 올립니다."

소개를 마치기도 전에 북우초가 벌떡 일어나 정중하게 포권했다.

하지만 잠시 성검을 바라보던 그가 느닷없이 탁자에 걸쳐 놓았던 장도를 뽑아 들었다. 육 척 오 촌의 거한 치고는 무척이나 날랜 움직임이었다.

"현현경, 북우초를 저지하게!"

놀란 채승옥이 다급히 외쳤다.

"……!"

성검은 본능적으로 탁자 아래로 모아 쥐었던 손에 공력을 실었다. 여차하면 그대로 탁자를 날리고 일장을 격출하기 위해서였다.

하지만 북우초의 발도(拔刀)는 전혀 엉뚱한 이유에서 비롯된 것이었다.

"단장, 제 충심을 보이기 위해 이 자리에서 손가락을 자르겠습니다!"

북우초가 탁자 위에 왼손을 턱 걸쳐 놓으며 장도를 번쩍 치켜올렸다.

아주 찰나간의 일이었지만 성검은 탁자 위에 올려진 그의 왼손가락이 세 개밖에 없다는 사실을 확인할 수 있었다.

"우초, 참으시게!"

채승옥이 그의 오른손에 매달리다시피 하며 동작을 저지했다. 그 순간 또 현현경이 바닥에 꿇어앉으며 성검에게 머리를 조아렸다.

"단장, 제발 우초 아우를 막아주십시오."

"내, 내가 뭘 어쨌다고……."

성검은 두 눈을 동그랗게 뜬 채 북우초와 현현경을 번갈아 쳐다보았다.

"화 공자, 하하. 설명은 나중에 할 테니 우선 북우초를 진정시키시구려."

채승옥은 헛웃음을 지어 보이며 다급한 음성을 토해냈다.

"어, 어떻게 하면 진정이 되오?"

"이 친구를 진정시키기 위해선 마음을 잔잔하게 가라앉히는 시(詩)나 심금을 울리는 노래, 그도 아니라면 도덕경이나 법구경 따위의 금과옥조를 반 시진에 걸쳐……."

퍽—

채승옥의 말은 더 이어지지 않았다. 성검의 일장이 북우초의 복부에 작렬한 것이다.

"끄으으으—"

북우초는 괴이한 신음을 내지르며 맞은편 벽면에 쿵, 하고 부딪쳤다. 그 바람에 그의 어깨에 매달려 있던 채승옥까지도 바닥을 나뒹굴었지만 어쨌거나 위급한 국면이 진정되기는 했다.

"……!"

한순간 방 안엔 정적이 맴돌았다.

성검의 단호한 결정에 모두 경외의 눈빛을 보낸 것이다. 물론 그것
은 성검만의 생각이었지만…….

"에이쿠, 허리야."

바닥을 나뒹굴던 채승옥이 두 손으로 허리를 짚으며 일어섰다.

"하하, 우리가 왜 진작 이런 방법을 생각지 못했을까? 후— 그나저
나 이 인간이 언제 사람이 되려는지……."

채승옥은 기절한 채 바닥에 대자로 누워 있는 북우초의 엉치 부분을
한 번 걷어찬 후 성검에게 눈길을 돌렸다.

"하하, 이상하게 생각지 마시오, 화 공자. 이 인간이 정말 충성심 하
나는 대단한 인물입니다. 다만… 지금 보셨다시피 좀 무식한 게 흠이
지요. 보시면 알겠지만 북우초는 왼손가락이 세 개밖에 없습니다. 하
필 저는 이 화상의 왼손가락 두 개가 날아가는 장면을 직접 보았습니
다. 하나는 저를 만나 개과천선하겠다고 다짐하며 자른 것이고, 또 하
나는 은하대맥에 가입하면서 충성을 다짐하는 증표로 자른 것이지요."

"……?"

성검의 표정이 묘하게 변했다. 그런 식으로 살아온 북우초가 아직
손가락 발가락이 온전히 붙어 있는 게 신기했기 때문이다.

"이상하게 생각할 것 없습니다. 일종의 자해 중독증입니다. 도둑질
도 해본 놈이 한다고, 처음 우리를 만나 손가락을 잘랐을 때 나와 현현
경이 크게 감동받는 모습을 본 이후부터 툭하면 저 발광입니다."

"……?"

"북우초의 자질을 검증하기 위해 찾아온 은하대맥의 수뇌부들도 이
놈이 손가락 자르는 걸 보고 두말없이 가입을 허락했습니다. 다들 진

정한 영웅이 났네 어쨌네 했지만 나나 현현경은 속이 터져 죽는 줄 알았습니다. 오늘도 아마 화 공자를 감동시키기 위해 이런 짓거리를 했을 겁니다. 원래 무식한 놈이니 크게 괘념치 마십시오. 마침 크게 혼쭐 내었으니 화 공자 앞에서 다시 이런 짓을 하지는 않을 겁니다."

"……."

이야기를 다 듣고 난 성검은 바닥에 쓰러져 있는 북우초의 얼굴을 빤히 쳐다보았다. 아닌 게 아니라 미련하기가 곰보다 더할 것 같았다.

"자, 그럼 나머지 식솔들을 소개하겠소. 저기 앉아 있는 이는 동방칠수의 심(心) 철행궁입니다. 원래 살수 출신으로, 비수를 다루는 솜씨가……."

아무 일도 없었다는 듯 채승옥의 소개는 계속 이어졌다.

성검은 또 무슨 일이 터질지 몰라 바짝 긴장했지만 다행히 별다른 일은 일어나지 않았다. 살성들이 하나같이 무뚝뚝하고 미련해 보인다는 점을 제외하면 대체적으로 마음에 드는 편이었다.

동방칠수의 심(心) 철행궁. 그는 뛰어난 살수로, 어느 조직에도 가담하지 않은 채 철저하게 혼자서 살인을 일삼아왔다. 하지만 약 칠 년 전, 어려운 청부를 받고 작업에 임했다가 만신창이가 되어 강물에 던져졌다.

처절하게 패한 것이다. 상대는 개세구로의 제일좌 여추. 청탁을 한 인물의 정체는 끝내 알 수 없었다. 다만 그가 천검궁의 인물이란 사실만은 어렴풋이 짐작할 수 있었다.

당시 철행궁은 구사일생으로 목숨을 건졌으나 이후 끊임없는 추격에 시달려야 했다. 개세구로가 추격한 것이 아니다. 철행궁에게 청탁을 넣었던 정체 불명의 사내가 철행궁의 입을 막기 위해 추격대를 보낸 것이다. 결국 살수였던 철행궁은 오히려 살수의 표적이 되어 쫓기게 되었고 그 와중에 채승옥을 만났다.

채승옥은 간계를 써서 철행궁의 죽음을 위장했고, 그것으로 철행궁은 끝나지 않을 것 같던 지루한 추격에서 벗어날 수 있었다. 그리고 결국 채승옥의 사람이 되어 오늘에 이르게 된 것이다.

동방칠수의 미(尾) 모용각. 언뜻 모용세가(慕容世家)의 후손으로 착각할 수도 있지만, 오산이다. 모용각은 모(慕) 씨 성에 용각이란 이름을 지닌 천출이다. 다루지 못하는 무기가 없으며, 가장 자신이 있는 것은 궁(弓)이다.

원래는 사냥꾼이었으나 채승옥의 눈에 띠어 그의 호위 무사가 되었다. 장가도 들지 않은 채 늙고 눈먼 아비를 봉양해 왔는데, 채승옥은 전답이 달린 산 하나에 아비를 섬길 지조있는 과부를 넘기는 조건으로 모용각을 거두었다. 물론 개가한 과부가 얼마만큼 지조가 있을는지는 알 수 없는 일이지만…….

동방칠수의 기(箕) 변금은. 그는 듣도 보도 못한 변(便)씨다. 변(卞)이나 변(邊)씨라면 모를까, 소나 돼지도 마다할 변(便)씨라니…….

하지만 거기도 나름대로 사정이 있었다. 변금은은 까막눈이다. 어려서 고아가 되어 부잣집 머슴을 살았으니 딱히 글을 익힐 형편이 못 되었다.

머슴 변금은은 매일 하는 일이 뒷간의 오물로 두엄을 만들고 논밭에 거름을 뿌리는 일이었다. 자기 이름도 쓸 줄 모르는 그가 할 일이란 그런 것밖에 없었다.

어느 날, 평소 그를 귀여워해 주던 종놈 하나가 그의 이름자를 적어다 주며, '이게 네 이름이다. 사내라면 적어도 이름 석 자는 쓸 줄 알아야 하지 않겠느냐?'라고 말했다.

종놈 역시 까막눈이었으나 변금은을 위해 집사에게 사정해 이름자를 받아온 것이다. 하지만 집사가 좀 못돼먹은 위인이라 작명을 하면서 장난질을 쳤다. 편히 앉아 금은보화를 벌 이름이라며 세 글자를 적었는데 그것이 편할 편(便), 쇠 금(金), 은 은(銀) 세 자였다.

변금은은 쪽지에 적힌 '변금은(便金銀)' 세 글자를 잊지 않았고, 결국 자신의 성을 똥오줌 변(便) 자로 삼게 되었다.

하지만 팔자가 기구한 그에게도 한 가지 타고난 재주가 있었다.

힘! 어제 현현경에게 패한 우이경이 낙양의 항우장사로 통했다지만, 현현경이 느끼기에 그는 변금은의 힘에 비하면 새 발의 피였다. 변금은은 말 그대로 신력(神力)을 지닌 장사였고, 그 점이 눈에 띄어 채승옥에게 거두어졌다.

'음……. 잘만 다듬으면 제법 쓸 만한 수하들이 되겠어.'

동방칠수의 여섯 살성을 둘러보며 내심 흡족해하던 성검은 변금은과 눈이 마주치는 순간 측은한 마음이 일었다.

변금은은 칠 척에 육박하는 거구로 소처럼 크고 맑은 눈을 뒤룩뒤룩 굴리고 있었는데, 그 눈은 평생 죄 한 번 짓지 않고 살아온 사람의 눈빛이었다.

'쯧쯧, 어려서 똥만 치운 것도 모자라 성까지 변(便)씨를 받더니 동방칠수의 일곱 좌 가운데 또 하필 항문을 상징하는 기(箕)가 되었군. 정말 가엾은 친구야. 앞으로 각별히 신경을 써줘야겠군.'

성검은 변금은을 향해 부드러운 미소를 내비쳤다.

성검이 현현경, 소자경, 북우초, 철행궁, 모용각, 변금은 등 동방칠수의 인물들을 이해하고 형제처럼 친근하게 느끼게 되기까지는 채 반 시진도 걸리지 않았다. 채승옥의 세심한 소개 덕분이었다.

채승옥은 상당히 유능한 책사였고, 달변가였으며, 사려 깊은 이였다. 그것은 성검을 소개하는 과정만으로도 충분히 짐작할 수 있는 부분이었다.

성검과는 처음 만난 사이였음에도 채승옥은 그에 대해 상당한 정보를 가지고 있었다. 그의 출신과 이력은 물론 무슨 음식을 좋아하고 무슨 옷을 즐겨 입는지까지 훤히 꿰뚫고 있었다. 게다가 음주가무를 즐긴다는, 일급에 해당하는 비밀까지…….

성검에 대한 그런 분석은 단순히 정보만으로 되는 것은 아니었다. 한 번 보고도 그 사람의 됨됨이를 파악할 수 있는 직관이 있을 때라야 가능하다. 채승옥에게는 그 직관이 있었다. 그러기에 성검에게 큰 기대를 품고 있는 것인지도 모른다.

상견례를 마친 그들은 곧 하남성 지부 설립에 관한 건을 논의하기 시작했고, 언제부턴가 차 대신 술과 안주가 탁자를 차지하게 되었다.

말이 논의지, 사실상 회의를 주도하는 이는 채승옥이었다. 성검을 비롯한 동방칠수는 채승옥이 들려주는 하남성 일대의 동정이나 천검궁의 조직 체계를 이해하기에 바빴다.

"하남성을 장악하는 데 있어 가장 중요한 기점이 바로 이곳 낙양입니다. 낙양이 지닌 상징성도 그렇거니와 지리적으로도 요충지라 할 만합니다. 더욱이 은하대맥의 근거지인 섬서성 장안과 근접해 있어 위기 시엔 도움을 받거나 달아나기도 쉽습니다."

술기운에도 불구하고 채승옥의 눈빛엔 혜지가 담겨 있었다. 어찌 보면 상인의 눈빛이었으나, 실제로는 그 이상의 주도면밀함이 느껴졌다.

"어젯밤에 벌어진 흑랑파와의 일전으로 인해 일단 우리는 이곳의 유흥가를 접수하는 데 성공했습니다. 예상보다 앞선 것이었지만 오히려 호재라 할 만합니다. 사실 흑랑이 모습을 드러낸 것부터가 뜻밖의 일이었습니다. 그는 흑랑파의 두목이긴 하지만 일 년 중 낙양에 머무는 시간은 보름을 넘기지 않습니다. 그의 실제 정체는 천검궁의 서열 육십이위, 하남성을 비롯한 몇 개 지역을 사실상 관리하고 있었습니다."

"……!"

성검은 물론 현현경의 얼굴에도 이채가 어렸다.

흑랑이 만만치 않은 고수였다고는 생각했지만, 천검궁 내 서열 백위 안의 인물이라는 점은 의외였다. 그런 고위 인물이 한낱 폭력 조직의 수장으로 일해왔다니 쉽게 믿어지지 않았다.

"흑랑은 그동안 유흥가나 상단에서 검은 돈을 거두어 천검궁에 전달하는 임무를 맡아왔습니다. 말씀드렸다시피 흑랑파 외에도 몇 개의 조직을 더 관리해 왔지요. 그런 인물을 꺾었으니 큰 성과가 아닐 수 없습니다. 하지만 그 여파 역시 무시할 수 없습니다. 이제 곧 천검궁이 본격적으로 나설 것이고, 그렇게 되면 우리의 힘만으로 버티는 것은 불가능합니다."

"하지만 뭔가 복안이 있기에 이 일을 시작한 게 아닙니까?"

성검이 담담한 음성으로 물었다.

"물론입니다. 천검궁은 이번 일을 결코 좌시하지 않겠지만 그렇다고 전면에 나서서 관여할 입장은 못 됩니다. 이건 어디까지나 유흥가를 둘러싼 폭력 조직 간의 암투니까요. 그들이 적절한 대응책을 내는 데는 최소 두 달 이상의 시간이 걸릴 겁니다. 우리는 어떻게 해서든 그 안에 하남성 전체를 장악해야 합니다."

"그 이후엔?"

"뒷일을 걱정할 필요는 없습니다. 은하대맥에서 지속적인 관리를 담당할 조직을 새로 파견할 것이고, 우리는 하남성을 떠날 겁니다."

"이해할 수 없구려. 그렇다면 그들은 천검궁을 상대할 만큼 강하단 말이오?"

성검은 잔에 담긴 술을 비우며 채승옥을 빤히 쳐다보았다.

막상 은하대맥의 일원이 되었지만 성검은 그 조직에 대해 너무 모르고 있었다. 아니, 전혀 모르고 있다고 해도 과언이 아니다.

"글쎄요······. 동방칠수는 은하대맥의 살성인 동시에 수호성입니다. 최강이 될 수 있는 조직이지요. 그것은 이미 다른 지역에서 우리와 똑같은 임무를 수행하고 있는 서방칠수, 남방칠수, 북방칠수 또한 마찬가지입니다. 하지만 우리나 그들이 곧 은하대맥의 힘이라고는 할 수 없습니다. 이제 곧 은하대맥은 본격적으로 천검궁의 조직을 잠식해 갈 겁니다. 은하대맥의 진정한 실체가 서서히 드러나게 되겠지요."

"······!"

성검의 표정에 이채가 어렸다.

"조급해할 것 없습니다. 우리는 그저 우리의 임무만 다하면 됩니다. 물론 기본적인 것은 알 필요가 있겠지요."

채승옥은 잠시 성검의 두 눈을 직시하다가 천천히 말을 이었다.

"은하대맥은 우선 천검궁의 자금줄을 끊음으로써 그들을 압박하고, 또 한편으로는 산발적으로 그들의 지부를 공격해 혼란을 야기할 계획입니다. 그렇게 되면 천검궁은 음성적으로 이루어지고 있는 자금 조달 사업은 물론, 대외적인 위상에도 상처를 입게 되어 어느 한쪽에 힘을 실을 수 없게 되지요. 적어도 한동안 우왕좌왕할 수밖에 없을 겁니다.

은하대맥은 이미 대륙 각지에 점조직을 형성하고 있는 만큼 일시에 그들을 혼란에 빠뜨릴 수 있습니다. 어쩌면 강호일통 이후 천검궁은 최대의 위기를 맞게 될지도 모르지요. 물론 몇 년에 걸쳐 지속될 싸움입니다."

"……!"

마음 한편이 답답해졌다.

도대체 자기가 무슨 일을 하는지도 모른 채, 누군가의 손아귀에서 놀아나고 있다는 느낌을 떨칠 수 없었다. 하지만 현재로서는 어쩔 수 없는 일이기도 했다. 성검은 길게 한숨을 내쉬었다.

"자, 이제 하남성을 장악하기 위해 우리가 상대해야 할 세력을 하나하나 파악해 보도록 하겠습니다. 여기 천검궁의 자금 조달을 위한 조직 편성도가 있습니다. 비록 흑랑이 꺾이긴 했지만 각 조직의 수장들이 결코 만만한 상대가 아닙니다. 우선 낙양을 완전히 평정하기 위해서라도 사흘 이내에 철화방과 청천문을 굴복시켜야 하고……."

채승옥은 안주를 밀어낸 후 하남성 내 천검궁 조직 편성도를 펼쳐 놓았다. 그리고 각 조직의 특성에 대해 설명해 나갔다.

2

철화방. 낙양 저자 외곽에 자리 잡은 무도관. 이천 평에 달하는 대규모 장원으로 그곳에 상주하는 수련생의 수만 이백 명이 넘는다.

하지만 철화방에서는 여느 무도관과 달리 퇴폐적인 분위기가 물씬

묻어났다. 지나치게 화려했고, 무사들의 몸에서도 절도라거나 기개 따위는 전혀 느껴지지 않았다. 심지어는 대문에서부터 술 냄새가 풍겼고 계집들의 요사스런 웃음소리가 담장 밖으로 새어 나오기까지 했다.

사시(巳時) 초(初), 십여 명의 백의무사가 철화방의 대문을 향해 횡으로 늘어서서 다가오고 있었다.

"무, 무슨 일이오?"

수문위사가 더듬거리며 물었다. 백의무사들의 기도에 일찌감치 주눅이 든 것이다.

"방주 웅패철권(熊覇鐵拳)이 안에 있느냐?"

무리의 맨 앞에 서 있던 무사가 담담하게 물었다.

무사의 얼굴에는 흉터가 대각선으로 길게 교차해 있었다. 바로 고독부 현현경이다.

현현경은 갈색 마의 대신 단정한 백삼을 걸치고 있었다. 그와 무리를 이루고 있는 인물들 역시 똑같은 복장이었다.

"용무가 무엇이냐고 묻지 않았소!"

"철화방 접수."

"......!"

대문을 지키고 있던 무사들의 얼굴이 납빛으로 굳어졌다.

그들 역시 어젯밤 추향각에서 벌어진 사건에 대해 들은 바가 있었다. 평소 대문을 활짝 열어젖힌 채 수련생 한두 명이 지키고 있던 것과 달리, 예닐곱 명의 무사를 세워 경계하고 있는 이유도 그 때문이었다.

"자, 잠시 기다려 주시오. 방주께 고하겠소."

수문위사가 황급히 몸을 돌렸다. 하지만 그 순간 현현경의 입에서 차가운 음성이 새어 나왔다.

"네가 수고할 것 없다. 그냥 들어가면 되니까."

"여, 여보시오!"

비록 겁에 질리긴 했지만, 수문위사는 엉거주춤 길을 막아섰다. 이대로 들여보낸다면 질책을 받을 것이 뻔하기 때문이다.

"형님, 죽일까요?"

현현경의 뒤편에 서 있던 북우초가 장도를 치켜들며 말했다.

"……!"

수문위사의 두 눈이 번쩍 떠졌다. 그리고 다음 순간 다리가 풀렸는지 그 자리에 털썩 주저앉았다. 북우초의 위세에 놀라 혼비백산한 것이다.

"어라, 저절로 자지러지네? 그래도 죽일까요, 형님?"

"아니다. 지시 사항을 잊었느냐? 함부로 죽이지 마라."

현현경의 대답에 수문위사를 비롯한 철화방 무사들의 얼굴에 약간 핏기가 돌았다. 하지만 그것도 잠시, 이어져 나온 현현경의 말에 모두 경악하고 말았다.

"죽이지 않는 대신 앞으로 몇 달간 운신도 하지 못할 만큼 두 다리를 똑똑 분질러 놓아라. 한 놈도 빼놓아서는 안 되느니라."

"예, 형님!"

북우초의 대답에 이어 백의무사들이 일제히 튀어 나가 칼등으로 철화방 무사들의 다리를 부러뜨리기 시작했다.

곽, 곽, 곽ㅡ!

"끄아아악ㅡ!"

뼈마디 부러지는 소리와 처절한 비명성이 철화방의 아침을 열었다.

하지만 그것은 시작에 불과했다. 현현경 등이 도장 안으로 들어가면

서부터 그 비명성은 더욱 처절하게 꼬리를 물고 이어졌다.

같은 시각, 청천문.

오백여 평의 연무장에 청색 무복을 입은 사내들이 나뒹굴며 신음하고 있었다. 어림잡아 이백여 명을 웃도는 숫자다. 그들은 모두 청천문의 무사나 수련생들로, 무도관만 벗어나면 삼류 주먹패로 변하곤 하던 자들이다.

연무장 정면의 단상. 그곳엔 이십여 명의 무사가 검을 빼 들고 단상 아래에 늘어선 십여 명의 백의무사와 대치해 있었다. 비록 검을 뽑아 들기는 했지만 하나같이 사색이 된 얼굴이었다.

"원하는 것이 무엇이냐?"

호위 무사들에게 둘러싸인 사십 대의 사내가 경직된 음성으로 물었다.

사내는 은빛 비단옷에 옥으로 만들어진 요대를 걸친 호화로운 복장이었지만, 불룩 튀어나온 배와 탐욕스런 인상 때문에 얼마간 천박해 보였다. 그가 바로 청천문주 구상록이었다.

"형님, 저 잡놈이 초면에 반말을 합니다. 특별히 저놈만 죽일까요?"

구상록과 마주 서 있던 백의무사 가운데 묵직한 철퇴를 든 거한이 입을 열었다.

철퇴의 거한, 다름 아닌 변금은이다. 그의 눈은 옆에 서 있는 성검에게 멎어 있었다. 명령만 떨어지면 구상록에게 득달같이 내달려 철퇴로 머리를 내려칠 기세다.

"케헴. 위, 원하는 것이 무엇이오?"

변금은의 거구에 주눅이 든 구상록이 잽싸게 말투를 정정했다.

"내가 원하는 것을 말하면 다 들어줄 거야?"

성검이 장난기 어린 말투로 물었다.

"왜 초면에 바, 반말을 하… 십니까요."

짐짓 화난 표정을 지으려던 구상록이 변금은과 눈이 마주치는 순간 찔끔하며 정중하게 말투를 고쳤다.

"형님, 저놈 말이 많은데 그냥 죽일까요?"

"……!"

구상록의 표정이 어두워졌다.

"금은아, 죽이면 안 된다니까?"

성검의 대답에 구상록의 표정이 밝아졌다.

"그럼 다른 놈들처럼 다리만 부러뜨릴까요?"

구상록의 안색이 다소 어두워졌다.

"아니, 저 잡놈은 질이 아주 나쁘거든. 그러니까 반신불수로 만들어 버려. 다시는 나쁜 짓 못하게."

"으헉—!"

구상록은 다시 사색이 되었다.

이미 백의무사들의 실력을 본 만큼 감히 대들 생각도 하지 못했다. 그것은 그의 호위 무사들 역시 마찬가지였다.

하지만 변금은이 묵직한 철퇴를 휘휘 휘두르며 다가오는 순간, 호위 무사들의 표정이 비장하게 바뀌었다. 그들은 일제히 구상록 앞에 부복하며 검을 바닥에 찍었다.

"문주, 내생에 태어나도 다시 문주를 모시겠습니다!"

"이제껏 호의호식하게 해준 문주의 은혜는 하늘이 무너지고 태산이 쪼개져도 결코 잊지 못할 것입니다!"

"내 평생 다섯 명의 주인을 모셨으나 문주처럼 화끈한 분은 없었습니다. 문주와 함께 기방에서 지샜던 날들을 어찌 잊을 수 있겠습니까? 흐흐흑."

저마다 오열을 토해내던 호위 무사들이 약속이나 한 듯 벌떡 일어섰다.

'음……. 그래도 수하들에게 인심을 잃은 우두머리는 아니었군.'

호위 무사들을 쳐다보던 성검의 표정이 미미하게 변했다. 측은지심이 일었던 것이다. 하지만 그것도 잠시…….

"조만간 다시 찾아뵙겠습니다."

"형편이 되면 기루에도 모시겠습니다."

"흐흐흑, 정말 형님 같은 분이었는데……."

호위 무사들은 짤막한 인사를 남긴 채 그대로 신형을 날려 달아나기 시작했다. 형편없는 신법이었음에도 그들은 순식간에 전각을 돌아 담장을 넘어 사라졌다.

'하마터면 오해할 뻔했군. 똑같이 나쁜 놈들이었어…….'

성검은 너무 어이가 없어 설레설레 고개를 저었다.

"금은 아우."

"예, 형님."

"방금 전 달아난 놈들도 잡아서 반신불수를 만들게. 그리고 구상록과 함께 저자에 내다버리게. 한솥밥을 먹던 놈들이니 함께 몰매를 맞아 죽게 해주는 게 도리지."

"알겠습니다, 형님."

변금은은 망설일 시간이 없다는 듯 곧장 구상록을 향해 내달렸다. 잠시 후, 어른 머리통만한 주먹이 구상록의 복부에 작렬했다.

"컵!"

구상록은 외마디 신음을 내지르며 축 늘어졌다. 그 순간 변금은이 축 늘어진 구상록을 번쩍 들어 올려 힘껏 집어 던졌다.

슈우웅—

기이한 파공성이 꼬리를 남겼다. 구상록의 신형은 어느새 단상 뒤편에 자리 잡은 전각의 지붕 위를 날고 있었다.

"헤헤, 저 정도면 반신불수가 되었겠지요?"

변금은이 헤벌쭉이 웃으며 성검을 쳐다보았다.

"쯧쯧, 자네 주먹에 맞는 순간 이미 절명했을걸?"

성검이 길게 한숨을 내쉬었다. 아무래도 변금은에게는 힘을 조절하는 방법부터 가르쳐야 할 것 같았다.

그래도 무안한 건 아는지, 변금은이 자기 머리를 툭 치며 호들갑을 떨기 시작했다.

"이런, 내 정신 좀 보게. 달아난 놈들을 잡아 반신불수로 만들어야 하는데. 헤헤, 형님. 그럼 전 이만……."

변금은은 덩치에 어울리지 않는 표홀한 신법으로, 마치 다람쥐를 쫓는 불곰처럼 빠르게 연무장을 가로질러 갔다.

동방칠수가 낙양의 유흥가를 장악하는 데는 딱 반나절이 걸렸다.

두 패로 나누어 철화방과 청천문을 재기 불능의 상태로 만든 동방칠수는 곧장 흑랑파의 근거지로 찾아갔다. 그들이 해산했는지를 확인하기 위해서였다. 만약 흑랑파가 여전히 미련을 버리지 못했다면 철화방이나 청천문처럼 쑥대밭으로 만들어놓을 생각이었다.

하지만 동방칠수가 도착했을 때 흑랑파의 본부는 텅 비어 있었다.

약발이 제대로 먹힌 것이다.

이후 성검은 동방칠수와 함께 사흘에 걸쳐 낙양 유흥가의 질서를 바로잡았다. 그리고 나흘째 아침, 추향각에 '동방룡(東方龍)'이라는 현판을 걸었다.

현판식에는 동방룡의 문하에 들고자 하는 많은 젊은이들이 몰려들었다. 이미 소문이 파다하게 퍼진 탓에 너도나도 몰려든 것이다. 그들 가운데는 평소 흑랑파나 철화방, 청천문에 원한을 졌던 이들도 많았다.

가입 신청을 받는 이틀 동안 동방칠수는 옥석을 가리기 위해 진땀을 빼야 했다. 간혹 흑랑파나 그 외 폭력 조직에 몸담았던 자들이 동방룡에 가입 신청을 하기도 했기 때문이다. 물론 성검은 과감하게 그들의 입문을 불허했다. 포용력이 없기 때문이 아니라 동방룡이 자칫 흑랑파 따위의 폭력 조직으로 비춰질 것을 염려해서였다.

어쨌거나 그 이틀간 동방룡에 가입한 문도의 수는 오백 명에 육박했다. 그로써 동방룡은 순식간에 낙양에서 제일 가는 세력으로 성장했고, 빠르게 조직을 정비해 나갔다.

그사이 채승옥은 관부의 인물이나 지역 유지들과의 교우에 힘썼다. 채승옥은 워낙 달변인 데다 사람을 편안하게 하는 재주가 있어 단 며칠 만에 그들의 환심을 샀다. 특히 낙양의 거상인 계원엽을 회유한 일은 큰 성과였다. 사실 동방칠수가 낙양을 최초의 거점 지역으로 정한 것도 계원엽을 회유하기 위해서였으니까……

하지만 모든 게 명쾌하지만은 않았다. 흑랑파 시절의 전례를 완전히 무시할 수 없어서 관부에는 어쩔 수 없이 뇌물을 써야 했다. 성검이 불편한 심기를 드러내기는 했지만 관부와의 마찰을 피하기 위해선 그 방법밖에 없었다. 우선은 동방룡이 안정을 찾는 것이 급선무였던 것이다.

낙양에 도착한 지 열흘째 되는 날 아침, 성검은 정주를 향해 길을 떠났다. 어차피 하남성 전체를 장악하는 것이 임무인만큼 또 하나의 거점 도시인 정주를 빠른 시간 안에 흡수해야 했다.

정주를 치기 위해 성검과 조를 이룬 인물은 동방칠수의 철행궁과 모용각, 변금은, 그리고 십여 명의 용병 무사였다.

동방칠수의 수호성들과는 달리, 용병 무사들은 은하대맥에 대해 아는 바가 없었다. 그들은 채승옥 개인이 거금을 들여 사들인 떠돌이 고수들로, 철저하게 돈의 힘에 의해 움직이는 자들이었다. 하지만 일단 돈을 받고 일하는 만큼, 자신에게 주어진 임무에 충실했으며 성검의 명령에도 절대 복종했다.

추향각과 동방룡의 관리는 채승옥과 동방칠수의 현현경, 소자경, 북우초에게 맡겨졌다. 비록 소수의 인원이지만 성검은 크게 걱정하지 않았다. 채승옥이 워낙 주도면밀한 데다 현현경 역시 신중한 인물이기 때문이다.

더욱이 그곳에 남은 십오 명가량의 용병 무사 역시 나름대로 실력을 갖춘 무림고수들이었으므로 새로 가입한 문도들을 통솔하고 훈련시키는 데 어려움이 없을 듯했다.

성검 일행이 정주에 도착한 것은 낙양을 떠난 지 엿새 만이었다.

일행은 밤늦게 객잔에 들었다. 간단하게 술자리를 가진 후 잠에 들었고, 다음날 사시(巳時) 무렵에야 일어나 저자로 나갔다.

성검은 용병 무사들에게 적당히 즐길 만큼 돈을 나누어 주고 철행궁, 모용각, 변금은만을 대동했다. 사전에 정주 일대 조직의 정보를 숙지하긴 했지만, 직접 번화가를 돌며 사정을 파악하고 싶었기 때문이다.

"형님, 밥부터 먹지요."

이런저런 구경에 정신이 팔려 있던 변금은이 씨익, 웃으며 말했다.

그 순진무구한 표정……. 그것은 철행궁이나 모용각 등 동방칠수 대부분이 지닌 공통된 표정이었다. 그런데 함께 지내는 동안 꾸준히 느껴온 것이지만, 그 웃음은 분명 순진을 가장한 아둔함이었다.

현현경은 좀 나은 편이지만, 그 외 동방칠수들의 표정은 무척 단순했다. '형님, 밥부터 먹지요' 할 때는 지금처럼 순진무구한 표정, '형님, 저놈을 죽일까요?' 할 때는 살벌한 표정, '형님, 저게 뭐예요?' 할 때는 호기심 어린 표정, 그 외 대부분의 경우엔 시종 흐리멍덩한 표정이었다.

성검은 잠시 변금은의 얼굴을 들여다보다가 고개를 끄덕였다.

"음…… 밥이라. 뭘로 먹을까?"

"예? 밥 먹자니까요."

"……."

성검은 다시 변금은의 얼굴을 빤히 들여다보았다. 그리고 길게 한숨을 내쉰 후 다시 물었다.

"무슨 요리를 먹을까?"

"헤헤, 밥이요."

"……!"

'젠장, 다른 사람은 몰라도 금은이만큼은 낙양에 두고 왔어야 하는건데……. 닭이나 소도 이놈처럼 단순하지는 않을 거야.'

고개를 설레설레 흔드는데 마침 큼직한 식당이 눈에 띄었다. '자미궁(紫微宮)'이라는 현판이 붙은 이층 건물이었다.

원래 자미궁은 천제(天帝)가 거처한다는 성좌로, 북극의 소웅좌 부근에 있는 별자리다. 식당은 그 이름만큼이나 웅장하고 화려했다.

"그래, 이왕이면 맛있는 밥을 먹어야겠지? 저기로 가자."

성검이 자미궁을 가리키며 환하게 웃었다. 모처럼 인심을 쓸 요량으로.

"맛있는 밥이요? 헤헤, 맛없는 밥도 있나?"

"큰형님은 너무 복잡해."

"형님들, 황새가 어떻게 뱁새의 뜻을 알겠습니까? 무조건 대가리가하자는 대로 하지요. 그게 우리 몸통과 꼬리의 자세입니다."

변금은과 철행궁, 모용각이 차례로 말하며 성검의 뒤를 따랐다.

"고맙다, 용각."

성검이 변금은처럼 씨익 웃으며 모용각을 쳐다보았다. 하지만 그의마음은 이렇게 중얼거리고 있었다.

'황새가 어떻게 뱁새의 뜻을 알겠냐고? 네가 제일 무식해. 어떻게사냥꾼 출신이란 놈이 황새하고 뱁새도 구분을 못하냐? 아니지, 애초에 황새랑 뱁새가 나오는 것부터가 잘못됐어. 너희가 어찌 봉황의 뜻을 알겠느냐, 뭐 이런 표현이 어울리지 않겠냐? 게다가 대가리라니…정말 환장하겠군.'

자미궁의 실내는 외관과는 달리 은은한 장식들로 꾸며져 있었다. 그렇다고 검박한 것은 아니었다. 오히려 고급스러운 골동품들이 정갈하게 배치되어 있어 그 주인, 혹은 단골들이 꽤나 격조있는 인물들임을느끼게 했다.

이층으로 안내된 후 성검은 잡다한 요리를 주문했다. 하남성 자체가광동이나 호남, 사천 등지에 비해 내세울 만한 요리가 없긴 했지만, 자미궁에는 그 각각의 요리가 골고루 준비되어 있었다.

솔직히 성검 역시 무불사와 숭산 시절에 궁핍한 생활만을 해온 터라 고급스런 음식을 접할 기회는 그다지 많지 않았다. 하지만 화룡방의 장여룡과 의형제를 맺은 후 제법 많은 후원금을 받아 한 푼도 남김없이 쓰는 동안 입이 고급이 되었다.

성검은 그게 결코 사치라고 생각하지 않았다. 앞으로 할 일들을 생각해 볼 때 충분히 적응해야 할 필요가 있었다. 더욱이 오늘은 변금은에게 밥이 얼마나 여러 종류인지를 확실히 깨닫게 해주고 싶었다.

식사가 나올 때까지 일행은 멀뚱히 서로의 얼굴만 쳐다보았다. 평소엔 무척이나 과묵한 위인들이었으므로 묵묵히 밥만 기다리고 있는 것이다.

'젠장. 금은아, 내 얼굴에 뭐 묻었냐? 뭘 그렇게 빤히 쳐다보냐?'

성검은 맞은편에 앉아 흐리멍덩한 얼굴로 자신을 쳐다보고 있는 변금은을 향해 씨익, 웃어주었다. 계속 눈이 마주치다 보니 가만히 있기가 어색했기 때문이다.

"형님!"

"응?"

"헤헤, 제 얼굴에 뭐 묻었습니까? 왜 그렇게 빤히 쳐다보십니까?"

"어? 내, 내가 그랬나?"

다소 황당했지만 성검은 이번에도 씨익, 웃어줄 수밖에 없었다.

"예. 아까부터 빤히 쳐다보고 있었습니다."

"금은이가 너무 좋아서 그러지."

"헤헤. 저도 형님이 좋습니다. 형님은 아는 것도 많고, 무공도 고강하고, 에… 또 밥도 잘 사주고, 잔소리도 별로 안 하고, 에… 성질머리도 좋습니다."

"서, 성질머리? 아, 대, 대개는 인품이라고 하지. 음회회. 금은이 너도 인간성은 무척 좋은 편이야."

'머리도 좋으면 얼마나 감동적이었겠니. 그나저나 이 인간들에게 적응하려면 시간이 필요하겠군. 아주 많이……'

좌측으로 고개를 돌리면 철행궁, 우측으로 고개를 돌리면 모용각이 포진해 있다. 그야말로 고립무원(孤立無援)이었다.

이제 성검은 엽차만 벌컥벌컥 들이마시며 천장을 쳐다보는 수밖에 없었다.

그때였다, 아래층에서 소란이 일기 시작한 것은.

"긴말할 것 없다, 이놈. 당장 주방장을 이리 오라고 해! 어떻게 해물잡탕에서 사람 손가락이 나올 수 있는 게지?"

"무슨 마, 말도 안 되는 소리를 하십니까요, 손님."

"오호호호, 이런 싸가지없는 놈. 이걸 보고 그런 소리를 지껄이시지?"

"그, 그게 어떻게 음식에……"

카랑카랑한 노파의 노성과 안절부절못하는 점소이의 음성이 식당 전체에 퍼졌다. 그런데 한순간 성검의 표정이 묘하게 변했다.

'저 목소리는……'

분명히 귀에 익은 음성이었다.

성검은 와자지껄한 소란에 좀 더 주위를 기울였는데 그때 또 다른 음성이 들려왔다. 역시 귀에 익은 음성이다.

"홍! 그럼 지금 우리가 거짓말을 하고 있다는 거야? 잔말 말고 주방장을 불러와! 그놈에게 물어보면 가장 확실할 거 아니야?"

보다 앙칼진 젊은 여인의 음성……

"손님들, 정말 억지 부릴 걸 부리셔야지요. 이 탕은 한 시간 내내 펄펄 끓인 음식인데 그 손가락은 육포처럼 바짝 말라 있지 않습니까. 어떻게 그 손가락이 이 해물잡탕에서 나온 거라고 믿겠습니까요. 자꾸 이렇게 억지를 부리면 저희도 당하고만 있지는 않습니다."

"뭐, 당하고만 있지는 않아? 호, 그럼 어쩔 건데? 지금 네가 초지일관 초지를 협박하는 거야? 호호호. 정말 별꼴을 다 보겠구나?"

"……!"

귀를 기울여 듣던 성검의 이마에 깊은 주름이 잡혔다.

'젠장, 초지일관 초지가 확실하군. 취봉접 그 할망구까지 같이 왔으니 아무래도 조심해야겠는걸? 그래, 숭산이 이곳에서 멀지 않다는 사실을 깜빡 잊고 있었어……'

성검은 다시 엽차 한 잔을 들이킨 후 천장을 빤히 쳐다보았다.

"헤헤. 형님, 싸움 구경하러 안 가십니까?"

"금은아, 우리가 가서 다 죽여 버릴까?"

"큰형님, 저놈들 말 신경 쓰지 마십시오. 우선 밥부터 먹어야 하지 않겠습니까?"

변금은과 모용각, 철행궁이 차례로 말했다.

제5장

쵸지 가(家)의 복잡한 혈통

　초지일관 초지. 취봉접의 하나밖에 없는 중손녀.

　초의의 유년 시절은 남들과 좀 달랐다. 또래들과 어울려 공기놀이나 사방치기, 연날리기 따위를 하며 놀 나이에 초지는 옥심정양의귀일검법(玉心正兩儀歸一劍法)으로 참새를 잡아 구워 먹거나 신행미종보(神行迷踪步)의 신법으로 멧돼지와 달리기 시합을 하거나 옥심장력(玉心掌力)으로 밤을 따 먹거나, 그도 아니면 섬전수(閃電手)를 써서 곰처럼 물고기를 낚아채거나 하며 하루하루를 보냈다.

　어린 시절의 초지는 그야말로 무공 신동이었다. 한때 강호에 이름이 높던 취봉접조차도 그런 중손녀의 모습에 혀를 내두르곤 했다.

　하지만 나이 아홉 살 때였던가, 숭산에 사는 영물 삼각록(三角鹿)의 녹용을 과다하게 먹은 다음부터 조금 이상해졌다.

　삼각록은 뿔이 세 개 다린 사슴으로, 고대의 전설에나 등장하는 영물이다. 그런데 사람의 눈을 피해 힘겹게 명맥을 유지하던 그 세 뿔사슴이 우연히 취봉접의 눈에 띄어 몹쓸 짓을 당하고 말았다.

취봉접은 신동인 초지에게 삼각록의 생피를 따라 마시게 하고 녹용을 달여 먹였다. 물론 삼각록의 녹용이나 생피가 기를 북돋는다거나 하는 기록은 어디에도 없었다. 다만, 워낙 영물인만큼 효험이 있지 않을까 싶었다.

어쨌거나 그녀는 내심 많은 기대를 했다. 초지의 내공이 몇 배로 증가하면 적수가 없겠다거나 내공에 어울리는 무슨 무슨 신공을 가르칠 차례라거나 하면서…….

하지만 이후 취봉접은 그 일을 두고두고 후회했다. 녹용을 먹은 다음부터 초지의 눈빛이 흐리멍덩해지고 총기가 사라지기 시작한 것이다. 무공의 진전도 더디기 그지없었다. 녹용을 먹기 전까지만 해도 초지는 곤륜파의 무공을 대부분 섭렵한 상태였다. 하나를 가르치면 열을 깨우치는 총명한 아이였으므로. 그런데 어떻게 된 것이 녹용을 먹은 후로는 하나를 가르치면 열을 헷갈려 했다. 따지고 보면 초지는 정말 팔자가 기구했다.

초지의 증조부는 한때 곤륜파의 장문인이었던 일절천하 구룡휘다. 젊은 시절 구룡휘에게 반한 취봉접이 그를 겁탈해 아이를 임신해 딸을 낳았는데 초지는 바로 그 딸의 아들의 딸, 즉 취봉접의 외증손녀다.

그 사실을 아는 사람은 거의 없다. 구룡휘는 죽을 때까지 자신이 취봉접에게 겁탈당했다는 사실을 비밀에 부쳤다. 사내대장부의 자존심을 지키기 위해…….

반면 취봉접 역시 그 사실을 밝힐 수 없었다. 그녀는 원래 천년밀문의 후기지수로, 문주의 기대를 한 몸에 받는 제자였다. 그런데 견문을 넓히기 위해 강호로 나왔다가 구룡휘에게 반해 그를 덮쳤고, 그렇게 해서 딸까지 얻고 말았다.

결국 그녀는 문주에게 사죄 편지를 쓰는 것으로 밀문과의 인연을 끊었다. 어차피 천년밀문의 문주가 되기 위해선 처녀성을 잃지 않아야 했으므로, 이미 문주의 기대를 저버린 셈이다.

그렇다고 강호를 떠난 것은 아니었다. 취봉접은 어린 딸을 보살피기 위해 잠시 은거해 있다가 딸이 걸어다닐 나이가 되자 다시 강호로 나와 갖은 기행을 일삼았다.

그렇게 삼십여 년이 더 흐른 뒤 홀연 자취를 감추었는데, 그것은 딸과의 불화 때문이었다. 딸아이가 머리가 굵어지면서 사사건건 부딪치게 되었고, 기어코는 사내놈이랑 눈이 맞아 취봉접 곁을 떠나고 말았다. 그것이 육십 년 하고도 몇 년이 더 된 일이다.

취봉접의 딸 역시 어머니와 비슷한 전철을 밟았다. 그녀의 이름은 초란(草蘭)이었다. 나이 서른을 한참 넘긴 후에야 한 사내를 사랑하게 되었는데, 어미가 그랬듯 그녀 역시 제법 남자 보는 눈은 있었다. 상대는 당시 소림사의 이름을 드높였던 청미(靑尾).

청미는 소림의 학승으로, 무공은 보잘것없으나 경전을 해석하거나 불법을 전하는 데 탁월한 재능이 있었다. 또한 불심이 깊어서 다른 소림 승려들과는 달리 저자를 떠돌며 불교를 전도했다. 오죽하면 살아 있는 부처라고 불려졌을까.

그런데 우연한 기회에 저자에서 그의 불법 강연을 듣게 된 초란이 깊게 깨달음을 얻게 되었다. 깨닫는 즉시 행하는 것이 구도자의 자세, 초란은 그날 밤 당장 청미를 납치했고 그 어미가 아비 구룡휘에게 했던 짓을 그대로 재현했다.

청미는 보름 만에 어렵게 초란에게서 도망쳐 소림사로 돌아갔는데 당시 얼굴이 누렇게 뜨고 피골이 상접해, 청미를 아는 이도 그가 청미임을 알아보지 못할 지경이었다고 전해진다.

어쨌거나 그날 이후 청미는 일체의 경전 해독이나 설교를 포기한 채 참선동에 들어가 다시는 밖으로 나오지 않았다. 그리고 대략 십 년 후, 소림사에선 삼백여 년 만에 부처가 탄생하게 되었다. 청미가 해탈을 이룬 것이다.

다시 취봉접 일가의 이야기로 돌아오자면, 초란은 청미 대사의 피를 이어받은 아들 하나를 얻었다. 그 아이의 이름은 무흔(無痕). 청미 대사의 아들답게 그는 총명하기 이를 데 없는 아이였으며, 무공을 익히기보다는 학문에 열중했다.

어미가 된 초란은 많이 달라졌다. 그녀는 강호를 떠나 무흔을 키우는 데만 열중했다. 한때 자신이 저질렀던 죄가 아들의 업보가 되지 않을까 하는 마음에 틈이 날 때마다 사찰을 찾아 불공까지 드렸다. 그러고도 마음이 놓이지 않아 아예 사천성 서부 아미산 복호사 근처에 터를 잡고 아침저녁으로 불공을 드렸다.

그렇게 세월이 흘렀다.

그런데 아비의 영향 때문일까? 무흔은 나이 서른이 한참 넘도록 장가갈 생각도 하지 않은 채 학문에만 정진했다.

못나서가 아니었다. 무흔은 수려한 외모에 인격과 품위를 고루 갖춘 선비로 사천성 일대에 그 명성이 높았다. 그를 사모해 집 앞을 배회하는 처자도 한둘이 아니었다. 복호사의 비구니들, 즉 아미파의 여제자들까지도 무흔으로 인해 밤잠을 설칠 정도였다. 하지만 정작 무흔은 목석처럼 그녀들을 외면했다. 그런 무흔의 성격 때문에 초란은 많은 걱정을 할 수밖에 없었다. 그녀의 불공은 이제 무흔이 장가들어 대를 잇게 해달라는 염원으로 바뀌었다.

그녀의 정성에 부처님이 감복한 것일까, 드디어 무흔이 대를 잇게 되었다. 은가영이란 여인으로 인해…….

하지만 업보는 업보다. 몇 번의 구애에도 불구하고 무흔은 은가영을 거들떠보지도 않았다. 더욱이 은가영이 아미파의 제자였기에 무흔의 태도는 더욱 냉담했다. 결국 가영은 머리끝까지 화가 뻗쳐 무흔을 납치하기에 이르렀다. 취봉접과 초란이 그랬듯.

그렇게 해서 태어난 아이가 바로 초지다.

한 가지 특이한 것은 은가영에게 사랑하는 남자 취하는 비법을 알려준 이가 바로 무흔의 어미 초란이었다는 점이다. 즉, 초지의 탄생은 무흔과 은가영이 아닌 초란과 은가영의 합작품이었던 셈이다.

하지만 무흔은 은가영에게 당한 충격을 이기지 못했다. 결국 불가에 귀의해 대륙을 떠돌게 되었고, 은가영과 초란은 또 초지를 취봉접에게 맡긴 채 무흔을 찾아 대륙을 종횡했다. 그만큼 은가영과 초란은 무흔에게 집착했던 것이다.

초지일관 초지……. 그녀의 혈통은 이렇듯 복잡하고 현란했다. 그리고 기구했다.

어쨌거나 초지는 지금 무척 화가 나 있었다. 눈치없고 강직한 점소이 때문이다.

'아이, 짜증나. 그냥 밥값 안 받을 테니 용서해 달라고 하면 될 걸 왜 이렇게 일을 복잡하게 만들지?'

초지는 잘려진 손가락을 오른손에 움켜쥔 채 흑마신장(黑魔神掌)을 펼치는 중이다.

점소이를 공격하기 위해서가 아니었다. 그저 기(氣)를 이용해 말라 비틀어진 손가락을 퉁퉁 불리기 위해서였다. 아닌 게 아니라 그녀의 손은 붉게 물든 채 수증기를 피워 올리고 있었다. 잠시 후,

"흥! 왜 자꾸 우기지? 정말 떳떳하다면 관아로 가면 될 거 아냐. 그리고 이게 어디 육포처럼 말라비틀어진 손가락이야. 내가 보기엔 퉁퉁 불어터졌는데. 좀 시커멓긴 하지만……."

초지는 식당 안에 있는 사람들이 모두 볼 수 있게 손에 쥐고 있던 손가락을 번쩍 들어 올렸다.

"우욱!"

"왝―"

순간 식당 곳곳에서 토악질하는 소리가 들렸다.

"헛― 어, 언제 이렇게 되었지?"

점소이는 두 눈을 동그랗게 뜬 채 초지의 손에 들린 손가락을 쳐다 보았다. 분명 비쩍 말라비틀어진 손가락이었는데 지금은 퉁퉁 불어 있다.

"무슨 소란이냐?"

점소이 뒤편에서 건장한 사내가 모습을 드러냈다.

사내는 때가 꼬질꼬질한 앞치마를 두르고 있었다. 두 손엔 식칼이 들렸는데 하나는 고기 다지기 좋은 넓고 네모난 식칼이고, 또 하나는 회를 뜰 때 사용하는 길고 갸름한 칼이었다. 언뜻 보기에도 주방장이 분명했다.

"어휴. 마침 잘 오셨습니다, 총관 어른. 글쎄, 이 손님들이……."

"주방에서 다 들었느니라. 미련한 녀석, 그깟 일로 이렇게 소란을 일

으켜 손님들의 식사를 방해하다니. 점소이 생활이 몇 년인데 아직까지 그 모양이냐?"

식칼 사내는 매서운 눈으로 점소이를 쏘아본 후, 식당 안의 손님들에게 일일이 포권을 취하기 시작했다.

"부디 오해 없으시길 바랍니다. 저는 자미궁의 총관 계형입니다. 마침 오늘 주방장이 쉬는 날이라 제가 직접 주방을 지휘했습니다. 맹세컨대 우리 식당에선 사람의 손가락이 나올 리 없습니다. 여러분이 드시는 음식의 모든 재료는 가장 신선하고 질 좋은 것으로 이 계형이 직접 구합니다. 하하, 분명 이 손님들이 돈을 내지 않기 위해 억지를 부리고 있는 것입니다. 이미 근처의 몇몇 식당이 이들 조손에게 이런 식으로 당했습니다. 우리 자미궁 같은 일류식당에서 설마 인육을 쓰겠습니까? 부디 안심하시고 맛있게들 드십시오."

계형은 부드럽게 말한 후 취봉접과 초지에게 시선을 돌렸다.

하지만 달변에도 불구하고 손님들은 다시 한 번 토악질을 하기 시작했다. 계형의 덥수룩한 수염엔 덕지덕지 고기 조각이 붙었고, 때가 꼬질꼬질한 앞치마엔 피가 흥건했다. 아무리 비위가 좋아도 토악질을 하지 않을 수 없었다.

"뭐야? 우리가 돈 내기 싫어서 거짓말을 했단 말이야? 흥! 그래, 당연히 돈은 안 낼 거야. 음식에서 손가락이 나온 게 분명한데 왜 돈을 내야 하지? 오히려 위로금을 받아야 할 처진데 말이야."

"하하, 그래? 하지만 우리가 인육을 썼다면 왜 손가락이 해물잡탕에서 나올까? 양 고기나 개고기도 아니고 말이야?"

"……!"

초지의 안색이 얼마간 굳어졌다.

해물잡탕을 시킨 게 실수란 생각이 잠깐 들었다. 하지만 초지는 무조건 우겼다. 그게 초지의 주특기다.

"그, 그건……. 흥! 내가 알 게 뭐야? 아구가 사람 손을 뜯어 먹은 걸지도 모르지. 문어는 사람 눈알도 파먹는다잖아?"

"그것참…… 정말 고집이 센 계집이군. 지금이라도 얌전히 사과하면 돈을 받지 않고 보내주지. 내 제안이 어떠냐?"

"……?"

초지는 잠시 취봉접에게 눈길을 돌렸다.

아무래도 주방장, 아니, 계형이라는 총관은 쉽게 물러설 것 같지 않았다. 힘으로 족치면 어떻게 해결할 수 있겠지만 자칫 관부에 신고라도 하면 골치 아파질 것이다.

하지만 취봉접은 고개를 가볍게 저었다.

[초지야, 여기서 물러서면 앞으로는 이 짓도 못한다. 정주 시내에 아직 발라먹을 게 얼마나 많은데……. 다음부터는 외식도 못한단 말이지.]

[알았어, 할머니. 내가 좀 더 힘을 써볼게.]

취봉접과 전음을 주고받은 초지는 다시 눈을 동그랗게 뜬 채 계형에게 삿대질을 하기 시작했다.

"흥! 이제야 인정을 하는군. 손가락 나온 게 걸릴까 봐 돈을 안 받겠다는 거지? 좋아. 당신이 깨끗이 사과하면 오늘 일을 크게 문제 삼지 않겠어. 호호, 사람 손가락 뜯어 먹은 물고기가 잘못한 거지 주방장이 잘못한 건 아니니까. 하지만 계속 억지를 부린다면 오늘부로 이 지저분한 식당은 끝이야. 내가 정주 시내에 모두 소문을 내고 다닐 거거든. 그리고… 계형이라고 했지? 호호, 네 열 손가락을 모두 절단해서 화로에 구워 먹을 테다. 우리 할머니는 정말 무서운 분이거든."

"쯧쯧, 정말 말이 안 통하는 계집이군. 내가 누군지 아느냐?"

계형이 양손에 든 식칼을 왼손에서 오른손으로, 오른손에서 왼손으로 휘휘 돌리며 살벌하게 말했다.

"호호호! 그래, 진작 그렇게 나오면 쉬워지잖아? 어차피 싸움으로 해결하는 게 우리 취향이거든. 가만, 그런데 네가 누구야? 괜히 궁금하잖아."

"흐흐, 혹시 무적귀도(無敵鬼刀)라고 들어보았느냐? 보아하니 노파나 너나 제법 무공을 익힌 듯하여 내 별호를 알려주는 것이다."

계형은 어느새 식도 두 개를 가랑이 사이로 올리고 엉덩이 부분에서 받는 방식으로 묘기 종목을 바꾼 상태다. 정말 귀신 곡하게 만들 실력이었다.

"무적귀도!"

이제껏 싸움을 관망하고 있던 취봉접이 고개를 끄덕이며 낮게 되뇌었다.

"할머니, 들어본 적 있어요?"

"아니, 금시초문이다. 하지만 잘 기억해야 해. 저놈을 죽이는 것으로 나 취봉접의 살인 횟수가 오백을 채우게 되거든. 오호호호. 초지야, 내가 요사이 건망증이 심해서 잊어버릴지도 모르니까 네가 저놈의 명호를 잘 기억해 두거라?"

"호호. 알았어, 할머니. 저놈은 무적귀두야."

"……!"

계형은 잠시 벙 찐 표정으로 취봉접과 초지를 번갈아 보았다.

채 몇 촌도 지나기 전에 무적귀도를 무적귀두로 만든 초지의 아둔한 머리도 충격적이었지만, 자신의 신기에 가까운 도법에도 주눅 들지 않는다는 게 더 큰 충격이었다. 이런 순간을 위해 주방에서 틈틈이 익힌 고급 기술이건만……

한순간 계형은 불길한 예감이 온몸을 쪼고 있는 것을 느꼈다. 아니나 다를까……

퍽—

"끄아아아아—"

멍하니 취봉접과 초지를 바라보던 계형이 처절한 비명을 내지르며 바닥에 고꾸라졌다. 손이 꼬이는 바람에 가랑이 사이로 올렸던 칼이 엉덩이 쪽으로 떨어지지 않고 그대로 발등을 찍어버린 것이다.

"……?"

"……!"

초지와 취봉접은 너무 황당해서 잠시 서로의 얼굴을 빤히 쳐다보았다. 하지만 그것도 잠시, 서로를 밀고 당기며 박장대소하기 시작했다.

"오호호호! 정말 한심하군. 손가락도 저러다 잘라먹은 건 아닌지 몰라? 그나저나 초지야, 저놈 명호가 어떻게 된다고 했지?"

"호호호. 잠깐만, 할머니……. 웃다가 까먹었잖아. 흥! 걱정 마. 저놈은 초지가 죽일게. 초지는 초지가 죽인 놈들을 일일이 기억하지 않아, 숫자도 안 세고. 그러니까 이름 따위는 안중에도 없어."

말을 마친 초지는 치마를 살짝 걷어 올렸다.

그 순간 오른 허벅지에 묶여 있던 채찍이 차르륵 펼쳐지며 계형의 왼쪽 어깨를 스쳐 바닥을 내리찍었다.

콰콰콰콰쾅!

거대한 폭음에 이어 자미궁의 오동나무 바닥이 이 장가량이나 쭉 찢겨 나갔다. 기교라고는 찾아볼 수 없는 단순무식한 공격이었음에도 그 속도와 파괴력만은 대단했다.

"으으, 으으으……."

바닥을 나뒹굴던 계형의 얼굴이 사색이 되었다.

"호호, 이번엔 바닥이 아니라 네 머리가 박살날 거야. 뭐, 유언이라 도 남겨둘래?"

초지의 눈동자가 모처럼 초롱초롱 빛났다.

"아으으……. 자, 잘못했습니다. 제발 자비를 베풀어주십시오, 보살 님들. 사실은 제가 승려 출신입니다. 소림사에서 불도를 닦다가 잠시 세속의 번뇌들을 경험하기 위해 이렇게 일시적으로 환속을 해서……. 어쨌든 불가와 인연이 있는 사람을 죽이면 부처님이 노하십니다."

방금 전까지의 위풍당당하던 모습은 온데간데없었다. 계형은 초지 앞에 넙죽 엎드려 이마로 바닥을 찧으며 빌고 또 빌었다.

하지만 그 순간, 이제껏 유쾌해 보이던 초지의 얼굴이 차갑게 굳어 졌다.

"뭐? 중놈이었는데 환속을 했어? 흥! 우리 아버지는 마누라하고 자 식까지 내팽개치고 불법 수행에 정진하고 계신데 너는 부처님을 버리 고 해물잡탕이나 만들고 있단 말이지? 호호, 잘 걸렸다."

초지의 눈에서 형형한 불길이 치솟아올랐다. 옆에서 지켜보는 취봉 접조차도 감히 말릴 엄두를 내지 못할 정도로…….

"아버지가 아니라도 난 절에서 도망친 놈들이 정말 싫어. 사실 사미 승 출신의 잡놈이 작년 겨울에 날 때리고 도망갔거든? 그때 나 무지 맞 았어. 호호, 넌 오늘 제대로 걸린 거야."

초지의 입에서 사미승 출신의 잡놈이 거론되는 순간 성검은 머리칼이 비쭉 서는 것을 느꼈다. 그 잡놈이 누군지 잘 알고 있었으니까.

'젠장! 저 계집애는 여전히 싸가지가 없군. 취봉접만 없으면 그날의 상황을 그대로 재연해 줄 텐데……'

성검은 아쉽다는 듯 입맛을 다셨다.

그가 앉은 곳은 이층 난간에 바짝 붙은 식탁이었으므로 고개만 살짝 돌리면 아래층이 훤히 내려다보였다. 그리고 보니, 식당에 들어서는 순간 초지와 눈이 마주칠 수도 있는 상황이었다.

'어휴, 운이 좋았군……'

초지와 계형의 싸움은 점입가경으로 변해갔고, 성검은 묵묵히 두 사람을 지켜보았다. 지금으로선 나설 형편이 아니었으므로.

"아, 네가 자비를 베풀어달라고 했지?"

"무, 물론입니다요. 오늘 이 미천한 목숨을 살려주시면 부처님의 은덕으로 향후 십삼 대가 평안할 겁니다. 흐흐흑! 그리고 전 여태껏 여자를 때려본 적이 한 번도 없습니다. 절 그 사미승 출신의 잡놈과 비교하지 말아주십시오, 보살님."

계형은 덩치에 어울리지 않게 곰살맞은 음성으로 말했다.

'저 인간이 은근히 성질을 긁는군. 나랑 비교하지 말아달라고? 우라질, 그건 내가 할 소리다. 이 덩치값도 못하는 돼지 녀석!'

성검은 차라리 초지가 계형의 목을 베는 게 낫겠다고 생각하며 매섭게 노려보았다.

"좋아. 내 방식대로 자비를 베풀지."

초지가 묘한 미소를 내비쳤다.

"정말입니까요? 감사합니다."

"뭐, 고마울 것까진 없어. 어차피 죽는 건 죽는 거니까."

"예?"

헤벌쭉이 벌어지던 계형의 표정이 삽시간에 일그러졌다.

'그럴 줄 알았어. 저 계집애가 얼마나 싸가지없는데 너를 용서해 주겠니. 쯧쯧, 한편으로는 불쌍하군.'

성검은 다시 초지에게 시선을 돌렸다, 어떤 식으로 자비를 베풀지 내심 궁금했으므로.

초지는 오른발을 들어 계형의 머리를 찍어 누른 후 소름이 돋을 만큼 감미로운 음성으로 묻기 시작했다.

"네가 결정해. 눈 감고 죽을래, 눈 뜨고 죽을래? 한 번에 깔끔하게 죽을래, 여러 대 맞고 비참하게 죽을래? 오른손에 맞아 죽을래, 왼손에 맞아 죽을래? 아까 그 재수없는 점소이랑 같이 죽을래, 혼자 죽을래? 머리가 깨져 죽을래, 심장이 파열돼 죽을래? 내가 웃으면서 죽여줄까, 슬픈 표정으로 죽여줄까? 정파 무공으로 죽여줄까, 사파 무공으로……."

초지는 정성껏 또박또박 말을 이었고, 계형의 얼굴은 점점 하얗게 질려갔다.

'음회회. 이왕이면 오른손에 머리가 깨져 죽는 게 좋을 거야. 고통을 느끼는 시간이 짧아질 테니까. 그리고 최대한 재수없는 표정으로 죽여달라고 해. 그래야 지옥 가서도 초지 얼굴을 안 까먹지. 음… 무공은 사파 무공이 더 잔혹해. 웬만하면 정파 무공으로 깔끔하게 죽여달라고 해.'

성검은 쯧쯧 혀를 차며 속으로 중얼거렸다.

그런데 그때 덩치 큰 사내가 느닷없이 식당 안으로 들이닥쳤다. 사내는 흑색 무복에 붉은색 두건을 쓰고 있었다.

"누가 감히 철룡방(鐵龍幫)의 영역에서 소란을 피우는 것이냐?"

사내가 묵직한 칼집으로 바닥을 쿵, 찍으며 벼락같은 소리를 내질렀다.

2

"역우 형님! 살려주십시오. 흐흐흑!"

초지에게 잘근잘근 밟히고 있던 계형이 그 퉁퉁한 몸뚱이를 다람쥐같이 재빨리 굴려 장도를 든 거한 앞에 엎드렸다.

"계형, 이게 무슨 추태인가. 어서 몸을 일으켜라!"

역우라 불린 사내가 굵직한 음성으로 말했다.

'철룡방의 역우? 하하, 오늘 일진이 참 묘하군. 취봉접과 초지를 만난 것도 모자라 정주에 도착한 지 하루 만에 이런 식으로 역우를 만나다니……'

한순간, 성검의 얼굴에 미소가 어렸다. 상체가 역삼각을 이루고 있는 삼십 대의 사내 역우 때문이다.

철룡방의 역우……. 성검은 은하대맥에서 제공한 정주 내 세력들의 계보와 요주의 인물에 관한 정보를 통해 철룡방과 역우에 대해 얼마간 알고 있었다.

철룡방! 현재 정주에서 검황문(劍皇門)에 이어 두 번째로 큰 세력이다. 비록 삼백여 명에 불과한 무사를 거느리고 있지만 성검이 낙양에서 상대했던 오합지졸들과는 다르다.

현재 철룡방을 이끄는 이가성은 한때 군대에 몸담았던 장수 출신이다. 하지만 썩은 정치에 신물이 나 스스로 물러났다. 그리고 오늘날까지 줄곧 정주 지역에 머물며 조금씩 세를 넓혀가는 중이다.

역우는 철룡방의 부방주로, 이가성이 가장 아끼는 인물이다. 그 역시 장수 출신이며 군에 몸담고 있을 때부터 이가성의 충복이었다. 그의 도법은 일반 강호의 도법과는 달리 일체의 불필요한 초식을 버린 실전 도법이다. 일명 팔괘쾌섬도법(八卦快閃刀法)으로 이제껏 단 한 번도 패하지 않은 것으로 알려졌다.

역우는 솔직히 정주의 주먹패로 썩기엔 아까운 인물이었지만, 일단은 제거 대상이다. 안타깝게도 그와 이가성 역시 천검궁에 막대한 세금을 바치고 있기 때문이다. 물론 그들을 포섭할 수 있다면 싸우지 않아도 된다. 하지만 그것은 싸우는 것보다 힘들다. 주먹패들의 생리가 원래 싸운 다음에 타협을 하든 포섭당하든 하는 것이었으므로.

성검은 일단 초지와 역우의 싸움을 지켜보기로 했다. 비록 초지가 싸가지없고 아둔하긴 하지만 쉽게 당할 실력은 아니다. 더욱이 그녀 뒤엔 취봉접이 있다. 역우의 도법이 아무리 쾌속무비하다 해도 취봉접을 상대하기엔 버겁다.

"흥! 너 이리 안 와? 네 목숨은 내 거야."

초지가 코웃음을 흘리며 계형을 노려보았다. 그녀는 역우 따위는 안중에도 없는 듯했다.

"싫어. 내가 거길 왜 가냐, 이 요녀야? 하하, 우리 역우 형님이 나타난 이상 너는 오늘 죽은 줄 알아!"

계형이 득의에 찬 웃음을 웃으며 혀까지 삐죽 내밀었다.

"그래? 너, 그렇게 혀 내민 채로 있어. 혀부터 뽑아줄 테니까!"

쇄애액—

말을 마치기가 무섭게 초지의 손에 들린 채찍이 묵직한 파공성을 내며 날아갔다. 마치 화살처럼 직선을 그리면서.

"크아악—!"

계형이 비명을 내지르며 두 눈을 동그랗게 떴다.

한 번 눈을 감았다 떴을 뿐인데 채찍이 벌써 코앞까지 다가와 있었다. 혀가 잘리기 전에 놀란 심장이 자폭할 것 같았다. 하지만 그 순간 날카로운 쇠의 공명음이 귓전을 울렸다.

피류륭—

쾃지지직—

역우의 장도에 튕겨 나간 채찍은 어정쩡한 자세로 앉아 있던 계형의 가랑이 사이에 떨어지더니 곧장 오동나무 바닥을 쪼개며 깊게 박혔다. 세 치가량만 더 뻗었다면 계형은 혀 대신 더 중요한 곳을 잃을 뻔했다.

"……!"

계형은 놀란 두 눈을 뒤룩거리며 바닥에 박힌 채찍과 자기 가랑이를 쳐다보았다. 그러다가 그대로 까무러쳐 쿵, 소리를 내며 뒤로 넘어갔다. 덩치에 비해 새가슴이었다.

놀라기는 초지도 마찬가지였다. 그녀는 이런 곳에서 자신의 채찍을 쳐낼 만한 상대를 만나리라곤 미처 생각지 못했던 것이다.

"이, 이, 이런……! 네놈이 감히……!"

초지가 매서운 눈으로 역우를 노려보았다.

그녀의 얼굴은 이미 벌겋게 달아올라 있었다. 사실 계형을 해칠 생각은 없었다. 그저 겁만 주기 위해 채찍을 날렸을 뿐이다. 그런데 뜻하지 않게 강적의 방해를 받고 말았다. 채찍을 쥐고 있는 손목이 파르르 떨렸고 어깨까지 시큰거렸다. 역우의 도에 상당한 힘이 실려 있음을 짐작할 수 있었다.

"이 식당은 우리 철룡방의 보호를 받고 있다. 이 안에선 일체의 살인과 소란을 용납할 수 없다. 네가 누구든 간에 철룡방의 영역에 들어온 이상 그 규칙에 따라야 한다."

역우가 굵직한 음성으로 말하며 호목(虎目)을 부릅떴다.

"그래? 정말 웃기는군. 네가 모르는 모양인데 숭산을 중심으로 개봉과 정주, 그 외 하남성의 절반가량이 초지의 구역이란 말이지. 호호, 그 안에선 누구든 초지의 율법에 따라야 하거든? 그러니까 철룡방인지 뭔지 너희도 여기서 장사하고 싶으면 당장 저놈의 혀를 잘라서 내게 바쳐! 초지에게 혀를 내민 놈들의 혀는 무조건 자른다는 게 초지의 율법이니까."

"……!"

역우는 말없이 호목을 더욱 매섭게 치떴다. 그것만으로도 초지를 떨게 만들 수 있다고 믿은 것이다. 하지만 어림없는 생각이었다.

"흥! 눈알을 뽑아 씹어먹는 수가 있다?"

초지는 냉랭하게 말한 후 스읍, 하며 혀로 입술을 핥았다. 그리고 들고 있던 손가락을 입 안에 집어넣은 후 질겅질겅 씹어댔다. 빠드득, 뼈 갈리는 소리가 식당 전체로 퍼져 나갔다.

이제껏 멍하니 싸움을 지켜보던 손님들이 허둥지둥 식당을 빠져나가기 시작한 것도 그때부터다. 어느 순간부턴가 초지의 몸에서 사특한 기도가 마구 뻗쳐 오르고 있었던 것이다.

"음…… 숭산에서 내려왔느냐?"

역우가 파르르, 눈빛을 떨며 물었다.

"흥! 그건 왜 묻지?"

"숭산에 일로일소의 괴녀들이 산다는 이야기를 들었다. 사람의 생간을 빼먹고 송진 대신 혀를 씹으며 눈알을 구워 안주를 삼는다는 괴녀들 말이다. 혹시 네 뒤에 서 있는 노파가 취봉접이냐?"

"……."

역우의 말에 초지와 취봉접이 잠시 서로를 빤히 쳐다보았다. 그것도 잠시,

"오호호호호!"

"호호호호!"

초지와 취봉접은 동시에 웃음을 터뜨리며 몸을 비틀거렸다.

그녀들 역시 그 소문을 들었다. 취봉접에게 곤욕을 치른 소림사의 땡중들이 저자에 그런 소문을 퍼뜨리고 다녔기 때문이다.

하지만 근거없는 소리였다. 더욱이 지금 초지가 씹고 있는 손가락 역시 원숭이 손가락일 뿐이다. 초지와 취봉접은 어쩌다 저자에 내려올 때마다 이런 방식으로 공짜 식사를 하곤 했다. 대부분의 식당에선 소란을 피우기가 싫어 그냥 내보내곤 했는데 오늘 자미궁에선 일진이 좋지 않았다.

"흥! 그래, 우리 할머니가 취봉접이고 난 초지일관 초지야. 아직까진 우리 할머니 위명이 더 드높은가 보군? 호호호, 하지만 오늘 네놈 생간을 꺼내 초장에 찍어 먹으면 초지의 이름도 드높아지겠지? 호호. 내가 네놈 배를 가를까, 아니면 네놈이 네놈 배를 가를래?"

부드러운 손놀림으로 채찍을 회수한 초지가 귀엽게 웃으며 물었다.

"으으…… 사람 생간을 먹어? 무섭다……."

"그래도 예쁘게 생겼다."

싸움을 지켜보던 변금은과 모용각이 입을 헤벌린 채 중얼거렸다.

"형님, 누구든 죽여야 하지 않을까요? 그래야 밥이 나올 것 같은데……."

이번엔 철행궁이 성검을 쳐다보며 진지하게 물었다.

"그래도 정말 생간을 먹나 안 먹나 봐야 하지 않을까요, 형님?"

"이왕 죽일 거면 저 역우라는 놈을 죽입시다. 초지일관 초지는 너무 예뻐요."

"아, 그리고 보니 열받네. 싸우는 건 싸우는 거고 밥은 밥인데 왜 밥을 안 가져오지? 점소이부터 죽일까요, 형님?"

"……."

성검은 잠시 고개를 돌려 변금은과 모용각, 철행궁을 쳐다보았다. 하나같이 진지한 표정들이다.

'정말 굴뚝같다, 너희들부터 죽여 버리고 싶은 마음이…….'

길게 한숨을 내쉰 성검이 차분한 음성으로 말했다.

"경거망동하지 말거라. 저 취봉접이라는 할망구는 상당한 고수야. 거의 내 수준이지."

"저 할망구를 아십니까, 형님?"

철행궁이 고개를 갸우뚱하며 물었다.

"그래. 혹시 흡혈소란이란 외호를 들어본 적이 있느냐? 저 할망구가 바로 흡혈소란이야. 한때 강호를 떠들썩하게 했던 괴녀지."

"흡혈소란? 세상에, 그 괴녀가 아직도 살아 있단 말입니까?"

"보다시피."

"헤헤. 형님, 그럼 초지도 아십니까?"

모용각이 헤벌쭉이 웃으며 끼어들었다. 그는 첫눈에 초지에게 반한 눈치였다.

"물론이지. 그런데 초지가 예쁘니?"

"헤헤. 가슴이 빵빵하잖아요, 형님."

"음회회회. 그렇지? 하지만 넌 속고 있는 거야. 실제로는 메추리알만해. 저 저고리를 벗긴다면 너도 그 정체를 알 수 있을 거야."

성검이 씨익, 웃으며 대답했다.

"그럼 형님은 초지 저고리를 벗겼단 말씀입니까?"

"음회회회! 당연하지. 원래 그게 내 전공이었어. 그리고 정말 가슴이 빵빵한 여자는 매란이야. 매란이 가슴은…… 음회회, 내가 지금 무슨 소리를 하고 있지? 어쨌든 좀 더 지켜보자꾸나. 어차피 역우의 실력이 어느 정도인지 봐둘 필요가 있거든."

잠시 매란이의 가슴을 떠올리던 성검이 가볍게 고개를 저으며 일층으로 눈길을 돌렸다.

어쩌면 그들의 싸움이 정주에서의 임무를 수월하게 해줄지도 모를 일이다. 취봉접이 되었든 초지가 되었든 역우를 죽여주면 그만큼 철룡방은 타격을 입게 될 테니까.

그럴 리는 없겠지만 역우가 취봉접을 죽여주는 것도 흐뭇한 일이다. 취봉접은 무서운 늙은이고 괜히 저잣거리에서 마주치기라도 하면 봉변을 당할지 모르니까.

한편, 아래층에선 성검의 마음을 읽기라도 한 듯 초지가 날뛰기 시작했다.

"호호, 왜 그렇게 멍하니 서 있지. 벌써 쫄아버린 거야? 흥! 겁쟁이같으니라고. 하지만 착한 강아지처럼 얌전한 게 시건방지게 굴다가 육포가 되는 것보다는 낫겠지."

"……."

"좋아, 네가 저 돼지처럼 생긴 주방장의 혀를 뽑아 저기 재수없게 생긴 점소이의 간을 쌈 싸준다면 특별히 널 용서해 줄게."

초지가 바닥에 기절해 있는 계형과 손가락을 두고 다투던 점소이를 가리키며 말했다.

그 순간, 깊은 생각에 잠겨 있던 역우가 무겁게 닫혀 있던 입을 열었다.

"음……. 너희를 관부로 끌고 갈 수도 있다. 하지만 그러지 않겠다. 세상을 어지럽히는 요녀들을 내 손으로 해치울 수 있는 기회니까. 하하하. 이 악독한 요녀들, 한꺼번에 덤비거라! 나 역우의 칼이 모처럼 정의를 위해 쓰여지겠구나."

"뭐? 기가 막혀서……. 호호, 잘됐네. 어차피 간을 먹을 생각인데 네놈은 간이 아주 퉁퉁 부어서 푸짐하게 먹을 수 있겠군? 게다가 눈알은 똘방똘방한 게 깨물면 아사삭거릴 것 같아. 호호, 네놈의 그 쇠심줄 같은 혀를 뽑아 술을 담근 다음에 그 똘방똥방한 눈알을 안주 삼아 먹어주마."

역우와 초지는 계속해서 설전을 벌였다.

그러면서도 두 사람은 신중한 보법을 펼치며 조금씩 이동했다. 내색은 하지 않았지만 은연중에 상대가 그렇게 호락호락하지 않음을 느낀 것이다.

하지만 그런 대치 상황은 오래가지 않았다.

"초지야, 저놈은 하체가 부실하구나. 도를 거꾸로 집은 것은 그 약점을 보완하기 위해서야. 이럴 땐 초란파획(招亂波劃)의 수법이 좋겠지?"

"호호. 알았어, 할머니!"

취봉접의 조언에 초지는 역우의 자세를 한번 살핀 후 가볍게 웃었다. 그리고 곧장 채찍을 휘두르기 시작했다.

"죽엇!"

앙칼진 기합성과 함께 삼 장 길이의 날카로운 채찍이 현란하게 흩뿌려졌다. 수백 가닥의 채찍이 뱀처럼 고개를 쳐들고 덤벼드는 듯했다.

"요사한 것!"

역우가 일갈을 내지르며 늘어져 있던 장도를 크게 휘둘렀다.

장도는 단순한 형태로 크게 원을 그리는 것에 불과했지만 요혈을 노리며 쇄도해 들어오는 초지의 채찍을 일일이 쳐냈다. 현란하게 눈을 어지럽히는 채찍의 경로를 이미 완벽하게 파악한 것이다.

피류류룽—

장도가 팽팽하게 펼쳐진 채찍을 찍어 누르는가 하면 채찍이 장도를 휘감고, 서로 떨어졌다가 부딪치기를 몇 차례, 초지의 얼굴에 묘한 미소가 어렸다.

"난파풍천(亂波風遷)!"

이제껏 허공에 현란하게 획을 긋던 채찍이 한순간 아래로 떨어져 내리며 오동나무 바닥을 쪼개기 시작했다.

쾅, 쾅, 꽈지지직—

채찍은 오동나무 바닥을 연이어 쪼개며 불규칙한 파형을 그리기 시작했다.

낮게 깔려 통통 튀면서도 바닥에 닿을 때면 여지없이 나무를 쪼갰고 무릎 높이로, 혹은 어깨 높이로 튀어 오르며 역우의 다리와 가슴, 목을 공략했다.

"헛!"

역우의 얼굴에 당황하는 표정이 역력했다.

도(刀)에 관한 한 누구보다 강하다고 자부하는 그에게도 치명적인 약점이 있었다. 취봉접의 지적처럼 하체가 문제였다.

그의 도법에는 하체를 방어하기 위한 배려가 없었다. 숱한 전쟁에서 셀 수 없는 적군과 승부를 내야 했던 그에겐 방어보다는 공격이 우선이었고, 그것도 단 일 초에 끝내야 했다.

일 초 일 초에 목숨이 오가는 전쟁터. 날아오는 검을 막기 위해 멈춰서면 뒤를 치고 들어오는 검에 당하게 마련이다. 살아남기 위해선 멈추지 않고 달려들어 최대한 빠르게 적을 쓰러뜨려 가야 했다. 사실 전쟁터에선 고수들을 만날 기회가 그렇게 많지 않았다. 대개의 전쟁은 무기, 병법, 군사들의 수와 사기로 승패가 결정된다.

하지만 강호의 싸움은 달랐다. 무리를 이루어 싸우는 경우도 종종 있었으나 승패를 좌우하는 것은 언제나 나와 상대의 고수, 두 사람의 실력이었다.

강호에 나온 후 역우가 몇 차례 위기에 직면한 것도 그 때문이었다. 강호인들의 무공은 군인들의 무공과는 전혀 다른 것이어서 거기에 적응하는 데 어려움이 많았다.

특히 강호인들의 보법은 역우를 당혹스럽게 했다. 검이나 도에도 허초가 있듯 보법에도 상대를 속이는 기술이 있었다. 또한 그들은 역우의 보법만으로 그가 하체에 허점을 드러내고 있다는 사실을 금세 눈치챘다. 그 탓에 역우는 몇 번이나 다리뼈가 부러졌고, 심지어는 발이 잘려 나갈 위기에 처한 적도 있었다.

하지만 역우는 단 한 번도 패하지 않았다. 역우가 강호의 무공에 익숙하지 않듯 강호인들 역시 군대의 무술에 익숙하지 않았다. 더욱이 역우는 순간순간 목숨이 오가는 전쟁터에서 뼈가 굵은 만큼 상황 판단력과 순발력이 뛰어났다. 결정적인 순간엔 늘 그의 도가 상대의 칼보다 빨랐다.

시간이 지나며 역우의 실력은 더욱 빠르게 성장했고, 견고해졌다. 여러 차례의 결전을 통해 약점을 보완하게 되었으며 상대의 간계를 읽어낼 수 있게 되었다. 다만 보법만은 쉽게 고쳐지지 않았다. 보법이야말로 그 사람이 지닌 무예의 뼈대이기 때문이다.

역우의 발은 여전히 너무 느렸다. 그는 어쩔 수 없이 자신의 느린 발을 지키기보다는 상대의 숨통을 조금이라도 더 일찍 끊기 위해 공격 일변도의 도법을 고수해야 했다. 어쩌면 그것이 그를 무적으로 만든 것인지도 모른다. 목숨을 건 승부… 오늘날의 철룡방을 있게 한 것도 역우의 그런 승부 근성 덕분이었다.

이번에도 마찬가지였다.

"넌 상대를 잘못 골랐다!"

계속해서 뒷걸음질치던 역우가 초지를 향해 식탁을 뻥 걷어찼다.

파파파팍—

초지는 가소롭다는 듯 채찍을 휘둘렀고, 빠르게 쏘아져 들어오던 식탁은 산산조각났다. 하지만 어찌 알았으랴…….

"허엇—"

초지는 헛바람을 삼키며 활처럼 상체를 눕혔다.

그녀의 미소가 채 가라앉기도 전에 괴이한 파공성과 함께 날카로운 비수가 눈앞까지 날아들었기 때문이다. 역우가 식탁을 걷어차는 동시에 허리춤의 비수를 날렸던 것이다.

"핫!"

짤막한 기합성이 귓전에 울릴 무렵, 초지는 천장으로부터 자신을 덮쳐 오는 역우의 모습을 보았다. 그의 손에 들린 묵직한 장도가 머리를 양단 낼 듯 매섭게 허공을 쪼개고 있는 것도.

챙!

날카로운 쇳소리. 역우의 장도가 초지의 안면에 떨어질 무렵 무엇인가가 장도를 쳐냈다. 지극히 짧은 순간 섬전 같은 빛을 보긴 했으나 누구도 그것의 정체를 알지 못했다.

'젠장……!'

역우의 입에서 침음성이 흘러나왔다.

다행히 장도를 놓치지는 않았지만 그는 한순간 균형을 잃어 제대로 된 공격을 펼치지 못한 채 바닥에 착지했다. 초지는 이미 이 장여 뒤로 미끄러지듯 물러서 있었다.

'마, 맙소사!'

장도를 끌어 올리던 역우의 표정이 묘하게 일그러졌다.

장도 끝 부분에 두 개의 대나무 젓가락이 박혀 있었다. 역우의 눈이 천천히 취봉접에게로 향해졌다.

"오호호! 이만하면 잘 먹고 잘 놀았다."

취봉접은 의자에 비스듬히 앉아 역우를 빤히 쳐다보았다.

"너는 꼭 저 아이와 싸워야겠느냐?"

"그, 글쎄올시다."

역우가 초지를 한 번 힐끔 쳐다본 후 애매하게 대답했다.

초지 역시 만만치 않은 상대인데 취봉접은 더욱 강하다. 자칫하다가는 망신당하기 십상이다. 역우는 본능적으로 한발 물러서야 할 때임을 깨달았다. 하지만 문제는 초지였다.

"초지야, 너는 어떠냐. 이제 그만 놀아도 되지 않겠느냐?"

"절대 아냐, 할머니."

"그래? 오호호호. 하긴 어느 쪽이든 죽어야 싸움이 끝나는 거지. 초지야, 이왕 시작한 싸움이니 저놈을 잘근잘근 밟아버려라. 이 할미가 가끔 살펴주마."

"알았어, 할머니."

초지가 묘한 미소를 지으며 채찍을 바닥에 휙 내동댕이쳤다.

"흥! 이건 너무 가벼워서 다루기가 불편해. 하마터면 개망신당할 뻔했잖아? 호호, 넌 정말 오늘 제대로 걸렸는지 알아, 이 멧돼지 같은 놈!"

매서운 눈길로 역우를 쳐다보던 초지가 느닷없이 저고리 고름을 풀기 시작했다.

3

"형님, 홀딱 벗으려나 본데요."

"이 식당 정말 물 좋습니다, 형님. 그런데 사람은 언제 죽이나요? 피가 튀면 더 짜릿할 텐데⋯⋯."

"사람들이 비싼 데 와서 밥 먹는 이유가 있었군요, 형님. 예쁜 초지가 가슴도 보여주려나 봐요. 우와, 저 어마어마한 가슴을⋯⋯."

싸움이 지루한지 막 하품을 하려던 변금은과 철행궁, 모용각이 눈을 동그랗게 떴다. 그들은 내심 성검을 따라오길 잘했다는 생각을 하고 있었다.

"쯧쯧, 메추리알이라니까 그러네. 저길 봐."

성검이 혀를 차며 초지를 가리켰다.

"호호호! 널 오늘 다진 고기로 만들어주마. 어디부터 다져 줄까?"

초지가 가슴 부위를 친친 동여맨 쇠사슬을 풀어내며 사특하게 웃었다.

멍한 표정으로 초지를 쳐다보던 역우가 고개를 갸우뚱했다. 그 역시 내심 뭔가 좋은 구경을 하지 않을까 기대하고 있었던 것이다. 하지만 쇠사슬이 한 꺼풀씩 벗겨질 때마다 역우의 표정엔 실망의 기색이 역력했다.

"봤지? 저게 초지일관 초지의 비밀이야."

성검이 고개를 저으며 한심하다는 듯 말했다.

"애걔, 시시해. 혹시 남자가 아닐까요, 형님?"

"형님, 초지가 내 가슴에 대못을 박았습니다. 흐흐흑, 꼭 사기당한 기분이에요."

"저럴 수가……! 여섯째 말대로 이건 배신입니다, 형님. 죽여 버릴까요?"

변금은과 모용각, 철행궁이 일제히 주먹으로 난간을 치며 분개했다.

"너희들 심정을 충분히 이해한다. 그나저나 너희들 표현력 많이 좋아졌구나?"

'처음엔 꿔다 놓은 보릿자루처럼 말 한마디 없던 녀석들이…….'

성검은 내심 세 사람의 변화에 놀랐다. 일단 입을 열기 시작하면서 그들의 독설은 절정을 달리고 있는 느낌이었다.

'혹시 지들끼리 있을 때는 저런 식으로 나를 씹어대는 게 아닐까?'

별 생각이 다 들었다. 그런데 그런 내심을 눈치 채기라도 한 것일까? 세 사람은 엄지손가락을 치켜세우면서 일제히 성검을 치켜올렸다.

"헤헤, 다 형님 덕분입니다. 형님이 최고예요."

"우리는 아직 형님 따라가려면 멀었지요."

"맞습니다. 형님은 진정한 언어의 마술사입니다. 저희는 하루에도 몇 번씩 형님의 해학과 기지에 감동하곤 합니다. 그런데 밥은 언제 먹을 수 있는 거죠?"

"……?"

초지와 역우의 싸움은 긴박해지고 있었다. 일단 한차례 공수를 주고받은 만큼 상대를 파악하게 되었고, 그로 인해 두 사람은 신중하면서도 위협적인 공격으로 서로의 간담을 서늘하게 했다.

이번에도 초지는 파상적인 공세로 역우를 밀어붙였다.

캉, 카캉—

묵직한 쇠사슬이 허공을 가를 때마다 역우가 장도를 휘둘러 그것을 쳐냈다.

이미 자미궁은 폐허로 변해가고 있었다. 바닥은 절반 이상이 뜯겨나갔고 벽에도 금이 갔다. 더욱 큰 문제는 건물을 떠받치고 있는 기둥까지 흔들리기 시작했다는 점이다. 당장이라도 무너져 내릴 것처럼.

"요사한 계집이 무식하기까지 하구나. 이러다간 건물이 내려앉아 우리 모두 죽게 될 것이다. 건물을 때리지 말고 나를 때리란 말이다!"

"홍, 무식한 건 너희야. 쫀쫀하게 밥값 아끼려다 결국 이 꼴이 난 거아냐. 에이, 치사한 것들. 다음부터 이 식당에 와서 밥 먹나 봐라!"

쾅, 쾅, 콰콰쾅!

설전을 벌이는 와중에도 건물은 계속해서 폐허로 변해가고 있었다.

"밖으로 나가자!"

"흥, 어림없는 소리! 누가 도망가려는 속셈을 모를 줄 알고 그러냐? 한 발도 못 벗어난다, 이놈!"

쾅, 쾅, 콰르르릉—

기어코 기둥 하나가 무너져 내렸다.

'우라질! 오늘 정말 더럽게 걸렸구나. 하필이면 숭산의 취봉접 조손일 게 뭐야? 이런 괴녀는 내 평생 처음이다. 두렵기까지 하다……'

역우는 갑자기 오줌이 마려웠다. 세 살 버릇이다, 공포심이 방광을 짓누르는 것은……

쾅, 쾅, 콰르르릉—

기둥이 또 하나 무너져 내렸다. 초지는 이제 역우를 무시한 채 기둥만 때리고 있다. 때리다 보니 재미가 들린 것이다.

쾅, 쾅, 콰르르릉—

세 번째 기둥이 무너지면서 이층 바닥이 끼기긱, 소리를 내며 약간 기울어졌다. 기둥 한두 개만 더 박살 내면 여지없이 무너진다.

"형님, 이러다간 밥도 못 먹고 깔려 죽겠습니다."

"헤헤, 그래도 재미있는데요? 우리도 초지랑 함께 기둥이나 부술까요?"

"맞습니다, 형님. 밥도 안 주는데 우리도 기둥 부숴요."

"……"

성검은 변금은과 모용각, 철행궁을 빤히 쳐다보았다. 도대체 이들의 머리에 뭐가 들어 있는지 해부를 해보고 싶을 정도였다. 그런데 그 순간 뭔가 퍼뜩, 머리를 스치고 지나갔다.

'역우를 도와줘……?'

지금의 상황은 역우를 포섭할 수 있는 절호의 기회다. 위기에 처한 역우를 구해준다면 역우는 분명 사례를 하려 할 것이다. 그때 천검궁을 버리고 은하대맥의 일원이 되어달라고 부탁한다면?

'하지만 내가 취봉접을 막을 수 있을까? 저번에도 맞아 죽을 뻔했는데…….'

성검의 눈길이 다시 변금은과 모용각, 철행궁 쪽으로 옮겨졌다. 그들 세 명이 합세한다면 뭔가 일을 낼 수 있을 것도 같았다.

'음……. 내가 관상을 좀 보는 편이지? 금은이, 용각이, 행궁이. 이 아이들은 공부 머리는 없어도 명줄은 길어. 벽에 똥칠 할 때까지 살 관상이란 말이지. 그렇다면…… 음회회, 그런데 왜 이렇게 미안한 걸까?'

현기증이 날만큼 머리가 빨리 돌아가기 시작했다. 동시에 시선은 식당의 여기저기를 빠르게 훑어 나갔다. 잠시 후,

"심(철행궁), 미(모용각), 기(변금은). 이제부터 임무에 돌입한다. 역우를 포섭하기 위해선 흡혈소란을 죽여야 해."

성검이 나직한 음성으로 말했다.

"어떻게요?"

"저 노파가 정말 흡혈소란이라면 쉽지 않을 텐데요, 형님?"

"흡혈소란 대신 역우를 죽이면 어떨까요? 그건 좀 쉬울 것 같은데요."

"그건 안 돼. 역우를 우리 편으로 만들어야 하거든. 좋아, 죽이는 게 어렵다면 너희 셋은 잠시 저 할망구를 상대하다 달아나. 나는 그사이 초지를 초주검으로 만들어놓고 역우를 구할 테니까."

머리 속의 생각들이 정리되어 가면서 성검의 얼굴엔 묘한 흥분감이

자리 잡기 시작했다.

쾅, 쾅, 콰르르릉—

네 번째 기둥이 무너지자 식당이 흔들리며 천장에서 석가래 하나가 뚝 떨어져 내렸다. 그리고 잠시 후 지붕에 구멍이 나며 기왓장이 우수수 떨어지기 시작했다.

"집이 무너진다!"

"으아아악—!"

식당에 남아 있던 얼마 되지 않는 손님과 점소이들이 비명을 내지르며 앞 다투어 입구를 향해 달려나갔다. 기절해 있던 계형까지도 벌떡 일어나 내달렸다.

"이크—"

역우는 떨어지는 기와를 피해 이리저리 옮겨 다니며 입구와 초지를 번갈아 쳐다보았다.

등을 보이기는 싫고, 계속 싸우자니 벽돌에 깔려 죽을 것 같았다. 이제 식당의 벽면은 몇 달 동안 가뭄에 굶주린 논바닥처럼 쩌억 갈라져 있었다.

콰르르릉—

굉음과 함께 기어코 한쪽 벽면이 기울어지기 시작했다.

"허엇!"

역우는 두 눈을 동그랗게 뜬 채 헛바람을 삼키다가 빠르게 신형을 날렸다. 벽면이 그대로 자신을 덮쳐 왔기 때문이다. 하지만 그 순간……

"호호호, 죽어랏!"

기둥을 박살 내느라 정신이 없던 초지가 역우를 향해 힘껏 사슬을 휘둘렀다. 끝장을 보기 위해서였다.

차르르륵—

시슬은 매서운 속도로 역우를 향해 쏟아져 나갔다.

채채채채챙!

초지의 시슬과 역우의 장도가 부딪치며 아찔한 쇳소리를 냈다. 하지만 어느새 초지의 쇠시슬은 두 갈래로 나뉘었고, 그 한쪽 끝은 역우의 발목을 휘어 감고 있었다.

"……!"

역우의 눈에 감당할 수 없는 공포가 어렸다.

'지금이다!'

이제껏 때를 기다리던 성검이 곧장 신형을 날렸다.

한편, 균형을 잃은 역우는 사선을 그리며 바닥을 향해 그대로 기울어졌고, 두 자가량의 거리를 두고 벽면이 그를 뒤덮으며 무너지고 있었다. 그 순간 역우는 보았다. 천진난만하게 웃고 있는 초지일관 초지의 미소, 그리고 볼일이 다 끝났다는 듯 천천히 의자에서 몸을 일으키고 있는 취봉접……. 그들의 모습이 꿈결처럼 느리게 움직였다.

"우라질……!"

역우는 두 눈을 질끈 감아버렸다. 그때!

채챙!

시슬을 끊는 쇳소리가 들렸다. 역우가 번쩍 눈을 떴다. 섬전 같은 빛이 사그라드는 것이 보였다. 그리고 누군가가 자신의 몸통을 낚아채며 입구를 향해 쏟아지고 있음을 깨달았다.

쿵!

간발의 차를 두고 무너진 벽면이 바닥을 때리며 뿌연 먼지를 일으켰다.

"역 대협, 이곳은 내게 맡기고 어서 밖으로 나가시오."

성검은 역우를 입구에 내려놓으며 한 눈을 찡긋했다. 그리고 곧장 몸을 돌려 초지와 마주 섰다.

"오랜만이다, 초지."

"……!"

성검을 발견한 초지의 눈에 치지직, 불길이 타오르고 있었다.

"너, 너……!"

"음회회. 얼굴에 포동포동 살이 올랐구나. 하지만 가슴은 여전히 메추리알만한걸? 하긴 마음을 곱게 써야 가슴이 커지지?"

"주, 죽인다, 너!"

초지가 쇠사슬 쥔 손을 바르르 떨었다. 금방이라도 성검을 향해 덮쳐 올 것 같았다.

한편, 초지의 뒤편에 있던 취봉접은 고개를 갸웃하다가 드디어 성검을 기억해 낸 듯 허리를 꺾으며 웃기 시작했다.

"오호호호! 너는 고지기와 같이 있던 애송이 놈 아니냐? 오호호호! 이놈, 널 못 만나고 죽으면 어쩌나 걱정했다. 이렇게 기쁠 수가……. 네놈을 잡으면 고지기도 잡을 수 있겠지? 그리고 또 누구였지? 아, 화향검이라는 녀석……. 오호호, 그 녀석도 잡아야 하지. 고 귀여운 놈이 치사하게 싸우다가 도망갔단 말이지."

취봉접은 성검을 향해 곧장 신형을 날렸다.

하지만 그 순간 쇄액, 소리를 내며 세 개의 화살이 그녀를 향해 쏘아졌다.

"……!"

천하의 고수 취봉접이 파공성을 못 들었을 리 없다. 수평으로 날아오던 그녀는 빠르게 몸을 회전시키며 화살을 쳐낸 후 바닥에 착지했다.

"흡혈소란, 네 상대는 우리다!"

"맞아, 당신 상대는 우리야. 그런데 할멈이 정말 흡혈소란이야?"

"정말 흡혈소란이면 우린 도망갈 거야. 하지만 흡혈소란이 아니면 죽는 수가 있어?"

변금은과 모용각, 철행궁이 우아하게 바닥으로 내려서며 중얼거렸다.

"오호호호! 이놈들은 또 뭐지? 고지기 그 영감이 천하의 바보들만 모아 제자로 삼았나? 오호호호. 그래, 어쨌든 다 죽어라!"

취봉접이 탁자를 번쩍 들어 올려 머리 위로 휙휙, 돌리기 시작했다. 탁자는 마치 팽이처럼 빠르게 맴돌았다.

"맞아, 할머니. 다 죽이자!"

초지는 뭐가 그렇게 신나는지 폴짝폴짝 뛰었다.

"초지, 네 상대는 이 오라버니잖아!"

쯧쯧, 혀를 차던 성검이 초지를 향해 검단을 세운 채 곧장 쇄도해 들어갔다.

초지는 빠르게 반응했다.

"흥! 내가 예전의 초지라고 생각하면 오산이지!"

묵직한 쇠사슬이 살아 있는 뱀처럼 휘어지며 뻗어왔다. 사슬을 감싸고 휘도는 강기가 치지직거리며 공기를 태웠다.

'제법이군. 하지만 아직 멀었어.'

성검은 힘껏 발을 구르며 튀어 올라 검으로 사슬을 쳐냈다.

파르르릇—

묵직한 힘으로 뻗어오던 쇠사슬이 바닥으로 튕겨졌다. 그 순간 초지

가 충격을 받아 기우뚱하며 앞으로 기울어졌다. 기회를 놓칠 성검이
아니다.

스팟─

성검의 신형이 흐릿해졌다고 느낀 순간, 초지는 자신의 볼기가 불에
덴 것처럼 화끈해지는 것을 느꼈다. 이형환위(以形換位)의 신법으로 어
느새 뒤편으로 옮겨온 성검이 볼기를 힘껏 갈긴 것이다.

"하아악─!"

초지는 비명을 내지르며 자미궁 밖으로 굴러 나가떨어졌다. 눈물이
핑 돌았다. 하지만 그녀는 발딱 몸을 일으킨 후 빠드득, 이를 갈았다.

"죽여 버린다!"

초지의 눈에 취봉접을 향해 돌아선 성검의 모습이 들어왔다.

한편, 변금은과 철행궁, 모용각은 취봉접을 상대로 고전을 면치 못
했다.

처음 한동안 그들은 평수를 이루었다. 무공의 수위는 현격하게 차이
가 났으나 작은 충격에도 집이 무너질 수 있다는 데 생각이 미친 취봉
접이 조심스럽게 공격을 펼쳤던 것이다.

반면, 동방칠수의 세 수호성은 전력을 다했다. 모용각은 날다람쥐처
럼 바닥을 구르며 계속해서 화살을 날렸고, 변금은은 특유의 힘으로 취
봉접이 날리는 식탁이나 의자를 일일이 쳐냈다. 그리고 철행궁은 살수
출신답게 변금은을 방패 삼아 숨은 뒤 수시로 비수를 날렸다. 하지만
그 환상적인 합격진도 취봉접을 상대하기엔 벅찼다.

"이 버르장머리없는 것들!"

슬슬 약이 오른 취봉접이 쌍수를 교차해 서서히 구형의 강기를 만들
어냈다. 잠시, 그녀의 손 안으로 검은 회오리가 일다가 사라졌다. 하지

만 그 순간 이미 식당 안에 흩어졌던 은젓가락들이 일제히 허공으로 솟구쳐 그녀 주위를 맴돌기 시작했다.

"……!"

초지를 밀어내고 뒤돌아선 성검은 한순간 몸이 굳는 것을 느꼈다. 뒤이어 벌어질 일을 짐작하고 있었기 때문이다. 지금 벌어지고 있는 현상. 취봉접은 흡자결을 이용해 거둬들인 은젓가락을 일제히 폭사시켜 동방칠수의 세 수호성을 고슴도치처럼 만들려는 속셈이다.

"흡혈 선배, 뒤를 조심하시오!"

성검은 내력을 끌어올리며 다급히 외쳤다. 일장을 날리기 위해서라기보다 수하들을 위기에서 구하기 위해서였다.

"이런!"

취봉접은 미처 뒤를 돌아볼 생각도 하지 못한 채 다급성을 내질렀다.

"미안하외다!"

진기가 모아진 순간 성검은 망설이지 않고 우수를 뻗었다. 하지만 그때 무엇인가가 발목을 낚아챘다.

"헉!"

성검이 다급성을 내질렀다. 취봉접이 그랬듯 그 역시 뒤에 있는 적 초지를 생각하지 못한 것이다.

하지만 고꾸라지면서도 성검은 일장을 격출했고, 그 일장은 아슬아슬하게 취봉접을 스치며 맞은편 벽면에 작렬했다.

취봉접은 성검의 공격을 피하기 위해 곧장 철판교(鐵板橋)를 펼쳐 나무토막처럼 신형을 눕혔는데, 그로 인해 위기를 모면할 수 있었던 것이다.

"……!"

성검과 취봉접, 그리고 변금은, 모용각, 철행궁의 눈빛이 한순간 뒤섞였다. 그리고 그들의 눈은 다시 일제히 자미궁의 천장을 향했다.

"젠장!"

성검이 초지의 쇠사슬에 묶인 채 막 문밖으로 끌려 나간 순간 자미궁은 입구 쪽부터 차례로 기울며 무너져 내리기 시작했다.

콰르르르릉—!

한동안 굉음이 이어졌고, 자미궁은 이제 폐허가 된 채 뿌우연 먼지에 휩싸이게 되었다.

성검과 초지는 망연한 표정으로 그 모습을 지켜보고 있었다. 자미궁 안에 남아 있던 사람들을 생각하며……

"하, 할머니……"

파르르 몸을 떨던 초지가 매서운 눈으로 성검을 노려보았다. 그녀의 눈에선 이제껏 보지 못했던 살기가 불처럼 이글거리고 있었다.

"정말 죽여 버릴 거야아—!!"

초지는 손에 쥔 쇠사슬을 힘껏 휘두르기 시작했다.

"으아아악—!!"

잠시 넋을 놓고 있던 성검은 그제야 자기 두 다리가 사슬에 휘감겨 있다는 사실을 깨달았다. 하지만 이미 늦었다. 초지의 괴력과 사슬이 풀리며 일으킨 반동에 의해 성검은 허공으로 붕 떠올라 뱅글뱅글 돌다가 한순간 건물 벽에 머리를 들이받았다.

픽—

둔탁한 소리와 함께 성검의 몸이 벽면을 타고 미끄러져 내렸다. 정신이 가물가물한 게 몰래 대마초를 훔쳐 피울 때보다 더 몽롱했다.

"이것으로 끝이다!"

초지의 앙칼진 음성이 귓전을 울렸다.

지그시 고개를 돌렸을 때는 이미 그녀의 쇠사슬이 정수리를 향해 내리 꽂히고 있었다.

'안 돼⋯⋯. 이 파릇파릇한 청춘이 채 꽃도 피워보지 못한 채⋯⋯.'

지극히 짧은 순간이었음에도 성검의 뇌리엔 매란이와 화접몽은 물론 취영오매의 제일매 송가영에서 이매 비취화, 사매 이옥향, 오매 공유향 등의 다정한 미소가 주마등처럼 스쳐 갔다. 그리고 그들이 다 지나간 뒤엔 싸가지없는 삼매 은매란의 얼굴까지 떠올랐는데, 성검은 비로소 그녀도 나름대로 예뻤다거나 다시 만나면 잘해주어야겠다거나 그런 생각을 하게 되었다.

하지만 곧 이변이 일어났다. 초지의 쇠사슬이 머리에 작렬하려던 찰나, 누군가가 장도를 휘둘러 쇠사슬을 쳐낸 후 잽싸게 성검을 낚아챘다.

"⋯⋯!"

윤기 흐르는 고동색 피부의 말 엉덩이가 성검의 몽롱한 눈에 들어왔다.

"관군이 몰려오고 있소. 일이 귀찮아질 수도 있으니 일단 자리를 피합시다!"

성검을 들쳐 업은 사내가 다급히 중얼거리며 말의 옆구리를 힘껏 걷어찼다.

히히히힝—

말이 길게 울음을 뽑으며 인파를 헤치고 거리를 내달렸다.

말 탄 사내와 성검이 사라진 거리⋯⋯.

한차례 흙바람이 스쳐 지나갔다. 초지는 멍한 눈으로 그들이 사라진 거리와 자미궁을 번갈아 쳐다보았다.

잠시 후, 말이 사라진 반대편에서 소란이 일며 한 무리의 관군들이 모습을 드러냈다.

'어, 어머. 관군? 할머니, 초지는 어떻게 해야 하죠?'

초지는 먼지 구름에 뒤덮인 자미궁 터를 잠시 바라보다가 무슨 생각이 든 것인지 갑자기 말이 사라진 방향을 향해 냅다 내달리기 시작했다.

제6장
비학검 이가성을 꺾다

황촉불이 미풍에 흔들리며 은은한 빛을 흩뿌리는 내실.

창문은 닫혀 있었지만 어디서 바람이 새어드는 것인지 촛불이 가볍게 일렁이며 방 안에 잔잔한 빛의 파문을 일으켰다. 그때마다 성검의 눈꺼풀이 가볍게 흔들렸다. 사내치고는 제법 길게 늘어진 속눈썹이 바람에 나부끼는 풀잎처럼 차르르, 눕곤 했다.

"쩝, 매란이 넌 정말 삼삼하구나……."

달콤한 중얼거림이 성검의 입에서 흘러나왔다. 은은한 불빛에 비쳐진 입술만큼이나 달콤하고 매혹적인 음성이었다.

"네가 먼저 벗을래, 내가 먼저 벗을까?"

꿀꺽, 침 넘어가는 소리가 방 안의 정적을 흩어놓았다. 하지만 그것을 끝으로 성검은 다시 깊은 잠에 빠졌다.

"역우, 매란이가 누군지 아느냐?"

"글쎄요, 방주. 워낙 흔한 이름이라……. 하지만 분위기로 보아 왠지 지분 냄새가 풍기지 않습니까? 아무래도 기녀 같은데요?"

"음……. 섣불리 판단할 수는 없는 일이지. 어쨌거나 이름으로 보아 무척 예쁠 것 같군."

"꼭 그렇지도 않습니다. 저희 구역에 있는 기녀 가운데 제가 아는 매란이가 무려 셋입니다. 하지만 하나는 언급할 가치도 없는 추녀고, 하나는 그보다는 낫지만 역시 추녀고, 마지막 하나는 추녀라고는 할 수 없지만 같이 술을 마시기엔 술이 아깝다는 생각을 떨쳐 버릴 수 없는 얼굴입니다. 몇 번인가 제가 술을 마시러 기루에 들렀을 때 터무니없는 경우가 생기곤 했습니다. 다른 아이들은 다 손님방에 들어가고 매란이들만 외롭게 남는 경우가 말입니다. 그런데 그럴 때는 그냥 저 혼자 술을 마십니다."

언제부턴가 두 사내가 침상 앞에 앉아 있었다. 그중 한 명은 위기에 처한 성검을 낚아채 말에 싣고 온 역우고, 또 한 명의 사내는 백의를 입은 중년인이었다.

백의의 중년인. 그는 다름 아닌 철룡방의 방주 이가성이다. 역우와는 십여 년 넘게 형제처럼 지내온 이로, 학자풍의 외모와는 달리 타고난 무골이었다.

철룡방주 이가성. 비학검(飛鶴劍)이란 외호로 불리며, 상당한 고수로 알려져 있다.

하지만 그와 형제나 다름없는 역우조차도 그의 검법을 직접 본 적이 없었다. 전쟁터에선 늘 역우를 선봉으로 내세운 후 작전을 지휘했을 뿐이며, 군대에 사직서를 제출하고 이곳 정주에 철룡방을 세우고 나서도 마찬가지였다.

다만, 이가성은 철룡방을 지키기 위해 검황문주 사비검(思匕劍)과 단한 차례 결투를 벌인 바 있다. 그런데 그 싸움에서 이가성은 처절하게 패했다.

어쨌거나 그때도 역우는 이가성의 검법을 보지 못했다. 이가성이 단독으로 검황문을 찾아가 결투를 벌였기 때문이다. 상황이 그러니 역우도 이가성에게 왜 비학검이란 외호가 붙었는지 눈으로 확인할 수 없었다.

비록 사비검에게 패했지만, 이가성은 여전히 역우의 우상이었다. 그는 군대에서 선배 장수들로부터 귀가 닳도록 이가성에 대한 이야기를 들었다. 그의 검이 얼마나 빠르고 예리한지, 일단 검을 뽑은 후엔 이가성이 어떻게 달라지는지, 그의 검에 수급을 떨군 적장이 몇 명이나 되는지⋯⋯. 이가성은 한마디로 전신(戰神)의 화신이고 전설이었다.

"그나저나 참 알 수 없는 젊은이군. 저 나이에 자네에 버금가는 무공을 갖추었단 말이지? 분명 천검궁 소속은 아닌 것 같은데⋯⋯."

"비단 이 젊은이만이 아닙니다. 나 역우가 오늘 강호가 넓다는 사실을 새삼 깨달았습니다. 내가 대적한 초지란 계집도 그랬고, 무엇보다 취봉접의 무공은 가히 초인에 가까웠습니다. 결국 자미궁과 함께 묻히고 말았지만⋯⋯."

"음⋯⋯ 아닐세. 정황을 살피러 간 수하에게 보고 받은 바에 의하면 자미궁에선 한 사람도 죽지 않았다는군. 오히려 취봉접 그 할멈 때문에 관졸 십여 명이 다쳤다는 게야."

이가성은 성검에게 눈길을 준 채 담담하게 말했다.

"그럴 리가요. 분명 자미궁이 무너질 때까지 취봉접은 밖으로 나오지 못했습니다. 여기 이 젊은 공자의 수하들과 함께⋯⋯."

"취봉접에게 협공을 펼친 무사가 세 명이라고 했지?"

"예? 예……."

역우가 말을 더듬으며 이가성을 쳐다보았다.

"그중 신력을 지닌 무사가 있었던 모양이야. 바윗덩어리 같은 벽면을 번쩍 들고 폐허 속에서 걸어나오는 것을 사람들이 봤다는군. 그들이 먼저 나와서 달아났고, 다음으로 취봉접이 나왔는데 그때는 이미 관졸들이 그곳을 빙 둘러싸고 있었다는 게야. 그래서 또 싸움이 벌어졌던 게지."

"그럴 수가……."

"어쨌든 한동안 몸을 사리는 게 좋겠어. 취봉접도 취봉접이지만, 우리는 관부에 찍혔단 말이지. 관리 놈들이 이번 일을 빌미로 눈엣가시 같던 우리를 어떻게든 곤경에 빠뜨릴 테니 말일세."

"알겠습니다, 방주."

관부 이야기가 나오자 역우의 표정에 얼마간 노기가 어리기 시작했다.

"자, 어쨌거나 이 젊은이는 잠꼬대를 하는 것으로 보아 생명에는 지장이 없을 듯하네. 오늘은 푹 재우고 내일 인사를 나누도록 하세."

"하하, 그러지요. 전 이 젊은 공자가 마음에 듭니다. 마땅히 갈 곳이 없다면 우리 철룡방에 둥지를 틀게 하는 것도 좋을 듯합니다."

"그것 역시 내일 결정하도록 하세."

이가성이 낮은 음성으로 대답하며 천천히 몸을 일으켰다. 그의 그림자가 길게 늘어지며 성검의 얼굴을 반쯤 뒤덮었다.

잠시 후 역우가 일어섰고, 두 사람은 문을 향해 걸어갔다. 그리고 방문을 닫기 전, 역우는 가벼운 입바람으로 문가에 세워진 황촉의 불을

껐다. 방 안으론 이제 깊은 정적과 어둠만이 빼곡히 들어차게 되었다.

얼마의 시간이 흘렀을까, 굳게 닫혀 있던 창문이 삐거덕거리며 열렸다. 한줄기 바람이 새어 들어와 방 안을 휘돌았다.

잠시 후, 검은 인영 하나가 달빛을 밀어내며 어둠처럼 스며들었고, 바람에 덜거덕거리던 창문이 닫혔다. 방 안으로는 다시 정적과 어둠만이 쌓여갈 뿐이다.

하지만 그 어둠에도 얼마간의 빛이 숨어 있었던 것일까? 스륵, 매끄러운 마찰음이 이는 순간 부드러운 청광이 어둠을 밀어냈다.

"음회회. 정말 빛나는 알몸이구나?"

성검의 음성에 상대는 미세하게 몸을 떨었다.

"감동 그 자체야. 섬뜩할 정도야. 머리카락까지 바짝 서는 것 같아……. 음냐아―"

"……!"

침상 아래로 몸을 숙였던 검은 인영이 고개를 갸우뚱하다가 상체를 반쯤 일으켰다. 그리곤 조심스럽게 손을 뻗어 성검의 눈 위에서 가볍게 흔들었다.

"음……. 음냐아―"

"……?"

검은 인영은 고개를 갸우뚱하다가 이번엔 성검의 코를 살짝 비틀어 보았다.

"푸, 푸르르륵―"

"……?"

검은 인영은 이제 몸을 완전히 일으켜 성검의 얼굴을 빤히 내려다보았다. 그러다가 무슨 생각이 들었는지 창가로 다가가 다시 창문을 열었다. 은은한 달빛이 인영을 휘감고 있던 어둠을 한 겹 두 겹 벗겨내기 시작했다.

잠시 후, 치마를 입은 복면인의 모습이 적나라하게 드러났다.

"아이, 갑갑해! 내가 뭐 하러 이런 걸 썼지?"

앙증맞은 목소리.

차르르륵―

복면을 벗는 순간, 긴 머리카락이 흘러내리더니 파도처럼 일렁이며 인영의 둔부까지 뒤덮었다.

"흥! 잘 때 죽이는 건 너무 너그러운 처사야."

이번엔 나긋하면서도 앙칼진 목소리로 변했다.

성검을 향해 살짝 몸을 트는 순간 인영의 얼굴 윤곽이 그대로 드러났다. 고운 목 선과 섬세한 이목구비……. 한 폭의 미인도처럼 아름다운 여인이다. 게다가 볼 아래쪽에 자리 잡은 화려한 매화 문신도 매혹적이었다.

초지일관 초지다.

그녀는 자미궁에서부터 성검과 역우를 추격해 왔다. 멧돼지 같은 역우가 말을 타고 달리는 바람에 진땀을 빼긴 했지만 결코 놓치지 않았다.

숭산의 산비탈을 뛰고 구르며 자란 데다 피나는 노력으로 각종 신법을 자유롭게 구사하게 된 그녀다. 지붕과 지붕을, 사람과 사람 사이를 비집고 바람처럼 달렸다. 취봉접이 죽었다고 생각한 그녀는 어떻게든 복수를 할 생각이었다.

하지만 막상 역우가 멈춰 선 곳은 이곳 철룡방의 본거지였다. 삼천여 평에 달하는 제법 널찍한 장원에 수백 명의 무사가 머물고 있어 함부로 공격할 수 없었다.

결국 초지는 밤이 깊어지길 기다려 장원에 잠입했고, 시녀 하나를 잡아 성검이 머무는 방을 알아냈다. 그리고 방금 전 이곳 지붕에 내려앉아 이가성과 역우가 나누는 대화를 들으며 기회를 노렸다.

"호호, 넌 우리 할머니에게 고마워해야 해. 만약 할머니가 죽었다면 나는 너희 구족을 멸했을 테니까. 호호호."

잠시 문밖의 동정을 살피던 초지가 침상으로 돌아오며 나직하게 중얼거렸다.

그녀는 방금 전 이가성과 역우가 취봉접에 대해 나눈 이야기를 지붕 위에서 듣게 되었다. 취봉접이 살아 있다는 이야기에 하마터면 울음을 터뜨릴 뻔했다. 사실 자미궁에서 달아난 후 머리 속이 텅 빈 느낌이었다. 그녀에게 있어 흡혈소란, 아니, 취봉접은 증조모인 동시에 어머니였기 때문이다.

"하긴 우리 할머니가 그깟 벽돌에 깔려 죽을 사람은 아니지. 호호, 기분이 몹시 좋지만 그래도 네놈에겐 쌓인 게 많으니까 좀 잔인하게 죽여줄 거야. 우선 혀를 잘라서 소리를 지르지 못하게 만들어야겠지? 그리고 닭이 세 번 울 때까지 느긋하게, 온몸에 고문을 가하면서 천천히 죽여줄 거야."

초지는 청광이 번지는 비수를 들고 성검의 머리맡으로 다가갔다.

사특한 웃음을 배어 문 채 잠시 성검을 내려다보던 그녀가 다시 고개를 갸우뚱했다. 마침 창문을 통해 들어온 달빛이 성검의 얼굴을 은은하게 비추고 있었다.

창가 화초장 위에 놓인 화분의 난초가 침상 옆 벽면에 아름다운 그림자를 드리웠다. 그 부드러운 곡선미에 왠지 초지는 마음이 누그러지는 것을 느꼈다. 마침 망월(望月)이라 달빛은 그 어느 때보다 은은했다.

"볼수록 예쁘장하게 생겼네?"

혀를 자르기 위해 뻗었던 초지의 손이 자기도 모르게 성검의 볼을 어루만졌다.

잠에 든, 아니, 까무라쳐 있는 성검의 얼굴은 세상에서 가장 순수하고 아름다워 보였다. 마치 깊은 숲 속에 핀 초롱꽃처럼. 살짝 입을 맞추고 싶을 정도였다.

'어머, 내가 왜 이러지? 이런 못된 놈을 보면서 이상한 생각을 하다니……'

초지는 화들짝 놀라며 성검의 볼에서 손을 떼어냈다.

'그래, 꼭 혀를 자르고 고문을 할 필요는 없어. 빨리 할머니를 찾아야 하잖아? 아쉽지만 인정을 베풀어서 고통없이 죽여주자. 저승에 가면 이 녀석도 염라대왕에게 이 초지의 은덕에 대해 입에 침이 마르도록 떠벌리겠지? 그럼 초지는 나중에 천당에 가게 될 거야. 그래, 가끔은 좋은 일도 하고 살아야지.'

길게 한숨을 내쉰 초지가 비수를 번쩍 들었다. 그런데 그 순간, 성검이 헤벌쭉이 웃으며 또 잠꼬대를 하기 시작했다.

"음회회, 넌 정말 가슴이 예쁘구나……."

"……?"

초지는 자기 가슴과 성검의 얼굴을 번갈아 쳐다보았다.

'어라? 이 엉큼한 녀석이 언제 내 가슴을……. 호호, 아까는 메추리 알만하다고 놀리더니……. 응큼한 녀석이네?'

다행히 초지는 성검이 매란이 꿈을 꾸고 있다는 사실을 알지 못했다.

그녀는 힘없이 비수를 내려놓았다. 그리고 다시 성검의 얼굴을 빤히 쳐다보았다. 보면 볼수록 호감이 가는 얼굴이다. 웃음소리가 좀 이상하긴 하지만 목소리는 다감하고 촉촉하고 부드럽다.

본능일까, 까무러친 상태에서도 성검은 묘하게 매란의 이름을 쏙 빼놓은 채 초지의 몸을 달구는 잠꼬대를 이어갔다.

"이거 입술 맞아? 혹시 진한 육수와 녹차에 번갈아 담가 육질을 연하게 한 다음 참나무 숯불 위에 노릇노릇 굽고 그 위에 꿀과 사과 과즙을 발라서 향을 덧씌운 후 살짝 훈제한 새끼 돼지의 항정살 아니니? 어쩌면 이렇게 향긋하고 달콤할 수 있지?"

"……!"

초지는 몸에 소름이 돋는 듯했다.

취봉접과 함께 산에서 살다 보니 한 번도 사내들의 감언이설을 들어본 적이 없었기 때문이다. 몸이 파르르 떨려왔고 현기증까지 났다. 더욱이 여성 신체의 특정 부위를 감칠맛나는 요리에 비유함으로써 상대 여성의 입 안에 침이 고이게 해 여성이 자신의 심리 상태에 대해 헷갈리고 착각하게 만드는 색마들의 고난도 기술이 펼쳐지고 있는 만큼 초지의 혼란은 더욱 가중되고 있었다.

'이, 입술이 그렇게 향긋하고 달콤할 수 있을까?'

입 안에 고인 침을 꼴깍 삼킨 초지는 묘한 눈으로 성검의 입술을 내려다보았다.

그녀의 손가락이 이번엔 성검의 입술을 어루만지고 있었다. 짜르르, 몸에 전율이 일었다. 비록 가슴의 발달이 더디긴 했지만, 이성에 눈뜰 나이다. 아니, 상당히 늦은 감이 있다. 그녀는 이미 방년(芳年)의 나이였으니까…….

"어머!"

초지는 화들짝 놀라며 성검에게서 물러섰다. 성검이 잠결에 그녀의 손가락을 쪽 빨고 있었던 것이다.

"내, 내가 왜 이러지? 이상해. 초지 가슴이 답답해⋯⋯. 오, 오늘은 그냥 가야겠어. 우선 할머니를 찾은 다음에 저 녀석을 어떻게 죽일지 상의하는 게 나을 것 같아. 그, 그래. 내일 죽여도 늦지는 않아."

초지는 몇 번인가 자기 머리를 쥐어뜯다가 그대로 신형을 날려 창문 사이로 빠져나갔다. 초지의 나이 방년 십구 세. 비로소 그녀 안의 여성이 잠에서 깨어나기 시작한 것이다.

잠시 후⋯⋯

"음회회. 매란아, 이제 이 오라버니 품에 안겨보렴. 이 오라버니 가슴은 통돼지를 굽는 모닥불처럼 뜨겁게 지펴져 있단다. 매란아아—"

성검의 잠꼬대가 계속 이어졌다. 아마 매란이란 이름이 조금만 일찍 나왔어도 성검은 초지의 비수를 피하지 못했을 것이다.

"나 비학검 이가성이오. 한때 군에 몸담은 적이 있었으나 지금은 주먹패들을 이끌고 있소. 젊은 공자도 싸움깨나 한다니 언제 시간을 내서 한번 붙어봅시다."

이가성은 술잔 가득 술을 따르며 활짝 웃었다.

갸름한 얼굴과 어울리지 않게 호탕한 성격인 듯했으나, 얼마간 지쳐 보였다.

"하, 하! 낙양에서 온 화관필입니다."

정중하게 인사를 건넨 성검은 주전자를 넘겨받은 후 이가성의 잔에 술을 따랐다.

'한번 붙어보자? 상황이 꼬인다면 어쩔 수 없이 그렇게 되겠지.'

비록 웃고 있었지만, 성검은 그다지 마음이 편치 않았다. 만약 타협이 이루어지지 않는다면 이가성과의 일전은 피할 수 없다.

'계획대로 일이 진행되고는 있다지만 아직 안심할 수 없는 단계야. 우선은 술을 즐기며 됨됨이를 살펴야겠지? 그나저나 내 아우들이 어찌 되었는지 모르겠군.'

벽에 부딪칠 때 충격이 컸는지 아직도 목 주위가 뻐근했다.

성검이 깨어난 것은 정오 무렵이었다. 전날 초지에게 당한 후 꼬박 하루 만에 정신을 수습한 것이다. 충격 때문에 까무러치긴 했지만 덕분에 긴 잠을 잤다. 꿈속에서 매란이랑 놀았으니 그 시간이 아깝지는 않았다. 다만 변금은과 철행궁, 모용각의 일이 은근히 걱정되었다.

어쨌거나 성검이 깨어났을 때 역우가 침상 앞을 지키고 있었다. 두 사람은 그제야 통성명을 했다. 그리고 잠시 후 이곳, 후원의 정자로 안내되어 이가성을 만나고 있는 중이다.

정자는 연못 위에 세워져 있었으며, 꽤나 고풍스러웠다. 초겨울 찬바람이 불 때면 후원에 핀 한란(寒蘭)의 청향이 은은하게 전해졌다.

정자 안에는 성검과 역우, 이가성 세 사람만이 자리했다.

시비들의 모습도 보이지 않았다. 무슨 이유에선지 가기(歌妓)들조차 굳이 연못 밖에 앉아 칠현금을 탄주하고 있다. 한편으로는 지극히 편안해 보였지만 어딘가 어색한 자리였다.

무엇보다 신경 쓰이는 것은 후원으로 통하는 문에 배치된 십수 명의 무사였다. 그들은 외부의 침입자를 지킨다기보다는 성검 한 사람을 견제하고 있는 듯했다.

"아, 화 공자, 낙양에서 오셨다 했는데 그곳의 사정은 어떻소?"

술이 몇 순배 돌고 난 후 이가성이 태연하게 물었다.

"하, 하……. 그보다 방주, 편하게 웃어도 되겠습니까?"

"예? 하하, 그, 그러시구려."

"감사합니다. 음회회회! 음푸회회회! 솔직히 저도 낙양에 오랫동안 머문 게 아니라 상세한 이야기를 들려 드릴 수는 없습니다. 하지만 다른 건 몰라도 낙양의 여자들은 여전히 끝내줍니다. 음회회. 그렇다고는 해도 솔직히 낙양 여자가 제일 예쁜 건 아닙니다. 제가 그 일대 기루를 모두 돌아보았지만 매란이만큼 예쁜 기녀는 만나지 못했거든요."

"……?"

이가성과 역우는 고개를 갸우뚱하며 얼굴을 마주 보았다. 성검은 그제야 자기 실수를 깨닫고 손을 휘휘 저었다.

"아, 이런 실례가 있나. 음회회. 매란이가 누구냐 하면…… 그러니까…… 매란이에 대해 설명하려면 우선 송죽루에 관한 이야기부터 해야 합니다. 송죽루는 남진관에서 제일 가는 기루인데, 굽이쳐 흐르는 장강이 한눈에 내려다보이는 언덕 솔밭에 자리 잡았으며, 세 가지로 유명합니다. 첫째는 풍경, 둘째는 죽엽청, 셋째는 솔밭을 스쳐 지나가는 바람이지요. 하지만 그것은 그저 호사가들의 이야기고, 정작 송죽루의 명성을 드높게 하는 것은 그곳의 기녀들입니다. 제가 볼 때 송죽루의 기녀들은 모두 양귀비의 후손이 분명합니다. 그렇지 않고서야 그렇게들 예쁠 수가 없지요. 그런데 그 가운데서도 제일 예쁜 기녀가 있으니, 그녀가 바로 매란입니다. 음, 물론 매란이와 짝을 이루어 다니는 화접몽도 어디에 내놔도 빠지지 않는 미모지만 솔직히 매란이에 비하면 조족지혈이지요. 음회회회!"

"……?"

이가성과 역우는 멍하니 성검을 바라보았다.

"음회회. 이건 제 생각인데 말입니다, 화접몽이 매란이와 같이 다니는 건 큰 실수입니다. 매란이만 아니라면 화접몽도 군계일학의 학이 될 수 있는 미모거든요. 차라리 화접몽이 혼자 이곳 정주로 옮겨온다면 정주 일대의 기루가 화접몽 한 명으로 인해 평정될 겁니다. 그렇지 않아도 다음에 남진관에 가게 되면 조용히 화접몽을 불러내 충고를 해주려고 합니다. 음회회. 혹시 화접몽이 정주에 오게 되면 두 분 대협도 꼭 화접몽을 찾아주십시오. 결코 후회하시지 않을 겁니다. 그리고……."

"잠깐!"

아무리 기다려도 성검의 이야기가 끝나지 않을 듯하자 이가성이 결국 성검의 말을 잘랐다.

"예? 왜 그러십니까, 방주?"

"하하, 아니오. 다만 나는 낙양 일대에 세를 뻗치고 있는 흑랑파와 철화방, 청천문의 소식을 궁금해하고 있었던 것이오. 내 질문이 너무 애매했나 보오. 공자 정도의 무공이라면 그들에 대해 얼마간 알고 있을 듯한데……."

이가성이 묘한 눈길로 성검을 바라보았다.

'음……. 어쩌면 이가성은 이미 내 정체에 대해 얼마간 눈치 채고 있을지도 모르겠군. 음회회. 그렇다면 차라리 잘된 일이지. 어떻게 얘기를 꺼낼까 하고 쓸데없이 머리 굴리지 않아도 될 테니 말이야.'

성검은 흐트러진 자세를 바로 한 후 진지한 음성으로 대답했다.

"내가 이끄는 동방룡이 모두 평정했소."

"……!"

이가성과 역우의 양미가 꿈틀했다. 두 사람의 반응으로 보아 이미 얼마간 짐작하고 있었던 것이 분명했다.

"그렇다면 화 공자가 이곳 정주에 온 목적이 혹시 우리 철룡방과 관계가 있소?"

이가성이 매섭게 치뜬 눈으로 성검을 노려보았다.

"그렇소."

"……!"

휘휙―

역우가 상 밑에 숨겨두었던 도를 집어 들며 짧게 휘파람을 불었다. 그 순간 소문에 도열해 있던 무사들은 물론, 수십 명의 철룡방 무사가 담장을 뛰어넘어 후원으로 들이닥친 후 삽시간에 연못을 에워쌌다.

"간덩이가 부었구나, 화관필!"

장도를 뽑은 역우가 씁쓸한 표정으로, 그러나 단호하게 말했다.

어쨌거나 자신을 도와준 은인인만큼 역우는 성검의 처리를 두고 얼마간 갈등할 수밖에 없었다.

"역우, 아직 술잔도 비우지 않았다. 경거망동하지 말고 앉거라."

잔을 매만지던 이가성이 침착한 음성으로 말했다.

2

이가성은 냉정하고 침착한 사람이었다.

그는 역우를 자리에 앉히고 무사들을 물린 후에야 잔에 담긴 술을 마셨다. 성검 역시 그제야 잔을 비울 수 있었다.

"마침 며칠 전 흑랑파에 몸담았던 자 몇이 우리 철룡방에 몸을 의탁해 왔소."

성검의 빈 잔에 다시 술을 따르며 이가성은 담담한 어조로 입을 열었다.

"그런데 어젯밤 역우 등에 업혀온 공자를 알아본 모양이오. 그자가 밤새 망설이다가 나를 찾아와 이야기를 합디다. 그래서 화 공자가 이곳 철룡방에 오게 된 것이 결코 우연이 아니란 생각을 하게 되었소."

"……."

성검은 아무 말 없이 고개를 끄덕였다.

"낙양에서처럼 우리 철룡방을 치기 위해 온 것이오? 그렇다면 많은 무사들을 데리고 왔을 수도 있겠구려?"

"물론 혼자 오지는 않았소. 내 아우 세 명과 용병 무사 십여 명을 데리고 왔으니까."

"……!"

이가성의 얼굴에 이채가 어렸다. 반면 역우는 즉각 노성을 터뜨렸다.

"아니, 지금 우리 철룡방을 무시하는 것인가?"

비록 만일의 사태를 대비해 호위 무사들을 배치하기는 했지만, 역우는 화 공자, 즉 성검이 낙양을 평정했다는 신비의 사내가 아니길 바랐다. 모처럼 마음에 드는 인물을 만나 친구를 삼을 수 있겠다고 생각하고 있었던 것이다.

그런데 막상 성검의 정체가 드러나자 묘한 배신감이 일었다. 마치 오랜 친구를 잃은 느낌이었다.

"다시 편하게 웃어도 되겠소?"

"……?"

"음회회! 솔직히 나는 철룡방의 실력을 알지 못하오."

"무슨 뜻이오?"

이가성이 가기들을 향해 손을 뻗으며 느긋하게 말했다.

방금 전 역우가 장도를 뽑으면서 멈추어졌던 가기들의 탄주가 다시 시작되었다. 아마도 이가성은 정자 안의 이야기가 밖으로 새어 나가지 않게 배려하는 듯했다.

"나는 나 자신을 믿을 뿐이오."

"하하, 오만하군. 그래서 철룡방에 단신으로 잠입한 것인가?"

역우가 다시 발끈하며 노성을 내질렀다.

"계속 이야기해도 되겠소?"

성검은 역우의 반응을 무시한 채 이가성을 바라보았다. 이가성은 말없이 고개를 끄덕인 후 술잔에 담긴 술로 가볍게 입술을 축였다.

"내가 흑랑파나 철화방, 청천문을 친 데는 나름대로 이유가 있었소. 나는 유흥가의 패권에는 그다지 관심이 없소이다. 다만 천검궁에 얼마간 빚이 있을 뿐이지. 낙양 일대의 폭력 조직을 일시에 접수한 것도 그 때문이었소. 그들이 정기적으로 천검궁에 바치는 세금을 차단하기 위해……. 내가 정주에 온 이유도 마찬가지요."

"……!"

이가성과 역우의 눈빛이 마주쳤다.

"우리 철룡방 역시 천검궁에 세금을 내고 있다는 사실을 알고 있소?"

이가성이 흥미롭다는 듯 성검을 바라보았다.

"물론이오. 사실 어제 자미궁에서 뜻하지 않은 사고를 당하지만 않 았어도 오늘쯤 내 수하들과 함께 당신들을 치기 위해 이곳으로 들이닥 쳤을 거요."

성검의 말에 이가성과 역우는 다시 서로의 얼굴을 빤히 쳐다보았다. 하지만 잠시 후 두 사람은 동시에 웃음을 터뜨렸다.

"파하하하! 화 공자, 배포가 대단한 사람이구려."

"하하하! 그러게 말입니다, 방주. 매일 소인배들만 상대하다가 화 공 자 같은 사람을 만나니 모처럼 술이 당깁니다그려."

"그렇소, 화 공자. 우리는 지금 천검궁에 세금을 내고 있소. 물론 마 음에서 우러나서 하는 짓은 아니오. 하지만 천검궁에 대한 세금을 끊 을 생각은 없소. 이미 우리는 천검궁에 의해 한차례 화를 입은 바 있 소."

이제껏 어루만지고만 있던 술잔을 단숨에 비운 후, 이가성은 진지한 음성으로 말을 이었다.

이가성이 수하 십여 명과 함께 처음 정주에 발을 들였을 때만 해도 그들은 결코 지금처럼 유흥가의 세금이나 거둬들이는 단체가 아니었 다. 장원을 얻어 정식으로 무도관을 세우고, 수련생들을 모집해 무술 을 가르칠 생각이었다. 하지만 반년이 되도록 철룡방에 들어온 수련생 은 채 열다섯 명을 넘지 않았다.

이가성과 역우로서는 당혹스러운 일이었지만 그저 수련생에게 무공 을 가르치는 데만 정진했다. 그러다 보면 자연히 사람이 늘 것으로 믿 었다.

그런데 어느 날 검황문의 사범 한 명이 철룡방을 찾아와 뜻밖의 제 안을 했다. 검황문에 가입하기 위해 찾아오는 수련생이 너무 많아서 그들에게 일일이 기초부터 무공을 가르칠 수 없으니 철룡방에서 기초적인 무공을 가르친 후 검황문에 보내달라는 내용이었다. 가입비와 수련비 중 칠 할을 검황문에 상납한다는 조건을 단 채. 황당하고 불쾌한 제안이 아닐 수 없었다. 검황문은 철룡방을 하나의 위탁 단체로 삼으려 했던 것이다. 그것도 터무니없는 조건으로.

평소 도도하고 자존심 강한 이가성이 그런 제안을 받아들일 리 없었다. 이가성은 그 자리에서 단호히 거절했고, 배웅조차 하지 않았다.

하지만 그 일이 있고 난 후 그나마 있던 십수 명의 제자가 하나둘 줄기 시작했다. 그것도 대부분 어디 한두 군데가 부러지거나 상한 몸으로. 그 즈음에야 이가성은 수련생이 늘지 않은 것도, 그나마 있던 제자들이 철룡방을 떠난 것도 검황문과 무관하지 않다는 사실을 깨달았다. 그런 의심은 정주 내에 있는 몇 개의 무도관을 돌며 더욱 확실해졌다.

놀랍게도 정주에 있는 무도관들은 하나같이 검황문의 위탁을 받고 수련생들에게 무공을 가르치고 있었다. 물론 그 가운데 이 할가량은 순수하게 무공을 연마해 무인이 되기 위한 이들이었으나, 나머지는 일정 기간 교육을 받은 후 곧장 검황문의 문하에 든다는 것이다. 그렇게 검황문의 식구가 된 자들은 유흥가를 관리하는 데 소요되었다. 쉽게 말해 주먹패가 되어 세금이나 걷으며 밑바닥 인생을 전전하는 것이다.

그나마 그런 생활이라도 하면 난전을 하거나 농사를 짓는 것보다는 형편이 나아 많은 젊은이들이 검황문으로 모여들었다. 그러다 보니 검황문의 세력은 급속히 늘어났고, 문하에 들기 위한 경쟁 역시 치열해졌다.

그 사실을 알게 된 이가성은 분개할 수밖에 없었다. 게다가 얼마 후엔 결정적으로 이가성을 분노케 하는 일이 벌어졌다. 용정차를 사 오라고 심부름을 보냈던 제자 하나가 초주검이 되어 돌아왔다. 차를 사기 위해 저자에 나갔다가 철룡방 패거리를 만나 곤죽이 되도록 얻어맞은 것이다.

이가성은 더 이상 참을 수 없었다. 그는 곧장 검황문주 사비검 정천현에게 도전장을 보냈다. 진정한 무공으로 검황문과 승부를 겨루기 위해서였다.

물론 큰 기대는 하지 않았다. 정천현은 이가성을 꺾는다고 해서 얻을 것이 없기 때문이다. 이미 천여 명이 넘는 제자를 거느리고 있는 그가 채 이십 명의 제자도 거느리지 못한 철룡방을 꺾는다고 해서 위명이 드높아지는 것도 아니다. 반면 이가성은 정천현과 비무를 겨루는 것 자체로 철룡방을 홍보하는 데 많은 도움이 된다. 최소한 무승부만 이끌어낼 수 있다면. 아니, 터무니없이 깨지지만 않는다면……

그런데 뜻밖에도 사비검 정천현이 이가성의 도전을 받아들여 비무일과 장소를 적어 보내왔다.

도전을 받아들이겠소. 시간과 장소는 사흘 후 검황문……. 부디 그대의 무위를 입증할 수 있길 바라오.

정천현은 정중한 어조로 답신을 보냈고, 사흘 후 두 사람은 검황문의 연무장에 마주 서게 되었다.

"사비검 정천현은 강했소."

술을 들이킨 이가성은 당시의 기억을 더듬으며 얼마간 흥분된 어조로 말을 이었다.

"우리는 정확히 삼백 합을 겨루었소. 하지만 채 오십 합을 겨루기도 전에 난 정천현이 날 능가하는 고수임을 깨달았소. 만약 정천현이 마음만 먹었다면 삼십 합 안에 나를 죽일 수도 있었을 게요. 하지만 어떤 일인지 그는 삼백 합을 겨루는 내내 방어에만 치중했고 단 한 번도 공격을 펼치지 않았소. 실로 섬뜩한 날이었소. 나는 시종 죽음을 예감했소. 내 목숨은 정천현에게 달려 있었으니까……."

"결국 패했단 말씀입니까?"

성검은 의외라는 표정을 지었다.

"패한 것이나 다름없지요. 내가 그를 꺾지 못했으니……. 그는 아마도 내가 무릎 꿇기를 바랐을지도 모르오. 하지만 나는 내가 이미 패했다는 사실을 알면서도 결코 승복하지 않았소. 자존심 때문이었소. 패배를 인정하지 않은 것이 아니라, 수치스런 목숨을 그가 끊어주길 바란 것이오. 나는 전쟁터에서 뼈가 굵은 사람이고, 전쟁터에서의 패배는 죽음을 의미하니까."

"그 이후엔 어찌 되었습니까?"

"그게 그를 답답하게 했을 것이오. 정천현은 정확히 삼백 합을 채운 후 검을 거두더이다. 나도 어쩔 수 없이 검을 거두었소. 미련을 떤 것도 부끄러운 일이거늘 검을 거둔 상대를 공격할 수는 없는 일 아니겠소?"

이가성이 쓸쓸하게 웃었다.

옆에서 듣고 있던 역우가 이가성의 빈 잔에 술을 따랐다. 역우는 그날 비무를 보지 못했다. 역우가 말려드는 것을 염려한 이가성이 혼자서 검황문을 찾아갔기 때문이다.

하지만 이후 두고두고 그날 벌어졌던 이야기를 들었다. 그리고 덧붙여, 결코 검황문과 부딪치지 말라는 당부를 들어야 했다.

"그럼 어떻게 지금처럼 정주에서 세력을 얻을 수 있었던 겁니까? 결국 검황문에 고개를 숙인 겁니까?"

"……!"

성검의 말에 역우의 표정에 순간적으로 노기가 어렸다.

하지만 이가성이 가볍게 눈짓을 했으므로, 역우는 그저 길게 한숨을 내쉴 수밖에 없었다.

"정천현에게 철저히 당한 후 나는 철룡방으로 돌아와 근 열흘가량 두문불출했소. 처음 한동안은 너무 화가 났소. 나 자신으로 인해……. 그리고 점차 괴로워졌소. 차라리 군대에서 생을 마감하는 것이 낫지 않았을까 하는 자괴감 때문에……."

이야기를 이어가는 이가성의 표정이 우울해 보였다. 당시의 고통이 다시 그를 괴롭히고 있는 것이다.

"다시 사흘이 더 지나자 그때부터는 역우와 내 수하들이 걱정되었소. 나를 믿고 군을 제대한 이들인데 내가 그들에게 해줄 것이 아무것도 없었으니까……. 그 즈음 검황문의 사범이 다시 나를 찾아왔소. 정천현이 보낸 자였소. 그가 내게 제안하더이다. 수익금의 오 할을 갖는 조건으로 검황문이 관리하는 영역 일부를 맡아달라고."

"뜻밖의 조건이군요."

"그렇소. 아마 그 제의가 사흘만 앞당겨 졌었어도 나는 단호히 거절했을 것이오. 하지만 당시로선 그 제의를 쉽게 물리칠 수 없었소. 내겐 식솔들을 책임질 의무가 있었고, 이미 내 자존심은 무너진 상태였으니까. 나는 결국 정천현의 제의를 받아들였소. 그리고 지금처럼 타락하고 말았소."

"……?"

성검의 눈에 이채가 어렸다. 이가성의 말에서 얼마간의 자조가 묻어나고 있었던 것이다.

"검황문이 천검궁의 사주를 받는 괴뢰단체임을 알고 있습니까?"

"하하, 물론이오. 더불어 우리가 그런 검황문의 괴뢰단체라는 것도 알고 있소. 하지만 화 공자, 당신의 상대가 검황문이든 천검궁이든 나와의 싸움은 피해 갈 수 없을 것이오."

이가성이 씁쓸한 미소를 내비쳤다.

"검황문이 우리 철룡방에 영역 일부를 맡긴 데는 나름대로 이유가 있었소. 모든 지저분하고 복잡한 일들을 떠맡아줄 단체가 필요했던 거요. 검황문은 정주 내에서 확고하게 세력을 얻고 있소이다. 그들은 관부의 고위 인사들에게 매달 뇌물을 바치는 데다 유지들과도 친분이 깊소. 게다가 문제의 소지가 있는 사업은 우리 철룡방처럼 그들과 연계된 조직들에게 떠넘기오. 그러니 검황문이 복잡한 일에 휘말리는 경우는 거의 없소."

"화 공자, 형님 말씀은 사실이오. 한 삼 년쯤 전이오."

역우가 씁쓸하게 웃으며 이야기를 끄집어냈다.

철룡방이 검황문의 제의를 받아들인 후 한동안 두 단체 사이엔 은밀한 협력 관계가 유지되었다. 하지만 시간이 지나면 지날수록 검황문의 요구는 정도를 넘어섰다. 각종 불법 행위와 폭력, 심지어는 살인까지…….

이가성은 그제야 자신이 큰 실수를 했음을 깨닫고 검황문과의 관계를 청산하려 했다. 하지만 그런 결정으로 인해 철룡방은 최대의 위기를 맞게 되었다.

당시 철룡방은 검황문의 청탁으로 유흥가의 삼 할가량을 소유한 차융휘란 대상을 감금하고 있었다. 검황문으로부터 그저 며칠간 그를 감금해 달라는 부탁을 받았기 때문이다. 그런데 창고에 가둬둔 차융휘가 갑자기 사라졌고, 사흘 후 시체가 된 채 강가에서 발견되었다.

누가 보아도 검황문의 짓이 분명했다. 문제는 검황문이 고의적으로 철룡방을 함정에 빠뜨렸다는 점이다.

얼마 후 관부의 수사망이 철룡방으로 좁혀졌고, 점차 숨통을 조이기 시작했다. 이가성으로서는 당혹스러운 일이었다. 진실이야 어찌 되었든 자신들이 차융휘를 감금했던 것은 사실이기 때문이다.

화가 난 이가성은 검황문을 찾아가 정천현에게 따졌으나 정천현의 반응은 냉담했다. 그는 오히려 이가성에게 은근한 협박을 가했다. 검황문과의 관계를 청산하는 순간 철룡방은 풍비박산되리라는 얘기였다.

결국 이가성은 관부의 수사를 무마하는 조건을 달고 상납금을 오 할에서 칠 할로 올려주기로 했다. 또한 다시는 검황문에 대항하거나 일방적으로 관계를 청산하지 않겠다고 약조했다.

정작 놀라운 것은 그 일이 있는 직후의 사건 처리 과정이었다. 관부에선 차융휘의 죽음을 사업 파산에 따른 자살로 결론짓고 수사를 종결했으며, 그의 재산은 모두 검황문에게 넘어갔다. 검황문에서 차융휘의 필체로 된 차용증을 제시했기 때문이다.

"그 일 이후 우리는 은밀히 검황문에 대해 조사했소. 당할 수만은 없는 일이었으니까. 하지만 곧 절망하고 말았지요."

"검황문 뒤에 천검궁이 있다는 사실을 알게 된 것이군요."

"하하, 맞소이다. 이곳 정주뿐 아니라 낙양, 개봉, 그 외 다른 지역 대부분이 그와 비슷한 처지에 놓여 있다는 사실까지……. 결국 우리는 검황문이 아닌 천검궁의 건실한 그물에 걸려 있었던 것이오."

역우가 답답하다는 듯 시선을 돌려 가기들을 바라보았다.

가기들은 어느새 평정을 되찾고 탄주에 열중해 갔다. 몇 개의 낙엽이 수면에 파문을 일으키고 있었다.

"그렇다면 방주께서 아까 했던 말씀은 무엇입니까? 내 상대가 검황문이든 천검궁이든 방주와의 싸움은 피해 갈 수 없다니……. 내가 방주라면 검황문이 무너지기를 바랄 텐데……."

성검이 문득 생각이 미쳤다는 듯 이가성에게 시선을 돌렸다.

"물론이오. 나 역시 검황문이 무너지길 바라오. 내가 군대를 떠난 이유 중 하나는 모략과 중상이 싫었기 때문이오. 하지만 지금은 더 깊은 늪에 빠진 느낌이오. 여기에서 벗어날 수만 있다면 내 가벼운 목숨도 걸 용의가 있소."

"……?"

"하지만 내겐 많은 식솔들이 달려 있소. 그들은 내게 무거운 짐이오. 그들을 걸고 모험을 감행할 수는 없소."

"방주……!"

역우가 침음성을 토해냈다.

역우 역시 이가성과 함께라면 어떤 난관이든 뚫고 나갈 각오가 있었다. 하지만 철룡방은 그들 두 사람만의 집단이 아니다. 자칫 수백 명의 수하가 다칠 수 있다. 그들에겐 처가 있고 자식이 있으며 나이 든 부모도 있다. 모험을 위해 그들의 생명을 담보로 할 수 없다는 데는 역우 역시 공감할 수밖에 없었다.

"화 공자, 아까 화 공자 스스로를 믿는다고 했소?"

이가성이 담담한 음성으로 물었다.

"물론입니다."

단호하게 대답했지만, 성검은 가슴 한편이 싸해지는 것을 느꼈다.

동방칠수의 수장으로서, 성검은 한 번도 수하들의 삶을 진지하게 생각한 적이 없었다. 오직 자신의 목적을 생각했을 뿐이다. 어제 변금은과 모용각, 철행궁을 자미궁에 남겨놓은 것부터가 그랬다. 성검은 새삼 스스로를 자책했다. 한 조직의 수장이 얼마나 무거운 자리인가를 깨닫게 된 것이다.

"어쩌면 화 공자를 만난 게 기회가 될 수도 있다는 생각이 드오. 하지만 이미 말했듯 나는 가볍게 움직일 수 있는 사람이 아니오."

"이해합니다."

성검이 담담하게 대답했다. 이가성의 고충을 충분히 짐작할 수 있었다.

하지만 잠시 후, 이가성의 입에서 뜻밖의 말이 흘러나왔다.

"나와 비무를 겨루어보겠소?"

"……?"

"나는 검황문의 정천현과 겨룬 바 있소. 화 공자가 과연 그를 꺾을 수 있는 무공을 지녔는지 판단할 수 있소. 물론 그대가 나를 꺾는다고 해서 우리 철룡방이 그대를 도와 검황문을 칠 것을 약속할 수는 없지만."

"……!"

성검은 잠시 술잔을 내려다보며 갈등했다. 하지만 곧 의연히 고개를 들어 이가성에게 시선을 고정시켰다.

"방주께 한 수 가르침을 받겠습니다."

그의 무거운 음성에 술잔의 술이 미세하게 파문을 일으켰다.

비학검 이가성이 검을 쥔 자세는 상당히 특이했다.

상체는 좌측으로 약간 숙여져 있었으며 검단은 허리 뒤편으로 기울어졌다. 왼손은 검격에 살짝 걸쳐 있고, 오른손은 손잡이의 끝 부분을 잡은 상태다.

반면 성검은 검단을 천중에 겨눈 채 미동도 하지 않았다.

두 사람의 거리는 사 장여. 넓지도 좁지도 않은 거리다. 수백 가닥의 변초를 뿌릴 수 있을 만큼 넓은가 하면 상대의 호흡을 느낄 수 있을 만큼 가까운 거리이기도 하다.

초겨울 바람이 두 사람 사이를 스쳐 갔다. 또 하나의 낙엽이 연못의 수면 위로 내려앉았다. 그 한 잎을 떨굼으로써 나무는 이제 완전한 나목이 되었을지도 모른다.

피릉—

먼저 움직인 것은 이가성이었다. 그의 보폭은 그다지 넓지 않았으나 사 장여의 거리는 순식간에 좁혀졌다.

하지만 정작 놀라운 것은 검의 속도였다. 성검이 본 것은 한줄기 섬광에 불과했지만 이가성의 손에 들렸던 학검(鶴劍)은 어느새 우측 상단에서 성검의 목과 어깨 사이를 노리며 사선으로 뻗어 내리고 있었다.

챙—

성검은 전혀 당황하지 않았다. 한 자가량 검을 꺾어 이가성의 검을 쳐낸 후 곧장 몸을 휘돌리며 왼팔꿈치로 이가성의 복부를 파고들었다.

"……!"

이가성은 성검의 공격을 피해 이미 이 장여 뒤로 물러나 있었다.

'고수다……!'

두 사람의 눈길이 빠르게 스쳐 지나갔다.

스스스슷…….

잠시 성검을 노려보던 이가성이 연못을 끼고 돌기 시작했다.

그의 보법은 느린 듯하면서도 경쾌했다. 보폭이 좁은 데도 불구하고 검을 펼친 채 도는 모습은 마치 한 마리 학처럼 우아했다. 비학검이라는 외호가 전혀 어색하지 않았다.

"히얍—"

두 사람이 연못을 사이에 두고 마주 서는 순간, 이가성이 짧은 기합성을 터뜨리며 신형을 폭사시켰다.

성검이 신형을 날린 것도 거의 동시였다.

파파파파팟—

이가성이 수상의 정자를 파고들 무렵, 물 위를 가로지르던 성검의 몸이 한차례 휘돌았다. 그 순간 그의 발에 스친 수면이 파도를 일으키며 이가성을 뒤덮었다.

채챙—

짤막한 쇳소리를 내며 물보라를 뚫고 두 사람이 스쳐 지나갔다. 그리고 그것이 끝이었다.

"……!"

성검은 정자 위에 올라 자신의 검을 멍하니 내려다보았다.

검신이 절반가량 부러져 나가 있었다. 이가성의 공격은 가히 부드러우면서도 강했다.

"크헙—"

연못 저편에서 이가성의 낮은 신음 소리가 들려왔다.

성검은 고개를 돌려 지그시 그를 바라보았다. 이가성의 옆구리가 붉게 물들어갔다. 그 피의 발원지에는 잘려 나간 검편이 은빛의 햇빛을 튕겨내며 박혀 있었다.

일 촌의 차이였다.

성검이 먼저 이가성의 옆구리에 검을 박았고, 이가성은 성검을 베는 대신 그의 검을 베었다. 그것이 손속에 사정을 두었던 것인지, 아니면 그렇게밖에 할 수 없었던 것인지는 성검조차 알 수 없다. 성검이 아는 것은 그저 자신이 조금 빨랐다는 사실뿐이다.

"방주!"

후원 한편에서 두 사람의 싸움을 지켜보던 역우가 다급히 이가성에게 다가가 부축하며 침통한 음성을 흘렸다.

사실 역우는 한동안 멍해 있었다. 이가성을 모신 지 십 년 만에 처음으로 그의 검법을 본 것이다. 비록 패하기는 했지만 이가성의 검법은 견고하고 아름다웠다. 무적의 팔괘쾌섬도법을 자랑하는 역우 자신이 넋을 잃을 정도로.

"소란 피우지 마라, 역우. 그저 가벼운 검상일 뿐이다."

역우의 어깨에 손을 얹으며 담담한 어조로 말한 이가성은 천천히 고개를 돌려 정자 위의 성검을 바라보았다.

"훌륭한 검법이었소, 화 공자."

"좋은 가르침을 받았습니다."

성검은 부러진 검을 바닥에 떨군 채 정중하게 포권했다.

"역우!"

잠시 고개를 끄덕이던 이가성이 단호한 음성으로 역우를 불렀다.

"예, 방주. 무엇이든 하명하십시오."

역우는 그 자리에서 부복하며 장도에 손을 얹었다. 어쩌면 다음은 자기 차례라고 느낀 것인지도 모른다. 하지만 그것은 너무 앞서 나간 생각이었다.

"지금 이 순간부터 철룡방은 일시 봉문에 들어간다. 철룡방의 모든 제자들을 집결시키고 일체의 대외 활동을 중단하도록!"

"존명!"

그제야 이가성의 뜻을 헤아린 역우가 깊게 고개를 숙이며 대답했다.

제7장

사비검 정천현을 꺾다

정오(正午), 십수 명의 무사가 저자를 걷고 있었다. 그들은 모두 검은색 무복을 걸쳤으며 도와 검, 궁 따위로 무장한 상태였다.

무리의 맨 앞에 선 사내는 이십 대의 수려한 외모로, 허리에 비스듬히 검을 걸쳤다. 언뜻 낭인 무사처럼 보였으나 어딘가 범상치 않은 기도가 느껴졌다. 저자를 지나던 이들은 하나같이 길가로 비켜서며 그들을 힐끔 뒤돌아보곤 했다. 그런 사람들의 동공에는 그들의 모습과 함께, 맞은편에 서 있는 검황문의 건물이 함께 비쳐지고 있었다.

검황문! 정주 저자에 자리 잡은 거대한 장원이다. 그런 노른자위 땅에 만여 평의 대지를 지닌 장원이 서 있다는 것 자체가 놀라운 일이지만, 정주에 발을 딛고 사는 사람들에겐 그다지 낯선 풍경이 아니다. 그 건물의 크기는 검황문이 주는 위압감에 비하면 오히려 작게 느껴지기 때문이다.

검은 무복의 무사들은 검황문의 대문에서 삼 장가량 떨어진 곳에서 걸음을 멈추었다.

대로는 거기에서 끝이 나 있었다. 무사들이 서 있는 곳에서 좌우로 두 갈래의 새로운 길이 시작되지만 그들은 어느 쪽으로도 발길을 돌리지 않았다. 그들이 목적지로 삼은 곳이 바로 검황문이었으므로.

"형님, 저놈들이 우리를 노려보고 있습니다. 죽일까요?"

거구의 사내 변금은이 무리의 맨 앞에 서 있던 성검에게 다가가 물었다.

검은 무복의 사내들, 바로 성검과 세 명의 수호성, 그리고 용병 무사들이었다.

"금은 아우, 저 현판을 동강 낼 수 있겠는가?"

성검은 손가락을 뻗어 검황문의 대문 위에 붙어 있는 현판을 가리켰다. 그 현판은 족히 다섯 치 두께는 되어 보이는 묵중한 석판이었다.

"쩝! 몇 동강을 내야 속이 시원하시겠습니까, 형님?"

잠시 현판을 쳐다보던 변금은이 턱을 만지작거리며 물었다.

무너진 자미궁의 벽면을 번쩍 들어 올려 철행궁과 모용각을 구한 이가 바로 변금은이었다. 그의 신력이 다시 빛을 발할 순간이 온 것이다.

"두 동강이면 되네."

"그럼 지금 바로 시작하겠습니다, 형님."

말을 마친 변금은은 곧장 검황문의 대문을 향해 내달렸다.

"멈춰라!"

낯선 무사들로 인해 촉각을 곤두세우던 수문위사 여섯 명이 일제히 변금은의 앞을 막아섰다. 하지만 그들이 채 검을 뽑기도 전에 변금은의 신형이 허공으로 솟구쳤다.

픽!

둔탁한 소리와 함께 여덟 자 길이의 현판이 쩍 갈라졌다. 그게 다가 아니었다. 변금은은 그대로 대문 위에 세워진 지붕을 박살 내며 장원 안으로 떨어져 내렸다.

놀란 수문위사들이 일제히 방향을 바꾸어 변금은에게 달려들었다. 하지만 그들은 미처 그에게 다가서기도 전에 비명을 내지르며 고꾸라 졌다. 성검과 함께 온 용병 무사들이 어느새 그들을 스쳐 지나며 검집 째로 머리를 가격한 것이다.

그것을 시작으로 검황문에선 큰 소란이 일어났다. 장원 안에 머물던 무사들이 하나둘 뛰쳐나왔고, 성검 일행은 일일이 그들을 제압해 나갔 다.

이미 낙양에서 철화방과 청천문을 접수한 경험이 있는 만큼 일행은 빠르게 검황문의 제자들을 쓰러뜨리며 전진했다.

검을 뽑지 않고 검집째 상대했음에도 불구하고 그들에게 한 번 가격 당한 자들은 다시 일어서지 못했다. 모두 한두 군데씩 부러진 채 바닥 을 나뒹굴었을 뿐이다.

비록 정주에서 제일 가는 조직이라고는 하지만 검황문 제자들의 무 공은 동방칠수나 용병 무사들과는 견줄 바가 못 되었다. 성검을 비롯 한 십삼 인은 일당백의 고수들이었으니까.

검황문과의 일전. 그것은 성검이 정주에 도착한 지 사흘째 되던 날 벌어진 사건이다.

전날 철룡방을 나선 성검은 곧장 일행이 머무는 객잔으로 돌아갔고 그곳에서 변금은과 철행궁, 모용각을 다시 만났다.

자미궁에서 달아났던 철행궁 형제는 재수없게 다시 취봉접을 만나지 않을까 하는 두려움 때문에 꼼짝도 하지 않은 채 객잔에만 틀어박혀 있었던 것이다. 운이 좋아 벗어나긴 했지만 세 사람은 취봉접 역시 폐허에서 기어나오는 것을 분명히 보았다. 성검을 찾을 생각도 하지 않은 채 곧장 객방으로 숨어든 이유도 거기에 있었다.

성검은 어젯밤 내내 검황문을 치기 위해 계책을 짜냈다. 삼수에게 배운 차도살인계, 연환계, 반간계, 미인계 외 숱한 병법을 생각해 봤지만 하나같이 치사한 것들뿐이었다. 게다가 많은 시간을 요하는 작업들이었다. 결국 머리에 쥐가 나기 시작했고, 어쩔 수 없이 지금처럼 무작정 쳐들어왔다.

"웬 소란이냐!"

성검 일행이 백여 명에 이르는 무사를 쓰러뜨릴 즈음이었다. 갑자기 본당에서 한 사내가 모습을 드러냈다.

화려한 금포를 걸친 사내. 삼십 대 중반의 장년으로, 눈매 끝이 바짝 치켜져 있었다. 성검은 첫눈에 그가 바로 검황문주 사비검 정천현임을 알 수 있었다.

"제자들을 상하게 하지 않으려면 길을 열으라고 이르시오."

현란한 검법으로 무사들의 혼을 빼놓던 성검이 검을 거두며 지그시 정천현을 바라보았다.

"우선 정체를 밝히는 것이 예의가 아니겠는가?"

정천현은 냉막한 시선으로 성검 일행을 노려보았다.

하지만 정작 성검의 입가엔 가느다란 미소가 그려지고 있었다.

"편하게 웃어도 되겠소?"

"……!"

"음회회회! 나는 동방룡의 장주 화관필이오."

"화관필이라……. 내가 소문에 어두운 것인가? 처음 들어보는 이름이군. 동방룡도 그렇고. 그나저나 웬 소란인가?"

정천현은 섬돌 위에 멈춰 선 채 고개를 갸우뚱하며 물었다.

"검황문을 접수하기 위해 왔소."

"파하하하! 재미있군. 떠돌이 무사들인가, 아니면 누구의 청탁을 받고 온 것인가?"

"앞서 말했듯 나는 동방룡의 장주요. 이미 낙양의 흑랑파와 그 외 잡파들을 접수했지. 하지만 그곳은 바닥이 너무 작아. 그래서 이곳 정주도 접수하기 위해서 온 것이고."

"……?"

지긋한 눈길로 성검을 내려다보던 정천현이 섬돌 아래로 천천히 내려섰다.

"방금 전 흑랑파를 접수했다고 했는가?"

"그렇소."

성검은 가볍게 고개를 끄덕이며 공력을 끌어올렸다. 정천현이 이미 살기를 드러내고 있었기 때문이다.

"그대가 직접 흑랑을 꺾었는가?"

"물론!"

"음, 그렇다면 싸움을 마다할 이유가 없겠군. 이미 넘지 말아야 할 선을 넘은 셈이니까!"

말을 마치는 동시에 정천현이 좌수를 뻗었다. 지극히 부드러운 동작이었지만 성검은 한차례 공기 층이 일렁이는 것을 느꼈다.

"……!"

무시할 수 없는 일장이었다.

적황색의 장경(掌勁)이 모래바람을 일으키며 성검을 뒤덮기 시작했다. 길게 생각할 겨를이 없었다.

"갈!"

성검의 허리에 꽂혀 있던 학검이 은백색의 섬광을 쏘아냈다.

촤아아아—

마치 천을 찢어내는 듯한 기이한 파공성이 적황색의 장경을 가르기 시작했다. 그 순간 성검의 뇌리로 이가성의 얼굴이 떠올랐다.

"나는 정천현의 적수가 아니오. 하지만 화 공자라면 가능할 수도 있겠군. 부탁 하나 들어주겠소? 이 학검을 받아주시오. 부디 이 검으로 그를 꺾어주길 바라오."

성검의 검을 부러뜨렸던 이가성은 학검을 건네며 그렇게 말했다.

채챙!

한순간 두 자루의 검이 마주쳤다. 정천현이 어느새 검을 뽑은 것이다.

'역시 고수다!'

'흑랑을 꺾었다? 과연 그럴 만한 실력이다……'

두 사람은 검을 마주한 채 잠시 힘 겨루기를 하며 서로의 눈을 뚫어져라 처다보았다.

'흑랑과는 비교할 수 없는 실력이다!'

성검은 손바닥으로 전해지는 묵직한 통증을 느끼며 잠시 당혹스러워했다.

정천현은 결코 만만치 않은 상대였다. 그런 자가 일개 도시의 밤거리를 관리하고 있다면 도대체 천검궁의 힘은 얼마나 된다는 얘긴지 아연해졌다.

정천현의 두 눈 역시 크게 흡떠져 있었다. 그는 성검이 흑랑을 꺾었다는 이야기를 들었을 때만 해도 내심 흑랑을 비웃었다. 명색이 천검궁의 고수라는 자가 애송이에게 당했다니 한심한 생각까지 들었다.

하지만 지금은 달랐다. 성검은 그 내력을 짐작할 수 없는 고수다. 검을 쥔 두 손에 자연스레 힘이 실렸다.

"타핫—"

두 사람은 거의 동시에 서로를 밀어내며 삼 장가량 뒤로 물러섰다.

쿵!

땅에 발이 닿는 순간 성검은 빠르게 몸을 휘돌리며 검을 휘둘렀다. 축으로 삼은 오른발이 반 자가량 땅을 파고들며 깊은 족흔을 새겼다.

쇄애액—

아래로부터 서서히 솟구치며 호선을 그리던 검에서 검풍이 휘몰아치며 바닥의 자갈들을 쓸어갔다.

반면, 성검과 동시에 뒤로 물러섰던 정천현은 땅에 발이 닿는 것과 동시에 다시 빠르게 앞으로 내닫기 시작했다.

"사령비혼검(四靈匕魂劍)!"

정천현은 마치 한 자루 비수처럼 검과 일직선을 이루며 검풍을 가르고 있었다.

"쇄혼검(碎魂劍)!"

천중을 향해 멎어 있던 성검의 검이 원을 그리며 뻗어 나간 것도 그 순간이었다.

콰콰콰콰쾅!

장원 전체를 울리는 굉음과 함께 허공에서 폭사가 일었다. 강기와 강기의 상충으로 인해 땅거죽이 갈라졌고, 바르르 몸을 떨던 자갈들이 사방으로 비산했다.

자욱한 연무가 두 사람을 뒤덮었다.

카캉!

연무 속에서 다시 검이 부딪치는 소리가 들렸다. 그 순간 성검과 정천현이 허리를 꺾은 채 연무 밖으로 튕겨져 나갔다.

"커흡!"

섬돌 위에 멈춰 선 정천현이 가볍게 토혈을 하며 두 걸음 뒤로 밀려났다.

성검 역시 얼마간의 내상을 입었다. 하지만 그는 꼿꼿하게 허리를 편 채 지그시 정천현을 바라보았다.

쉽지 않은 상대였다. 게다가 아직 싸움이 끝나지 않았다. 성검은 선 자세 그대로 운기토납을 하며 들끓는 기혈을 다스렸다. 그 와중에도 그의 입가엔 가느다란 미소가 걸려 있었다.

잠시 후, 다소 여유를 되찾은 듯 정천현이 자세를 바로 하며 입을 열었다.

"제법이군. 하나만 묻자, 화관필. 네 배후가 누구냐?"

"……."

'젠장, 운기토납을 하고 있는데 말을 시키면 어쩌자는 거야. 피라도 토하면 어쩌라고.'

성검은 가벼운 미소를 유지한 채 아무 말도 하지 않았다. 그런데 그 모습이 마치 끝없이 펼쳐진 평원에 서 있는 한 그루 나무처럼 도도해 보였다.

"하하, 밝힐 수 없다는 뜻인가?"

"……."

"그래, 하긴 쉽게 불진 않겠지. 하지만 결국 불게 될 거야. 음습하고 역거운 지하 감옥에서 지네나 흡혈쥐들과 함께 먹히느냐 먹느냐 생사투를 벌이다 보면 말이야. 흐하하하!"

"……?"

성검은 갑자기 유쾌해진 정천현을 멀뚱히 쳐다보았다.

'저자가 뇌혈이 뒤틀리기라도 한 것인가? 무엇을 믿고……."

불쑥 심상치 않은 분위기가 느껴졌다. 성검의 눈길이 연무장을 한 바퀴 휘돌았다. 그 순간 잘 가라앉던 기혈이 확 꼬이는 게 느껴졌다.

"컥— 환장할……!"

순식간에 목구멍을 타고 넘어온 핏덩이를 토해내며 성검이 소리를 내질렀다.

미처 생각지 못한 상황이었다. 족히 오백여 명은 됨 직한 검황문의 무사들이 활과 검, 창 따위를 겨눈 채 연무장을 가득 메우고 있었다. 아무리 동방칠수와 용병 무사들의 실력이 뛰어나다고 해도 이런 상황에선 딱히 대책이 설 리 없다.

"난 무모한 자들을 좋아한다. 하지만 나 자신은 무모함을 싫어하지. 내게 위협이 되는 자를 방치할 만큼 너그럽지도 않고."

섬돌 위의 정천현이 검을 검집에 꽂으며 빙긋 웃었다.

"형님, 저자가 왜 검을 도로 검집에 꽂는 겁니까? 헤헤, 깨끗이 패배를 인정하는 겁니까?"

변금은이 성검에게 바짝 다가서며 물었다. 순진무구한 눈빛이다.

"금은 아우, 아우 눈엔 그렇게 보이나?"

"글쎄요?"

"……."

'젠장, 소나 돼지도 이 정도 상황은 파악하겠다.'

변금은의 얼굴을 빤히 쳐다보던 성검이 고개를 저으며 길게 한숨을 내쉬었다.

"형님, 궁수가 백여 명은 되는데요? 저놈들이 화살을 날리면 우린 고슴도치가 되겠습니다. 어쩌지요?"

"궁수들부터 죽일까요, 형님?"

그나마 변금은보다는 눈치가 빠른 철행궁과 모용각이 용병 무사들과 함께 원을 이루며 나직한 음성으로 물었다.

'젠장, 한 번씩만 날려도 화살이 백 개라는 얘기군. 머리에 쥐가 나더라도 좀 더 작전을 치밀히 세워두는 건데……'

성검은 무턱대고 쳐들어온 것을 새삼 후회했다. 하지만 약한 모습을 보일 순 없는 일이다.

사기가 달린 문제니까.

"음회회! 어차피 이런 상황은 예측하고 온 거야. 원래 난 궁수가 한 삼백십이 명쯤 될 거라고 생각했거든? 그런데 예상보다 훨씬 적네."

성검은 필요 이상으로 크게 웃으며 떠들어댔다.

"우와! 대단하십니다, 형님. 그럼 궁수 삼백십이 명쯤은 문제도 없는 겁니까?"

"역시 형님이십니다. 저희는 잠깐 누워서 쉬고 있을까요?"

"하하하. 이럴 줄 알았으면 마작이라도 가지고 와서 노는 건데."

언제나처럼 변금은과 모용각, 철행궁이 차례로 떠들었다.

그런데 마침 그때, 용병 무사 가운데 평소 동방칠수의 의리를 부러

위하던 자 하나가 불쑥 끼어들었다.

"헤헤! 변 대협, 모 대협, 철 대협. 마작은 없지만 마침 제가 투전 패를 가지고 왔습니다요. 헤헤, 담요도 준비되어 있습니다. 저희 넷이서 투전이라도 한판 하는 게 어떻겠습니까? 화 대협께서 궁수들을 죽이는 동안 말입니다."

"……!"

뜻밖의 제안에 성검은 얼굴이 누렇게 떴다. 그는 눈을 가늘게 치떠서 그 싸가지없는 용병 무사를 빤히 노려보았다.

하지만 동방칠수 수호성들의 얼굴엔 이미 함지박만한 웃음이 피었다.

그들은 자신들이 지금 어떤 상황에 처해 있는지 전혀 의식하지 못했다. 물론 그것은 성검이라는 걸출한 큰형님에 대한 믿음 때문이었다.

"하하, 자네 이름이 뭐였지? 내가 기억력이 좋지 않아서……."

변금은이 사람 좋은 웃음을 흘리며 용병 무사의 두 손을 꼭 움켜쥐었다. 사나이 대 사나이의 우정이 전류처럼 흘렀다.

"우헤헤. 장순금입니다요."

용병 무사 장순금이 감동 어린 음성으로 답했다. 그는 이미 변금은의 괴력을 본 바 있어서 그에게 무한한 존경심을 품고 있었다.

"순금? 세상에! 그렇게 아름다운 이름이 있을 수 있었던 게군. 그래, 그 이름은 누가 지어주었는가?"

"헤헤. 저희 부친께서 순금처럼 순백하게 살라고 지어주신 이름입지요."

"허허. 역시……. 어쩐지 자네를 보는 순간 내 마음이 마치 순금처럼 누리끼리해지는 것 같았네. 자네도 알겠지만 내 이름은 변금은이야,

변금은! 내 이름에도 금이 들어간다네. 하하하!"

변금은은 평생지기를 만난 듯 들떠 있었다.

'금은 아우, 금만 들어간 게 아니지. 변도 들어갔잖아? 누리끼리한 변……'

식은땀에 축축이 젖은 발바닥을 꼼지락거리던 성검이 슬쩍 변금은을 곁눈질했다. 언제 화살이 날아올지 모르는 상황에 정말 속 편한 부하들이었다.

"서론이 길군. 어서 판이나 깔지. 하하, 순금이라고 했나? 어쨌든 참 훌륭한 젊은이군."

"점에 얼마로 할까?"

철행궁과 모용각은 용병 무사들이 이룬 원진(圓陣) 안으로 슬쩍 기어들어 가 철퍼덕 자리에 주저앉으며 한마디씩 했다.

그러자 이제껏 검을 뽑아 든 채 원진을 이루고 있던 용병 무사들이 힐끔힐끔 그들을 돌아보기 시작했다. 자기들이 그 판에 끼어도 되는지 나름대로 염두를 굴리고 있는 듯했다.

'아니, 이 인간들이 정말!'

성검은 삐질 땀을 흘리며 부하들을 바라보았다.

하지만 소용없는 일이다. 어쩔 수 없이 성검은 정천현에게 시선을 돌렸다. 어쩌면 그가 마음을 바꿔먹고 수하들을 물린 채 일 대 일의 비무를 이어가자고 제안할지도 모르는 일이다. 어이없게도 현재로선 성검이 기댈 수 있는 인물은 정천현 하나였던 것이다.

하지만 정천현과 눈이 마주치는 순간 성검은 더욱 참담해졌다. 그의 눈에는 조롱기만이 가득 담겨 있었다.

"정말 어이가 없는 자들이군."

정천현이 고개를 저으며 한심하다는 듯 말했다. 하지만 그것도 잠시, 그의 검미가 꿈틀거렸다.

"쳐랏!"

날카로운 음성이 허공을 가른 것도 그 순간이다.

2

피류릉—

예리한 파공음과 함께 백여 개가 넘는 화살이 사방에서 일제히 쏘아져 들어왔다. 그야말로 최악의 상황이었다.

"막아랏!"

파팟, 파파팟—

성검과 용병 무사들의 검이 바쁘게 움직이며 소나기처럼 퍼붓는 화살을 쳐내기 시작했다. 다행히 용병 무사들의 실력이 뛰어나 한동안은 그럭저럭 버텼다. 하지만 거기에도 분명 한계는 있었다.

"헙!"

"크헉!"

용병 무사들이 하나둘, 팔이나 다리에 화살을 꽂은 채 휘청이기 시작했다. 그런데도 수호성들과 싸가지없는 용병 무사 장순금은 투전에만 열이 올라 있었다.

"젠장, 어떻게 갑오를 잡고도 돈을 날릴 수 있지? 순금이 너, 손장난 치는 거 아니냐?"

"헤헤. 그럴 리가 있습니까요. 그저 요놈들이 주인을 알아보는 것이 겠지요."

"너, 점점 마음에 안 들고 있어."

"금은아, 용각아, 우리 이놈을 죽일까?"

담요 위로 몇 개의 화살이 날아와 박혔음에도 그들은 여전히 개의치 않았다. 그저 눈이 벌게지도록 패만 쪼고 있을 뿐이다.

"끄아아—"

그사이 또 한 명의 용병 무사가 허벅지에 화살을 맞고 쓰러졌다.

검황문의 무사들은 아예 화살로 승부를 낼 작정인지 십오 장가량 되는 거리에서 꾸준히 화살만 날려댔다.

시간이 가면 갈수록 성검 일행의 피해는 커졌다. 한순간 성검의 눈에서 투지가 불타올랐다. 자기가 아니면 도저히 파훼법을 찾을 수 없음을 깨달은 것이다.

"우라질!"

짧지도 길지도, 크지도 작지도 않은 노성이 터지는 순간 성검의 신형이 허공으로 솟구쳤다. 그의 몸이 팽이처럼 빠르게 회전했다. 수십 개의 화살이 집중적으로 성검에게 쏘아졌지만, 그 화살들은 마치 바위에 부딪친 폭포수처럼 사방으로 튕기며 비산할 뿐이다.

성검의 신형은 삼 장여 높이의 허공에서 딱 멈추어졌고, 그 순간 사자후에 가까운 일갈이 터져 나왔다.

"만경창파(萬頃滄波)!"

학검의 은백색 검신이 햇빛을 쪼개며 느릿하게 휘돌았다.

우우웅—

성검을 중심으로 공기 층이 일렁이며 넓게 파문을 일으키기 시작했고, 비산하던 화살들이 낙엽처럼 너울거리며 밀려 나가다 힘없이 바닥으로 떨어져 내렸다. 그 움직임은 답답할 정도로 아주 느리고 더뎠다. 하지만 다음 순간…

"개해출룡(開海出龍)!"

허공의 정점에 정지해 있던 성검의 신형이 이제까지와는 달리 반대 방향으로 급회전했다.

츠츠츠츳……

기함할 일이었다. 학검에서 녹청색의 검경(劍勁)이 은은하게 뻗어나갔고, 그것은 성검 일행을 중심으로 형성된 반구(半球) 형태의 무형막 위를 미끄러져 내려가다가 곧장 기이한 굉음을 일으키며 사방으로 퍼졌다. 그리고 잠시 후 거대한 폭사와 함께 땅거죽이 갈라져 일제히 허공으로 튀어 올랐다.

"끄아아악!"

"컥, 커헙!"

이제껏 제일진을 이루고 있던 궁수들이 비명을 내지르며 쓰러지기 시작했다. 하지만 검황문 전체를 폐허로 만들 것처럼 뻗어가던 검기의 폭사는 한순간에 잦아들었다. 그게 성검의 한계였다.

"혁, 혁, 혁―"

바닥에 내려선 성검은 검을 땅에 꽂은 채 가쁜 숨을 몰아쉬었다.

적지 않은 내력이 소모되었다. 하지만 그 한 수로 모든 기가 고갈된 것은 아니다. 그건 성검의 방식이 아니다.

'음회회, 이 정도 보여주었으면 혁, 혁…… 알아서 무릎을 꿇겠지?'

성검은 빠르게 기를 갈무리하며 자세를 가다듬었다. 그는 아직 자신이 이룬 성취가 어느 정도인지 확실히 가늠하지 못했다. 그에 비해 앞으로 처리해야 할 일은 가히 짐작할 수 없을 만큼 큰 것들이다. 아직 전력을 펼칠 때가 아닌 것이다.

성검의 적은 어디까지나 역천휘와 천검궁이다. 결코 검황문 따위의 허접한 조직이 아니었다. 언젠가는 전면전을 치르게 되겠지만 천검궁의 표적이 되기엔 아직 이르다. 그가 정천현 같은 인물을 일시에 제압하지 않은 이유도 거기에 있었다.

하지만 방금 전의 괴력만으로도 검황문의 제자들은 이미 완전히 주눅이 들었다. 그것은 느긋하게 싸움을 지켜보던 단상 위의 정천현 역시 마찬가지였다.

'생각보다 훨씬 강한 고수다……!'

정천현은 비로소 머리카락이 바짝 설 만큼 거대한 공포를 느꼈다.

어쩌면 검황문의 화려했던 명성이 오늘로써 끝날지 모른다는 두려움이 그의 전신을 훑어갔다. 그럼에도 그는 아직 미련을 버리지 못했다.

'화관필……. 괴물이다. 하지만 그의 공력은 이제 바닥났다. 조금만 더 힘을 빼놓는다면 충분히 승산이 있다!'

눈을 가늘게 뜬 정천현은 내심 그렇게 되뇌었다.

한편, 용병 무사들은 자신들을 보호하고 있던 반구 형태의 무형막이 서서히 걷히고 있음을 깨달았다. 녹청색의 검경이 반구 위를 미끄러져 내려갈 때도 느끼지 못했던 변화를 새삼 인식한 것이다. 그것은 마치 밀폐된 공간에 갇혀 있을 때처럼 멍했던 귀가 뻥 뚫리고, 폐부를 적실 만큼 신선한 공기가 밀물처럼 밀려들어 오면서 자연스레 얻어진 깨달음이었다.

하지만 모두가 거기에 관심이 있었던 것은 아니다.

"끄, 끄아아아— 너, 너무들하십니다!"

싸가지없는 용병 무사 장순금이 바닥을 나뒹굴며 비명을 내질렀다. 쌍코피가 터지고 얼굴 여기저기에 멍이 들어 있었다. 하지만 그것은 약과였다.

"흥! 이놈이 아직 덜 맞았군. 감히 누구를 상대로 사기를 치고 있어!"

"맞아! 정말 나쁜 놈의 쉬키야. 우리 봉급이 얼마나 된다고 그걸 다 후려가냐? 그리고 싸우러 온 놈이 투전에 담요까지 챙겨와? 너, 빨리 일어나서 쟤들이랑 싸워! 용병이면 용병답게 몸값을 해야 할 거 아냐!"

"같이 어울리기 싫은 놈인데 아예 죽여 버릴까?"

변금은과 모용각, 철행궁이 씩씩거리며 순금이를 짓밟고 있었다. 자세히 보면 알 수 있는 일이지만 그들은 멍든 데만 골라서 때리는 중이다. 이유는 간단했다. 짧은 시간 동안 판이 아홉 번 돌았는데 그 아홉 판을 순금이가 독식한 것이다. 그러다 보니 수호성들은 평소의 전공을 살려 결국 힘으로 잃은 판돈을 찾으려 발버둥 치고 있었다.

그때 정천현의 날카로운 음성이 연무장에 울렸다.

"뭣들 하고 있는 게야! 당장 저자들을 죽여라! 어차피 화관필은 이미 공력을 바닥까지 퍼냈다. 더 이상 두려워할 필요가 없다!"

정천현의 명령이 떨어지자 어수선하게 흩어져 있던 검황문의 무사들이 일제히 성검 일행을 향해 달려들었다. 그들 역시 성검이 탈진했을 때 일을 마무리 짓고 싶었던 것이다.

"큰형님, 정말 대단하십니다. 궁수들을 모두 쓰러뜨리다니! 이제부턴 저희가 나서겠습니다."

"맞습니다. 큰형님은 여기 담요 위에 앉아서 쉬고 계십시오."

"순금이 이놈, 뭐 하고 있느냐! 투전할 때처럼 눈에 불을 켜고 싸워야지. 인정머리없는 놈의 쉬키!"

수호성들이 순금이를 전방으로 밀어내며 키득키득 웃었다.

"으아아아—"

얼떨결에 검은 빼 든 순금이는 비명을 내지르면서도 자신을 덮쳐 오는 검황문의 무사들을 빠르게 베어냈다. 투전 실력만큼이나 제법 검을 다룰 줄 아는 자였다.

"헤헤, 순금이가 몇 놈이나 죽이나 내기할까?"

"한 열 놈은 죽일 것 같은데?"

"하하. 아니야. 투전할 때처럼만 하면 서른 명도 죽일 것 같아."

수호성들이 다시 키득거리기 시작했다.

하지만 그렇게 여유있는 상황이 아니었다. 비록 궁수들 대부분이 바닥을 나뒹굴고 있었지만 아직 수백 명의 무사가 그들을 포위한 채 거리를 좁혀오는 중이다. 고작 열네 명에 불과한 성검 일행이 그들을 막아내기란 쉽지 않은 일이다.

"어디 한번 덤벼보거라, 이놈들!"

사방에서 적들이 몰려들자 그제야 변금은이 장도(長刀)를 휘두르며 적들을 향해 달려들기 시작했다. 그가 장도를 휘두를 때마다 서너 명의 적이 피를 토하며 바닥을 나뒹굴었다.

"흠! 칼등으로 치라고 한 건 죽이지 말라는 뜻에서 내린 명령인데, 금은 아우는 그 말을 제대로 이해하지 못한 듯합니다, 형님."

"힘이 넘쳐서 그러는 걸 어쩌겠는가. 칼등에 맞아 죽는 저 허약한 놈들이 문제지. 자, 우리도 이제 시작해 볼까?"

쯧쯧 혀를 차며 변금은을 쳐다보던 모용각과 철행궁이 곧장 쏘아져 나갔다.

귀신같은 솜씨였다. 철행궁은 두 자루의 비수를 거꾸로 거머쥔 채 날다람쥐처럼 빠르게 적진을 뚫었다. 철행궁의 발은 땅에 닿아 있을 때보다 허공에 떠 있는 시간이 길었으며, 신법이 워낙 표홀해서 그를 베기 위해 휘두른 칼이 같은 편을 베는 경우도 다반사였다.

하지만 더욱 놀라운 것은 모용각이었다. 그는 육 척가량의 거대한 철궁(鐵弓)을 무기로 삼는데, 한 번 시위를 당길 때마다 예닐곱 개의 화살이 쏘아졌고, 그것은 한 치의 오차도 없이 목표물에 적중했다. 그야말로 신궁이라 할 만했다. 그게 다가 아니다. 철궁은 줌통(손잡이)을 중심으로 상단의 바깥쪽이 날카로운 칼날로 만들어져 적과 박투를 벌일 때는 도(刀)의 역할을 하기도 했다.

'대단하군. 결코 현현경에게 뒤지지 않는 실력들이다.'

수호성들을 지켜보는 성검의 표정에 만족스러운 미소가 자리 잡기 시작했다.

하지만 성검의 미소는 오래가지 못했다. 수호성들이 아무리 뛰어난 실력을 가졌다고 해도 수적 열세는 어쩔 수 없었다. 더욱이 검황문에도 나름대로 고수의 반열에 오른 자들이 있어 싸움은 점점 성검 일행에게 불리해졌다.

"아느냐, 네놈은 지옥문에 들어선 것이다!"

세 명의 검황문 고수가 변금은을 에워싼 채 빠르게 협공을 펼쳤다.

카카카캉—

변금은의 장도는 상대 고수들의 합격진에 막혀 좀체 활로를 찾지 못했다. 오히려 순간순간이 위기의 연속이었다.

모용각과 철행궁 역시 너덧 명의 고수에게 둘러싸여 있었다. 추풍낙엽처럼 적들을 쓰러뜨리던 두 사람이 그들의 합격진에 막혀 퇴로조차 찾지 못하는 상황이 벌어졌다.

더 큰 문제는 용병 무사들이었다. 거산 같은 위용을 자랑하던 그들이 하나둘 검상을 입은 채 주저앉기 시작한 것이다.

"으아악—"

일단 검상을 입고 휘청이면 여지없이 사방에서 날아온 검에 온몸이 난자되었다.

옆구리와 어깨에 검이 박힌 용병 한 명이 물끄러미 성검을 바라보았다. 그의 눈빛이 간절하게 도움을 구하고 있었다.

하지만 미처 성검이 움직일 사이도 없이 또 한 자루의 검이 용병 무사의 손목을 잘라냈다.

"끄아악—"

처절한 비명성. 잘려진 손이 검을 쥔 채 그대로 바닥으로 떨어져 내렸다. 손목에서 붉은 선혈이 콸콸 흘러내렸다.

"이런……!"

성검의 눈에 핏발이 섰다. 비록 용병이지만 자신을 믿고 따라온 자들이다. 허무하게 죽게 할 수는 없는 일이었다.

"죽음을 자초하는구나!"

성검의 신형이 용병 무사를 향해 활처럼 쏘아져 나갔다. 그리고 눈에 보이지 않을 만큼 빠른 빛살들이 현란하게 허공을 갈랐다.

"으아아악—"

"커흡!"

용병 무사의 몸에 검을 박아 넣었던 자들의 입에서 끔찍한 비명이 터져 나왔다. 그 순간 고슴도치처럼 온몸에 검을 박고 있던 용병 무사도 풀썩 고꾸라졌다. 이미 숨통이 끊어져 있었던 것이다.

"젠장!"

성검은 씁쓸하게 중얼거리며 잠시 목석처럼 굳어졌다.

하지만 그렇게 넋 놓고 있을 때가 아니었다. 나머지 용병 무사들 역시 비슷한 처지였다. 성검은 빠르게 신형을 돌려 용병 무사들을 훑어보았다. 대부분 수십 명의 적에게 둘러싸인 채 고군분투했으나 이미 여러 군데 검상을 입은 상태다.

더욱이 여기저기 흩어져 있는 데다 적들에게 가려져 있어 미처 생사를 확인할 수 없는 이들도 있었다. 검을 쥔 성검의 손에 땀이 배었다. 막막했다. 혼자서는 도저히 그들 모두를 상대할 수 없다.

한순간 성검의 시선이 섬돌 위에 있는 정천현에게 닿았다.

'우선은 저자를 꺾는 수밖에 없다!'

성검은 정천현을 향해 신형을 뻗었다.

"으아아악!"

그가 지나치는 것과 동시에 검황문 무사들의 비명이 길게 꼬리를 이었다. 인파를 가르며 한 갈래 길이 열리기 시작한 것도 그 순간이다.

"받아랏!"

섬돌 위로 신형을 솟구치며 성검은 곧장 검을 뻗었다.

이미 한차례 검을 섞어본 상대다. 성검은 정천현에 비해 자신이 얼마간 우위에 있음을 확신했다. 그러니 망설일 이유가 없었다.

하지만 정천현의 생각은 달랐다.

"흥, 가소롭구나!"

정천현은 검으로 크게 원을 그린 후 곧장 성검과 검을 마주 겨누며 쇄도해 들어왔다.

"……!"

놀라운 변초였다.

순간적으로 성검은 흐드러지게 핀 벚꽃 길을 가로지르고 있다는 착각에 빠졌다. 눈앞에서 꽃의 회오리가 일고 있었기 때문이다.

'환술(幻術)인가?'

아찔한 현기증이 느껴졌다. 검과 정천현 모두 꽃의 회오리 속에 숨어버렸다. 섬뜩한 공포로 인해 살갗에 소름이 일었다. 어느새 성검 자신 꽃의 회오리 속에 묻혀가고 있었다.

'헛! 낭패다……'

성검은 빠르게 검을 회수하며 몸을 회전시켰다.

채채채채챙!

성검을 중심으로 날카로운 쇳소리와 불꽃이 일기 시작했다. 잠시 후 성검은 섬돌 위에 불안하게 착지했다.

"……!"

꽃의 회오리는 이미 사라져 버렸다.

옷은 넝마에 가까울 만큼 찢겨 나갔고, 군데군데 핏물이 배어 있었다. 다행히 큰 상처는 없었다. 다급히 검을 회수해 검로를 차단했던 것이다. 하지만 섬뜩한 순간이었다.

성검은 힘없이 몸을 돌려 섬돌 아래를 내려다보았다. 정갈한 자세를 유지한 정천현이 등을 보인 채 서 있었다.

"하하하하! 운이 좋았다."

정천현이 몸을 돌리며 호쾌한 음성으로 말했다.

"음회회. 그렇군. 하마터면 사특한 수에 걸려 개망신을 당할 뻔했어. 하지만 이제부턴 당신이 운이 좋아야 할 게야. 방금 전의 그 수법이 다시는 통하지 않을 테니 말이야."

"하하, 글쎄. 하지만 나를 상대하자고 자네 수하들을 모두 죽일 셈인가?"

비릿한 웃음을 머금은 정천현이 지그시 연무장을 바라보았다.

"젠장—"

성검의 입에서 침음성이 흘러나왔다.

연무장의 싸움은 이미 한쪽으로 완전히 기울어져 있었다. 변금은과 모용각, 철행궁은 이제 수십 명의 적에게 둘러싸여 있었으며 이미 몸 곳곳에 검상을 입은 상태였다.

용병 무사들 역시 마찬가지였다. 너덧 명의 용병 무사가 연무장 한편에 모여 서로 등을 마주한 채 처절하게 저항하고 있었지만 그들을 에워싼 적의 수가 너무 많았다. 그들이 버틸 수 있는 시간은 채 반 각도 되지 않을 것이다. 검을 쥔 성검의 손이 바르르 떨렸다.

3

"다시 한 번 묻지. 배후가 누군가? 배후만 밝힌다면 자네와 수하들을 곱게 보내주겠다고 약속하지. 무모한 도전은 한 번으로 족하다고 생각지 않는가?"

지그시 검을 늘어뜨린 정천현이 연무장에 시선을 둔 채 물었다.

"음회회. 배후라? 그저 술집 몇 개 접수해 세금 좀 받자는데 무슨 배후까지나……."

"나를 바보로 아는가?"

"아니, 그저 하수로 볼 뿐이야."

"……."

정천현이 천천히 고개를 돌렸다. 날카롭고 차가운 눈빛이다.

"결국 피를 보자는 이야기군."

"원한다면!"

"하하, 좋아. 하지만 아마 나를 빨리 꺾어야 할 게야. 자네 수하들이 죽어가고 있으니 말이야. 파하하하!"

말을 마친 정천현이 느닷없이 신형을 날렸다.

"헛!"

성검의 입에서 당혹성이 터져 나왔다. 정천현이 신형을 날려 연무장의 한가운데로 떨어져 내렸기 때문이다.

"끄아악―"

처절한 비명성이 터져 나왔다. 정천현의 검이 외떨어져서 힘겹게 싸움을 이어가던 용병 무사의 머리를 양단했던 것이다.

"스읍― 하하, 피 맛은 언제나 나를 달뜨게 하지."

검신을 적시고 있는 피를 혀로 핥아내며 정천현이 비릿한 웃음을 흘렸다.

그것은 성검을 자극하기에 충분한 모습이었다. 학검을 쥔 성검의 손이 바르르 떨렸다. 하지만 제대로 된 분노를 느낄 사이도 없이 그의 표정이 차갑게 굳어졌다. 어느새 정천현의 시선이 변금은을 향하고 있었던 것이다.

"젠장!"

망설일 틈도 없었다. 성검은 곧장 신형을 폭사시켜 변금은을 향해 날아갔다.

챙!

정천현의 검과 성검의 검이 마주치며 불꽃을 일으켰다. 한순간만 늦었어도 정천현의 검은 변금은의 심장에 박혀들었을 것이다.

"하하하! 빠르군."

반탄력을 이용해 허공에 솟구쳤던 정천현이 기분 나쁜 웃음을 토해냈다. 그는 곧 자기 편 무사의 머리를 밟고 방향을 틀었다.

"하지만 이번에도 막을 수 있을까?"

"어딜!"

바닥에 내려섰던 성검은 다급히 검을 휘둘러 좌우에서 치고 들어오는 적들을 베어낸 후 곧장 신형을 날렸다. 정천현을 제지하기 위해서였다.

"끄아아악—"

성검이 떠난 자리에선 검에 허리가 양단된 무사들이 비명을 내지르며 고꾸라지고 있었다.

챙, 채챙!

"하하, 제법이군?"

수차례에 걸쳐 성검과 정천현의 쫓고 쫓기는 싸움이 계속되고 있었다. 늘 간발의 차를 두고 정천현의 검을 막는 데 성공했지만, 시간은 정천현의 편이었다. 이대로 가다간 용병 무사들은 물론이고 동방칠수의 수호성들까지 탈진해서 결국 죽음을 맞게 될 것이다.

성검은 시간이 흐를수록 초조해졌다. 정천현은 어디로 튈지 모르는 공처럼 연무장을 종횡했고, 그가 검을 뻗을 때마다 용병 무사나 동방살수들은 절체절명의 위기를 맞아야 했다.

그런데 뜻밖의 상황이 벌어졌다. 검황문의 대문 쪽에서 소란이 일며 이백여 명의 무사가 들이닥치고 있었던 것이다.

"하하하! 이놈들, 이제부터는 우리와 한번 붙어보자!"

당당하면서도 묵직한 음성. 무리의 맨 앞에는 철룡방의 역우가 장도를 든 채 서 있었다.

"쳐라!"

역우가 장도를 휘두르며 연무장으로 뛰어들자 철룡방의 무사들이 일제히 함성을 울리며 뒤를 따랐다.

채채채쟁—

"으아아악—!"

"크허헙!"

장도가 허공을 가를 때마다 검황문 무사들은 추풍낙엽처럼 쓰러지며 비명을 내질렀다. 연무장을 빼곡하게 채웠던 검황문 무사들이 이리저리 밀리며 혼란의 도가니에 빠져들었다.

놀라운 응집력이었다. 철룡방과 검황문, 두 조직의 싸움에서 철룡방은 현격한 우위를 드러냈다. 비록 수적으로는 열세였으나 철룡방 제자들은 제대로 무공의 기초를 닦은 자들이었다.

"하하하! 그동안 얼마나 아니꼬웠는지 아느냐, 이 버러지만도 못한 놈들! 오늘 그동안 쌓인 체증을 시원하게 털어내게 생겼구나!"

역우는 피를 뒤집어쓴 채 혈귀처럼 적들을 베어 나갔다. 그의 팔괘쾌섬도법이 빛을 발하는 순간이었다.

"철룡방! 너희 따위가 감히 검황문에 칼을 겨누었단 말이냐?"

정천현의 표정에서 웃음기가 거두어졌다. 힐끔 성검을 쳐다보던 그는 시선을 돌려 곧장 역우를 향해 쏘아져 나갔다.

한편 뜻밖의 상황에 안도의 한숨을 내쉬던 성검은 퍼뜩 정신을 차리고 정천현의 뒤를 쫓았다. 이제까지 장난을 하듯 느긋하게 신법을 펼치던 정천현이 아니다. 섬전처럼 뻗어간 그가 어느새 역우의 목을 치기 위해 검을 휘두르고 있었다.

'아뿔싸!'

성검의 입에서 뒤늦은 탄성이 새어 나왔다. 정천현을 막기엔 이미 늦었다. 성검은 아예 두 눈을 질끈 감아버렸다. 하지만 다음 순간…

카캉!

처절한 비명 대신 굉음에 가까운 쇳소리가 연무장에 울려 퍼졌다.

"하하! 아직 살아 있어줘서 고맙다, 사비검 정천현!"

"……!"

성검이 역우의 듬직한 음성에 눈을 떴을 때 역우와 정천현 두 사람은 일 장여 사이를 두고 서로에게 도검을 겨누고 있었다. 그리고 그 두 사람을 중심으로 철룡방과 검황문의 제자들이 대치 상태에 들어갔다.

"하하! 역우. 이가성은 관속에라도 들어간 게냐? 그놈의 신발이라도 핥아줄 것이지 여기엔 웬일이냐?"

"놈! 지금 우리 방주에게 그놈이라고 했느냐?"

"푸훗─ 웃기는군. 방주라? 그놈은 검황문의 개에 불과하다. 그자의 외호가 비학검이었던가? 하하. 하지만 정말 형편없는 검법이었지. 놀아주는 게 짜증날 정도로 말이야. 그래도 그때는 내 발바닥을 핥아줄 개가 필요해서 살려두었지만 네놈에게까지 그런 아량을 베풀 필요는 없겠지?"

"……!"

역우의 눈에 핏발이 섰다. 도저히 정천현의 모욕을 참아낼 수 없었던 것이다.

"아느냐? 십 년 전이었다면 네놈은 내가 아닌 방주의 검에 육시되었을 것이다. 방주가 군을 제대한 이유 중의 하나는 지병이었다. 원래 방주는 왼손잡이였으나 그 손에 마비가 오기 시작한 것이지. 비학검이란 외호 역시 손이 마비되기 전에 붙여진 것이고. 방주의 마비된 왼손이 네놈을 살린 것에 불과하다."

"크하하하! 그래? 혹시 네놈도 손이 마비된 건 아니겠지? 구질구질한 변명 대신 네놈의 실력을 보이는 것이 빠르지 않겠느냐?"

"원하던 바!"

역우의 대답은 호쾌했다.

역우가 이가성의 상태를 알게 된 것은 그가 정천현에게 패하고 돌아온 바로 그날이었다.

한밤중, 이가성은 문을 닫아건 채 검을 뽑아 자결하려 했다. 치욕을 참을 수 없었기 때문이다. 마침 걱정스런 마음에 이가성의 방을 찾았던 역우는 문풍지에 비치는 그림자로 그 상황을 눈치 챘고 다급히 뛰어들어 저지했다. 그리고 비로소 이가성이 숨겨왔던 비밀을 듣게 된 것이다.

지난 몇 년간 역우는 자신을 드러내지 않은 채 이가성의 충복으로 철룡방을 이끌어왔다. 그 와중에도 뼈를 깎는 고통을 이겨내며 도를 연마했다. 언젠가는 오늘과 같은 상황이 벌어지리라 예상했으므로. 드디어 때가 왔다. 자신과 이가성의 명예를 회복할 때.

초겨울 햇빛이 두 사람 사이의 정적을 파고들었다. 역우의 장도가 비스듬히 눕는 순간 햇빛이 눈부시게 반사되며 정천현의 시야를 가로막았다. 거구와 함께 장도가 솟구친 것은 그 순간이었다.

처처청!

역우의 장도가 기이한 공명음을 내며 정천현을 덮쳐 갔다. 도에 반사된 햇빛이 눈을 어지럽혔다. 수십 가닥의 빛줄기는 정천현의 전신 혈도를 노리며 뻗어 나갔다. 역우의 도법은 쾌속한가 싶으면 느리고, 느린가 하면 빠르고 화려했다.

하지만 정천현 역시 만만치 않은 고수!

"어림없다!"

정천현이 검단으로 꽃 한 송이를 그려냈다. 크고 화려한 꽃이 허공에 그려졌다. 황홀할 만큼 아름다운 검초다.

채채채채챙—

날카로운 쇳소리와 함께 불꽃이 일었다. 역우의 장도와 정천현이 피운 꽃송이가 만들어낸 불꽃이었다.

"화양만개(花洋滿開)!"

한순간 정천현이 도포 자락을 휘날리며 신형을 회전시켰다. 그의 옷자락이 화려하게 회전하며 또 한 송이의 꽃으로 화했다.

"이것으로 끝이다!"

도포 사이에서 수십 개의 검이 뽑혀져 나왔다. 성검에게 그랬듯 이번에도 환술로 검의 환영을 만들어낸 것이다. 일종의 허초다.

검의 환영 속에서 역우는 정천현의 미소를 보았다. 역우의 시선을 현혹시키는 데 성공한 정천현이 곧장 필살의 일격은 노리며 파고들었던 것이다.

"흐하하! 잘 가거라, 이놈!"

역우를 향해 한줄기 청광이 뻗어 나갔다. 진검이다.

"……!"

역우의 눈이 흡떠졌다.

단순히 환영이라고 여겼던 검신들이 그의 옷을 찢어발기며 살갗을 가르고 있었다. 그것들은 마치 파편처럼 흩어진 검경(劍勁)이었다.

하지만 정작 문제는 정수리를 향해 뻗어오고 있는 진검이다. 그것을 막기엔 이미 늦었다. 역우는 두 눈을 질끈 감았다. 하지만 자포자기한 것은 아니다. 동귀어진(同歸於盡)! 최후의 한 수가 준비되어 있었다.

두 자루의 도검이 일직선을 그리며 뻗어 나갔다.

'흐흐흐! 네게는 그것조차도 용납되지 않을 것이다!'

정천현의 좌수가 아래에서 위로 치켜졌다. 이미 준비되어진 일장.

"가랏!"

짧은 기합성이 터지는 순간,

카캉!

날카로운 쇳소리와 함께 부러진 칼날이 허공으로 떠올랐다. 그리고 뒤를 이은 비명성…….

"커흡!"

부릅떠진 역우의 두 눈이 공허하게 변한 정천현의 눈길과 정면에서 마주쳤다.

'이, 이런, 젠장…….'

채 말이 되지 못한 한마디를 삼키며 정천현은 바닥으로 떨어져 내렸다. 그의 머리에서 뿜어져 나온 피가 사방으로 흩어지고 있었다. 정천현이 허공에 마지막으로 피워낸 한 송이 혈화였다.

쿵!

정천현의 손에서 반쯤 부러져 나간 검이 툭 떨어졌다. 그의 머리는 정확히 반으로 쪼개진 채 쩌억 갈라져 있었다.

"음······. 결국 이렇게 되는군."

뒤늦게 바닥에 내려선 역우가 정천현의 시신을 내려다보며 가볍게 한숨을 내쉬었다.

잠시 후 그의 시선은 오 장여 밖에 서 있는 성검에게 고정되었다. 얼마 전까지만 해도 그의 손에 들려 있던 학검은 정천현의 검편과 함께 어딘가 떨어져 있을 것이다. 정천현의 마지막 공격을 무위로 만들어놓은 것은 바로 성검이 날린 학검이었으니까······.

"화 공자, 두 번씩이나 빚을 지게 되었구려."

역우가 성검을 향해 정중하게 포권을 취하며 말했다.

"우와아―"

한동안 침묵하고 있던 철룡방의 무사들이 일제히 환호성을 터뜨렸다.

반면, 뜻하지 않게 문주를 잃은 검황문 무사들의 표정은 납빛으로 변해갔다. 그로써 싸움의 판도는 완전히 뒤집혔다.

제8장

척살 대상 제일호

"초지야, 요즘 왜 그렇게 시무룩하냐?"

"재미있는 일이 없잖아."

"그래? 그럼 복수나 하러 갈까? 저번에 자미궁 놈들 때문에 고생하지 않았느냐. 지금쯤이면 재건축 공사에 들어갔을 텐데 가서 또 무너뜨리면 재미있겠구나."

"그러지 않아도 갔다 왔어. 그런데 아직 무너진 벽돌도 못 치우고 있던걸? 거기 가서 벽돌 깨주면 그놈들만 좋게?"

정주 외곽의 허름한 객잔. 말이 객잔이지, 숭산에서 취봉접 조손이 머물던 동굴을 그대로 옮겨온 것처럼 초라하고 누추하고 빈대도 많았다.

정주 시내 모든 객잔이 꽉 차서 방이 없거나 쭈그렁 할멈과 처녀도 구분할 수 없을 만큼 눈이 침침하거나 원래 지저분한 것을 좋아하거나 하지 않는 이상 돈 내고 잠잘 생각을 감히 하기 어려울 정도로 형편없는 객잔이다. 하지만 그곳에도 손님은 가끔 들었다. 정주 시내 모든 객잔이 꽉 차서 방이 없거나 쭈그렁 할멈과 처녀도 구분할 수 없을 만큼 눈이 침침하거나 원래 지저분한 것을 좋아하는 손님이 있긴 있었던 것이다.

하지만 초지와 취봉접이 그 객잔에 머무는 것은 다른 이유에서였다. 주인 내외가 취봉접에게 구명지은을 입은 탓에 결코 숙식비를 받지 않기 때문이다.

한 삼 년쯤 전인가? 심마니를 업으로 삼는 주인 영감이 숭산에 올랐다가 곰에게 뜯어 먹히고 있는 것을 취봉접이 구해주었다. 일장으로 곰을 때려눕힌 것이다. 주인 영감은 그때 사고로 한쪽 손을 잃었고, 취봉접은 웅담을 얻었다. 어쨌거나 영감은 생명의 은인이란 이유로 취봉접과 초지에게 각별했다. 일 년에 서너 차례씩 이 객잔을 찾는데 그때마다 정성을 다해 대접해 왔다.

이번에도 다르지 않았다. 불청객들을 피해 잠시 항마봉을 떠난 그녀들 조손에게 있어 이 객잔은 안성맞춤의 피신처였다.

취봉접의 불청객. 바로 천년밀문의 취영오매였다.

구곡에서 성검을 통해 취봉접의 거처를 알게 된 취영오매는 밀문 총단에 복귀한 후 그 사실을 문주 흑화신녀에게 알렸다. 그리고 얼마 후 취봉접에게 소환령이 내려지자 자청해서 항마봉까지 오게 된 것이다.

하지만 그녀들이 취봉접의 동굴을 찾아 흑화신녀의 뜻을 전했을 때 취봉접은 싸늘한 어조로 초지에게 축객령을 내렸다.

가뜩이나 심심하던 초지는 옳다구나 하고 그 무시무시한 쇠사슬을 휘두르며 취영오매를 내쫓았다. 취영오매로서는 대선배의 증손녀인 초지에게 함부로 할 수 없어 어쩔 수 없이 일단 물러서기로 했다. 그리고 다음날 다시 그 동굴을 찾아갔다. 하지만 취봉접과 초지는 이미 자취를 감춘 후였다.

"흥! 기영옥 그 계집이 감히 문주의 권위를 내세워 나 취봉접을 오라 가라 한단 말이지? 호호, 밀문 내에 무슨 문제가 있는지는 알 수 없지만 골탕 좀 먹어보거라. 호호호, 네가 직접 나를 찾아오기 전까진 결코 만나지 않을 것이다. 실력도 없는 것이……."

동굴을 나설 때 취봉접은 그렇게 다짐했다.
어쨌거나 일단 한동안은 이 객잔에 숨어 지낼 생각이었지만 그것도 쉬운 일이 아니었다. 워낙 좀이 쑤셔서 가만히 방 안에 틀어박혀 있을 수가 없었다.
뭐 재미있는 일이 없을까 고민하던 취봉접이 갑자기 손뼉을 치기 시작했다.
"오호호호! 그럼 철룡방으로 쳐들어가자. 내가 알아본 바로 자미궁에서 너랑 다투었던 놈이 철룡방의 역우란 놈이라던데?"
"……."
"어라, 왜 말이 없느냐?"
취봉접은 고개를 갸우뚱하며 초지를 바라보았다.

검황문에서의 혈전 이후 정주의 패권은 철룡방으로 넘어갔다.
물론 검황문 이외에도 정주에는 몇 개의 조직이 더 남아 있었다. 하지만 그들은 이제껏 검황문의 그늘 아래에 있던 조직들로 철룡방에 비해 세력이 미비했다. 철룡방은 어렵지 않게 그들 조직을 와해시켰고, 새로운 질서를 세웠다.

철룡방이 정주의 조직들을 일통하고 정비하는 데 걸린 시간은 불과 한 달가량이었다. 그 시간 동안 철룡방 내부에도 많은 변화가 일어났다. 가장 큰 변화는 이제껏 자신의 기량을 숨겨왔던 역우가 방주의 자리에 앉게 되었다는 점이다.

이가성은 이미 오래전부터 자신의 시대가 끝났음을 통감했다. 그는 나름대로 역우를 후계자로 염두에 두어왔다. 그런데 마침 역우가 성검과 함께 검황문을 접수하는 쾌거를 올렸다. 이가성은 비로소 용퇴를 결정할 수 있었다.

충직한 역우는 몇 차례에 걸쳐 재고를 청했지만 이가성의 마음은 이미 굳어진 상태였다. 결국 역우는 이가성의 뜻을 받아들여 방주의 자리에 앉게 되었다.

그렇다고 철룡방의 문제가 모두 해결된 것은 아니다. 머지않아 천검궁의 보복이 시작될 것이고, 그것은 큰 시련이 될 것이다. 하지만 더 큰 문제는 관부와의 마찰이었다. 검황문으로부터 상당량의 뇌물을 받아오던 관리들이 철룡방에 마수를 드리우기 시작한 것이다.

역우는 어쩔 수 없이 관부와 특정 관리를 상대로 뇌물을 쓰려 했지만, 그들이 요구하는 액수는 상상을 초월했다. 정상적인 방법으로는 도저히 거둬들일 수 없는 거금이었다.

저잣거리가 아침부터 시끌벅적했다.

평소처럼 물건을 사고파는 이들이 자연스럽게 어우러져 내는 소란이 아니다. 관졸들이 여기저기서 상인들을 닦달해 길을 닦고, 청소도 하고, 눈에 띌 만한 곳엔 폭죽과 꽃 장식까지 하게 했다. 평소 저자가 좀 지저분했던 것은 사실이다. 하지만 관부에서 이렇게까지 솔선수범하며 환경 미화에 신경을 쓰는 것은 보기 드문 일이었다.

그런데 그게 그리 낯선 풍경만도 아니었다. 일 년에 한두 번, 하남성의 좌포정사 마상원이 정주 관아에 들를 때면 관부에선 꼭 이렇게 한바탕 난리를 쳤다. 마상원의 취미 때문이었다.

마상원! 태생부터가 너무 고귀해 이제껏 흙 한 번 밟아보지 않은 위인이다. 과거를 볼 필요도 없이 아버지의 후광을 입어 관직에 올랐고 이제껏 승승장구해 왔다. 그를 가로막는 가지는 백부, 숙부, 외숙부, 당숙 따위의 친척들이 알아서 일일이 쳐냈으므로 세상에 거리낄 것이 없었다. 한마디로 그의 집안은 대대로 뼈대를 갖춰온 통뼈 집안이었다.

그런 마상원에게도 그다지 고상하지 않은 취미가 하나 있었다. 그게 바로 저자 구경이다. 그는 하늘 아래 사람이 모두 평등하다거나 하는 이상한 사상엔 애초부터 관심이 없었다. 다만 저자를 구경하며 민초들의 딱한 형편을 살피긴 했다.

오늘도 마찬가지였다.

정오를 갓 지난 시각에 황금 장식을 단 교자 하나가 저자를 가르기 시작했다. 그 교자 주위에는 백여 명의 호위 무사와 연신 손을 비비느라 정신이 없는 정주 관부의 관리들이 따라붙고 있었다.

교자는 화려하다 못해 보기에 아찔할 정도였다. 각종 보석들이 주렁주렁 매달린 데다 비단으로 만든 차양에는 온갖 꽃무늬가 수놓아져 있었다. 그뿐만이 아니다. 족히 다섯 평은 됨 직한 크기로, 그것을 짊어진 거구만도 열여섯 명에 달했다. 마치 정자 하나를 통째로 짊어지고 다니는 것으로 착각될 정도다.

교자 위의 인물은 당연히 마상원이다. 그는 사십 세를 전후한 나이로, 꽤나 비대한 몸집을 지녔다. 축 늘어진 요대 위에선 삼겹을 이룬 살덩이가 출렁였으며 덩치에 비해 작은 머리에는 콩알처럼 작고 둥그런 눈이 박혀 있었다. 어찌 보면 미련해 보이고, 또 달리 보면 간특하고 탐욕스러워 보이는 묘한 외모였다. 그는 교자 양쪽에 애첩들을 거느린 채 호화롭게 차려진 주안상을 앞에 두고 가끔씩 애첩들이 건네는 술과 안주를 받아 먹고 있었다.

'쯧쯧, 저 냄새 나는 음식들을 사람이 먹는단 말인가? 우리 집 개도 저런 음식은 입에 대지 않을 게야. 이런, 이런……! 곱살하게 생긴 것이 어찌 저런 옷을 걸치고 다니는 게지? 차라리 개돼지로 태어났으면 발가벗고나 다닐 수 있으련만……. 안됐구나. 어쩌다 사람으로 태어나 저 고생을 한단 말인가? 후후, 그렇게 전생에 공덕을 많이 쌓을 일이지. 그랬더라면 나처럼 좋은 부모 만나 사람답게 살지 않았겠느냐?'

안쓰러운 표정을 지으며 술 한 잔을 들이킨 마상원은 자기 옆에 놓인 옥궤에서 은전을 한 움큼 꺼내 거리 좌우로 뿌렸다.

"도, 돈이다!!"

길옆으로 물러서서 고개를 조아린 채 힐끔힐끔 마상원을 살피던 이들 가운데 행색이 유독 초라한 자들이 여기저기서 돈을 줍기 위해 거리로 쫓아 나오기 시작했다. 하지만 그것 역시 마상원의 놀이 가운데 하나였다.

"이자들이 감히 어디로 뛰어드는 게냐?"

퍽, 퍽, 퍼퍽!

호위 무사들이 거리 양 옆으로 갈라서며 그들을 차고 짓밟기 시작했다. 하지만 한술 더 뜨는 것은 교자 옆에 찰싹 달라붙어 아부를 하는 관리들이었다.

"너희들은 뭘 하는 게냐? 저자들 가운데 포정사 나으리를 암습하려는 자객들이 숨어 있을지도 모른다. 모두 잡아 관부에 집어넣어라! 내 엄히 문책할 것이다. 만약 달아나거나 저항하는 자가 있다면 가차없이 베어라!"

관리의 말에 호위 무사들 외곽에 포진해 있던 관졸들이 일제히 튀어나가 행인들을 폭행하기 시작했다.

거리는 순식간에 아수라장이 되었지만 장사치든 행인이든 차마 움직일 생각을 하지 못했다. 괜히 자리를 뜨기 위해 발길을 옮기다가 자객으로 몰려 관졸들의 칼에 죽임을 당할 수도 있기 때문이다.

"아하하하! 그만 하시게. 설마 저들이 나를 해치기야 하겠는가. 나는 그저 저들이 불쌍해 적선을 하는 것뿐인데 말이야."

마상원은 사방에서 들려오는 비명을 들으며 만족스런 미소를 짓고 있었다. 그의 심리를 눈치 채지 못할 관리가 아니었다.

"헤헤. 나으리, 백성을 생각하는 나으리의 큰마음은 하늘도 알고 땅도 알 것입니다요. 하지만 저 미련한 자들에게는 당최 존경심이라는 것이 없습지요. 조금만 잘해주면 뭐 더 얻어먹을 게 없나 싶어 냄새 나는 입을 놀리며 적선 좀 해달라고 떼를 쓰거나 할 것입니다요. 늙으신 부모가 어쩌고 굶주린 처자식이 어쩌고 하면서 말입지요. 헤헤, 괜히 백성이 우매하다는 것이겠습니까요?"

"하하. 자네 말에도 일리가 있군. 하지만 저 가엾은 것들이 있고 나서야 내가 있고 나라가 있는 것이 아니겠는가? 적당히 하시게."

마상원이 사람 좋은 웃음을 웃으며 길게 난 수염을 만지작거렸다. 하지만 그는 내심 이렇게 중얼거리고 있었다.

'결코 틀린 말이 아니지 않는가. 오늘 나는 그저 은전 몇십 냥을 뿌린 것에 불과하지만 저 돈은 곧 새끼에 새끼를 쳐서 모레쯤엔 십만 냥으로 불어나 있을 게야. 하하, 정주의 관리 녀석들은 촌놈들답지 않게 제법 배포가 크단 말이지. 눈치도 빠삭하고. 아하하, 이러니 내 어찌 이자들의 부정과 비리를 눈감아주지 않을 수 있겠는가. 아하하하!'

한편, 그들이 지나는 길에 자리 잡은 주루 이층에는 성검과 세 명의 수호성, 그리고 싸가지없는 용병 무사 장순금이 술을 마시고 있었다.

"큰형님, 저자가 곧 죽게 될 마상원입니까?"

변금은이 사발 가득 화주(火酒)를 부으며 성검을 바라보았다.

"그래, 저놈이 바로 부패의 온상 마상원이지. 사람 말고 돼지로 태어났어야 할 놈이야. 워낙 구정물을 좋아하니 말이야."

가볍게 고개를 끄덕인 성검이 씨익 웃었다.

"하지만 형님, 첩들은 무척 예쁜데요? 얼굴에서 빛이 나는 것 같아요. 살려줘야겠다는 생각이 마구 듭니다."

"아무렴요, 살려야 합니다. 세상을 위해서요."

철행궁과 모용각이 주먹을 불끈 쥐며 애절하면서도 단호한 음성으로 말했다. 그리고 고개를 돌려 장순금을 빤히 쳐다보았다.

장순금은 두 사람의 매서운 눈길에 움찔했지만, 곧 그들의 속마음을 읽고 재빠르게 거들기 시작했다.

"헤헤, 맞습니다요. 저렇게 예쁜 아이들은 시집을 가서 딸을 낳아도 예쁠 확률이 높습죠. 그 딸이 또 시집을 가서 애를 낳아도 예쁠 테고, 그 딸들이…… 어쨌든 그러다 보면 세상이 좀 더 아름다워지지 않겠습니까?"

입 안의 혀, 장순금. 그는 변금은과 철행궁, 모용각 등 수호성들의 환심을 확실히 샀다. 워낙 약고 똑똑한 데다 세 치 혀만으로도 청산과 유수를 만들어내는 달변가다. 무공도 쓸 만하고 아는 것이 많았다. 무엇보다 남의 비위를 잘 맞춰주며 아부도 잘해서 그와 술을 마시다 보면 기분이 두 배로 즐거워졌다.

"이야, 순금이는 정말 생각이 깊은 놈입니다. 벌써 몇 세대를 앞서 가는 안목을 지니지 않았습니까? 게다가 세상을 걱정하기까지 하다니."

"맞아, 가문만 좋았어도 벌써 성공했을 놈이야. 아니지, 아니야. 술 값만 잘 냈어도 벌써 성공했을 거야."

"맞아, 저놈은 왜 한 번도 술값을 안 내는 거야? 오늘은 네가 내, 임마!"

세 명의 수호성은 이번에도 중구난방으로 떠들어댔다.

검황문과의 싸움에서 용병 무사 여섯 명이 죽고 세 명이 부상을 입었다. 죽은 무사들의 유족에게는 적지 않은 위로금이 전달되었고, 부상당한 무사들은 낙양 동방룡으로 후송되었다. 이제 남은 용병 무사는 장순금 하나였다. 나름대로 귀한 몸이 된 것이다.

하지만 철룡방을 은하대맥의 점 조직으로 끌어들이는 데 성공한 이상 한동안은 용병 무사의 존재는 무의미했다. 결국 장순금은 잔심부름이나 하며 동방칠수의 비위나 맞추어주고 있는 형편이었다.

"그나저나 형님, 정말 제가 직접 나서지 않아도 될까요?"

장순금의 멱살을 잡은 채 술값이 어쩌고저쩌고 떠들던 변금은이 헤벌쭉이 웃으며 물었다.

"물론이지. 이번 일은 무엇보다 흔적을 남기지 않는 게 중요하다네. 이 새 한 마리면 충분하지."

성검은 식탁 한쪽에 놓여 있던 새장의 문을 열고 비둘기 한 마리를 꺼냈다.

암살! 지금 성검은 신비류 사비객의 촌철살에게 사사받은 살인술을 펼칠 계획이었다. 정주를 접수한 성검은 곧장 낙양의 채승옥에게 이곳의 사정을 알렸고, 며칠 후 전서구 한 마리가 날아들었다. 철룡방의 숨통을 조이고 있는 관부 문제를 해결하기 위한 방안이 적힌 서찰을 달고.

서찰은 일종의 살인혈첩이었으며 그 내용은 지극히 간결했다.

암살 대상:하남성 좌포정사 마상원.

단 한 줄. 며칠 후 이번엔 은하대맥의 전령이 밀봉된 서찰을 들고 성검을 찾아왔다. 그 안에는 조만간 마상원이 정주에 행차한다는 내용과 함께 그의 신상과 업무 일정이 자세히 기록되어 있었다.

하지만 살인 방법은 성검의 재량에 맡겨졌다. 단, 그의 죽음으로 인해 은하대맥의 존재가 밝혀지는 일이 없도록 당부하는 것을 잊지 않았다.

마상원이 살인 대상이 된 이유는 간단했다.

정주와 마찬가지로, 흑랑파를 해체시킴으로써 세력을 거머쥔 낙양 동방룡 역시 최근 관부와의 마찰로 인해 골치를 썩는 중이었다. 그런 문제는 곧장 보고서로 작성되어 은하대맥의 총단에 제출되었고, 총단에서는 그것에 대한 해결책을 내놓았다.

현재 낙양과 정주, 개봉 등 하남성 일대 도시의 관부는 대륙의 그 어느 곳보다 부패해 있다. 그런데 그 모든 비리의 근원은 세도를 믿고 막

강한 권력을 행사하고 있는 좌포정사 마상원이었다. 더욱이 그는 천검궁에서도 정기적으로 뇌물을 상납받는 인물인만큼 척살 대상 제일호다.

더욱이 현재 은하대맥의 수뇌들 가운데는 정가의 고위 관리가 있고, 마상원만 제거되면 그쪽 인물을 새롭게 투여하는 것이 가능한 상황이다. 즉, 마상원의 암살은 곧 은하대맥이 하남성 일대의 패권을 장악할 기회이기도 했다. 따라서 천검궁을 견제하고 관부를 길들이기 위해 가장 시급한 것은 역시 마상원을 제거하는 일이었다.

"자, 이제 시작해 볼까?"

비둘기의 머리를 쓰다듬던 성검이 낮게 중얼거렸다. 그는 곧장 장순금에게 시선을 돌렸다.

"순금, 자네도 그만 나가보게. 각별히 조심하고."

"헤헤. 걱정 마십시오, 대협."

장순금이 씨익, 웃으며 곧장 주루를 빠져나갔다.

그 시각, 마상원이 탄 교자는 어느새 성검 일행이 앉은 주루에서 오 장가량 떨어진 곳에 당도해 있었다.

"가거라!"

성검의 눈이 반짝 빛나는 순간, 비둘기가 손을 떠나 힘차게 날갯짓하며 허공으로 솟구쳤다.

2

하남성 좌포정사 마상원은 저자 구경에 여념이 없었다. 더 정확하게 이야기하자면 저자를 빼곡하게 채운 사람 구경을 하는 중이었다.

'하하, 세상은 불공평해서 살맛이 난단 말이야? 만약 귀천과 빈부의 구별이 없다면 어떻게 이런 즐거움을 만끽할 수 있을까. 쯧쯧. 저런, 저런……. 지지리도 궁상맞아 보이는 계집이 임신을 했군. 가엾은 것. 세상에 나는 순간부터 고생문이 열리겠구나. 너는 또 전생에 무슨 죄를 그리 지었던고?'

마상원은 안쓰럽다는 표정으로 임산부 하나를 바라보았다.

"고생이 많겠구나. 가뜩이나 힘들 때인데 그런 싸구려 음식이나 쳐다보고 있다니. 쯧쯧! 네 남편이라는 작자는 도대체 무슨 생각으로 너를 그 지경으로 만들었더냐? 하긴 우매한 게 무슨 죄가 될 수 있다고……. 옜다, 한 끼라도 맛난 것 배불리 먹거라."

인상을 찌푸리며 술잔을 비운 마상원이 은전 몇 푼을 던졌다.

쨍그랑─

"……?"

길거리 만두 가게 앞에서 서성이던 임산부는 뜻하지 않게 날아온 은전을 보며 잠시 눈빛을 빛냈다. 그녀는 몇 번을 고개 숙여 인사를 한 후 은전을 줍기 위해 만삭의 배를 구부렸다. 하지만 어느새 나타난 비렁뱅이들이 임산부를 밀쳐 내며 바닥의 은전을 줍기 시작했다.

"하악!"

임산부는 비명을 내지르며 뒤로 나자빠졌다. 아무도 그녀를 부축하지 않았다. 오히려 더 많은 이들이 그녀를 짓밟으며 은전을 줍기 위해 밀려들었다. 이미 마상원이 지나친 곳에서 돈을 주우려다 혼쭐난 이들을 보았음에도 그들은 눈앞의 은전을 다른 사람이 채갈까 봐 더 기다

리지 못했다. 매를 맞을 때 맞더라도 그 돈을 포기할 수 없다는
듯…….

"으하아악─!"

몸을 상하기라도 한 것인지, 임산부의 비명은 더욱 처절해졌다.

'이런, 이런. 이래서 천한 것들과는 상종을 하기 싫은 게야.'

마상원은 묘한 미소를 지으며 애첩이 건네는 술잔을 받아 들었다.
마침 그의 눈길이 닿은 허공에선 비둘기 한 마리가 맴돌고 있었다.

'호홋! 비둘기군. 저런 인간들보다야 나은 팔자지만 너도 한낱 미물
일 뿐이지. 그러니 그렇게 깝치지 말거라. 흐하하하!'

비둘기를 보며 잠시 눈빛을 빛내던 마상원이 옆에서 수행하는 관리
에게 나직한 음성으로 말했다.

"애야, 오늘 저녁엔 비둘기구이로 안주를 삼아야겠구나?"

"예? 알겠습니다요, 어르신. 당장 수하들을 풀어 준비하겠습니다.
한 열 마리만 잡으면 되겠습니까?"

정주 내에서는 무서울 것이 없는 관리였지만, 상대는 좌포정사 마상
원이었다. 관리는 '애' 라는 호칭에도 감지덕지하며 두 손을 비벼댔다.

"글쎄? 먹는 거야 한 서너 마리면 족하지 않겠느냐? 하지만 오늘은
왠지 비둘기가 눈에 거슬리는구나."

"그렇습니까? 이런 몹쓸 비둘기 녀석들! 나으리, 이 참에 아예 정주
시내의 비둘기 씨를 말리겠습니다요."

"호홋, 그래? 충직한 아이로구나. 너도 이 좁은 곳을 벗어나 조만간
중앙으로 진출해야겠지? 그래, 지금처럼만 하면 별 어려움은 없을 것
이야."

"어, 어르신! 이놈 목숨이 다할 때까지 어르신께 충성을 다하겠습니

다요!"

관리는 목이 메이는지 흐느끼다시피 말했다.

마상원은 몇 번 고개를 끄덕이며 다시 허공에 눈길을 주었다. 그의 눈엔 여전히 허공을 배회하는 비둘기의 모습이 보였다. 그런데 그 모습이 이상하게도 꾸준히 신경에 거슬렸다.

"……?"

한순간, 마상원이 고개를 갸우뚱했다.

비둘기가 갑자기 날개를 편 채 거리 한편으로 하강했다. 비둘기가 내려선 곳엔 송아지만한 커다란 개 한 마리가 말뚝에 묶여 있었다. 그런데 그 개가 비둘기를 보자마자 미쳐 날뛰기 시작했다.

컹, 컹, 컹—

개가 큰 소리로 짖으며 움직일 때마다 목에 걸린 줄이 팽팽히 당겨지더니 결국 말뚝이 뚝 하고 뽑혔다. 서너 걸음 앞에서 개를 약 올리던 비둘기가 바쁘게 날개를 퍼덕이며 날아올랐고, 개는 그 비둘기를 잡기 위해 거리로 튀어나왔다. 그 바람에 저자에 있던 사람들이 술렁이기 시작했다. 자칫 개에게 물리기라도 하면 낭패이기 때문이다.

"하하, 정말 별꼴을 다 보겠구나. 하긴 이래서 저자 구경을 하지만 말이야."

마상원은 난장판이 되어가는 거리를 내려다보며 헤벌쭉 웃었다. 비록 그 소란으로 인해 잠시 교자의 행렬이 멎기는 했지만.

그런데 상황이 점점 이상하게 꼬여갔다. 마침 그 소란이 인 곳은 살아 있는 고양이나 지네, 닭, 원숭이, 너구리, 비둘기 따위를 진열해 놓고 손님이 원할 때 그 자리에서 직접 잡아 요리를 하는 보양식 식당가였다.

그런데 비둘기를 보고 미쳐 날뛰던 덩치 큰 개가 짐승들을 잡아 가둔 우리의 진열대를 쓰러뜨려 그 안에 있던 짐승들까지 거리로 쏟아져 나오기 시작했다. 게다가 때를 맞추어 골목 여기저기서 여러 마리의 개 떼가 몰려들더니 기어코는 큰 소란으로 번졌다.

가뜩이나 개판인데 새장 안의 비둘기가 날아오르고, 원숭이와 너구리, 지네 따위의 독충들이 거리로 흩어지면서 저자엔 사람들의 비명이 가득 퍼지게 되었다.

"어허, 이게 무슨 소란이냐!"

한동안 재미있는 표정으로 구경을 하던 마상원이 질린 표정으로 버럭 소리를 내질렀다. 유독 짐승이나 곤충을 싫어하는 그가 거리로 쏟아져 나온 짐승들에 겁을 집어먹은 것이다.

"당장 저것들을 쓸어버리지 않고 뭣 하고 있는 게냐!"

마상원의 눈치를 살피던 관리가 수하들에게 노성을 터뜨렸다.

관졸들은 사방으로 흩어져 닭을 잡고 창으로 개를 찌르는 등 소동에 가세했다. 하지만 그 혼란한 와중에도 호위 무사들은 주위를 경계하며 미동도 하지 않은 채 마상원을 경호했다. 혼란을 틈타 자객의 기습이 있을지도 모르기 때문이다.

"음회회. 좌포정사, 그대는 이미 덫에 걸려든 사냥감이야."

주루 위에서 그 광경을 지켜보고 있던 성검이 낮게 중얼거렸다.

"철행궁, 이제 자네 차례야."

성검의 지시가 떨어지자 철행궁이 식탁 위에 놓여 있던 목함을 열었다. 목함 안에는 얼음으로 만들어진 상자가 들어 있었는데 다시 그것을 열자 네 치 길이의 작은 갈대 마디가 모습을 드러냈다.

"흐흠, 이렇게 죽게 될 줄은 결코 예상하지 못했을 게다."

가볍게 중얼거린 철행궁은 갈대 마디를 손아귀로 감싼 채 지그시 입가로 가져갔다.

토홋—

짧은 파열음이 울리는 순간 손아귀 끝에서 뭔가가 날아갔다. 하지만 워낙 작고 빨라서 그것을 본 사람은 성검밖에 없다.

"음회회. 이제 벌 때만 불러들이면 모든 게 끝나겠군."

이번엔 성검이 목함을 열고 그 안에 들어 있는 작은 갈대 마디를 꺼냈다. 마디의 위쪽에는 피리처럼 작은 홈이 나 있었다. 성검은 갈대마디를 입에 물고 길게 불었다. 하지만 그곳에선 아무 소리도 나지 않았다.

"헛—"

쯧쯧, 혀를 차며 짜증스런 표정을 짓고 있던 마상원이 가벼운 신음을 토해내며 목을 짚었다. 무엇인가 따끔한 통증이 느껴졌기 때문이다.

"대인, 무슨 일이십니까?"

마상원의 호위대장 은좌룡이 당혹스런 음성으로 물었다. 행여 마상원이 암습에라도 당하지 않았나 염려되었던 것이다. 물론 그는 아무런 파공성이나 기척을 느끼지 못했지만.

"아니, 아니야. 그저 저 꼴을 보다 보니 저절로 두통이 오는구나."

마상원이 얼굴을 잔뜩 찌푸리며 말했다. 마상원 자신조차도 철행궁의 암습에 당했다는 사실을 알아채지 못한 것이다.

"어지러워, 정말 어지러워. 당장 저것들을 쓸어버리거라. 걸리적거리면 저 버러지 같은 자들까지 모두 쓸어버려도 돼!"

마상원은 오른쪽에 앉은 애첩에게 몸을 기댄 후 신경질적으로 말했다. 마치 벌레가 머리를 파고드는 것처럼 간질간질한 게 머리도 띵하고 영 기분이 좋지 않았다.

"호호. 나으리, 이 화향이의 품에 안기셨으니 이제 곧 나아질 거예요. 호호호."

마상원을 품에 안은 첩이 간드러진 음성으로 말했다. 하지만 잠시 후 허공에 시선을 주던 그녀의 눈이 화등잔만큼 커졌다.

"나, 나으리, 저, 저게 도대체 뭐죠……!"

"또 뭐가 말이냐?"

애첩의 손가락을 따라 고개를 돌리며 마상원은 귀찮다는 듯 물었다.

"……!"

묘한 일이었다. 작은 날벌레들이 일정한 진을 이룬 채 허공을 가르며 점점 자신을 향해 날아들고 있었다.

위위윙— 윙—

날벌레들의 정체가 벌 떼라는 사실을 알아차렸을 때는 이미 그 거리가 사 장여로 좁혀진 상태였다.

"한겨울에 벌 떼라니……! 막아라! 저 벌 떼가 나를 향해 오고 있지 않느냐!"

마상원은 고래고래 소리를 내지르며 무릎을 덮고 있던 비단 이불을 펼쳐 뒤집어썼다.

정말 묘한 일이었다. 비록 다른 때에 비해 푸근한 날이었지만 그렇다고 해도 겨울이었다. 그런데 상식적으로 동면에 들었어야 할 벌들이 떼를 지어 나타난 것이다.

어쨌거나 마상원의 호위 무사들은 당황할 수밖에 없었다. 허공을 가득 메운 벌 떼를 누가 막을 수 있을까.

만약 기지가 넘치는 무림고수였다면 일장을 격출해 손바람으로 벌 떼를 흩어놓았을지도 모르는 일이다. 하지만 호위대장 은좌룡은 검법만을 익힌 군인 출신이다. 이런 갑작스러운 상황에 대한 대처 능력은 다소 떨어졌다.

그럼에도 은좌룡은 본능적으로 몸을 움직였다. 다급히 교자 위로 뛰어올라 마상원을 안은 채 몸을 날린 것이다. 이유를 알 수 없지만 벌 떼는 유독 마상원에게만 달라붙고 있었다. 은좌룡은 손을 휘저어 시야를 가릴 정도로 극성을 부리는 벌 떼를 흩어내며 무작정 달렸다. 그러다가 결국 근처 객잔으로 몸을 피했다. 객방에라도 들어가 문을 닫을 생각이었을 것이다.

"음, 이제 정주에서의 임무도 완전히 끝났군. 며칠 느긋하게 즐기다가 개봉으로 가야겠지?"

창밖으로 향했던 시선을 거두며 성검이 가볍게 중얼거렸다.

마상원의 암살은 성검과 살수 출신 철행궁의 합작품이었다. 두 사람은 사전에 얻은 정보를 바탕으로, 이미 며칠 전부터 저자에 여러 가지 덫을 놓았다.

비둘기를 훈련시킨 것은 성검이었다. 원래 전서구(傳書鳩)였으므로 훈련에 별 어려움이 없었다. 게다가 비둘기의 임무는 그저 개를 골려 주는 정도에 불과했다.

한편, 변금은과 장순금은 정주 일대를 돌며 개 수십 마리를 사들였다. 그중 덩치 크고 사나운 개 한 마리는 별도로 우리에 가둬두었다.

그리고 하루에 열 차례 정도 모형 비둘기를 매단 몽둥이로 두드려 팼다. 결국 그 개는 비둘기 깃털만 봐도 미쳐 날뛰게 되었다.

오늘 사건의 발단이 된 덩치 큰 개는 그렇게 길들어진 개였다.

모용각은 철룡방 무사들과 함께 보양식을 파는 식당가에서 며칠째 식사를 했다. 그 수가 백여 명에 육박했으니 식당가에선 결코 놓칠 수 없는 귀빈이었다.

어제 식사를 마친 모용각은 아예 오늘 점심을 예약해 버렸다. 그는 지네와 원숭이, 너구리, 심지에는 동면에서 깨워낸 독사 등 보신이 될 만한 놈들을 최대한 팔팔한 상태로 양껏 구해놓을 것을 다짐받는 한편, 특별히 비둘기 몇 마리를 추가로 주문했다.

마침 점심 시간이 되자 식당 주인은 그 동물들이 들어 있는 철창을 진열대 위에 빼곡하게 쌓아놓았다.

성검은 이미 주루에 들어서기 전 거리를 지나치며 철창에 꽂아둔 잠금못을 모두 거둬들였다. 금룡모에게 배운 도둑질과 '신투비기'를 개인적으로 연마한 만큼 그 정도 작업은 누워서 떡 먹기. 결국 예정된 시간에 마상원의 교자가 저자를 지나게 되었고, 이후 모든 일은 하나의 오차도 없이 진행되었다. 비둘기가 개를 자극시키고, 그 개 짖는 소리에 다른 개 떼들까지 모여들었다. 게다가 잠금못이 없는 상태였기 때문에 우리의 문은 작은 충격으로도 열리게 되어 있는 상태. 그런데 개가 날뛰며 진열대를 무너뜨렸으니 그 안의 동물들이 거리에 가득 차게 된 것은 당연한 수순이다.

물론 개 떼는 일찌감치 저자 골목에 준비되어 있었다. 변금은과 장순금이 사들인 개들로, 닷새 동안이나 굶주린 채 마차에 가득 실린 상태였다. 성검의 지시를 받은 장순금은 개 짖는 소리를 신호로 일제히 개 떼를 풀어놓았고, 굶주린 개들은 자연히 음식 냄새가 진동하는 식당가로 몰려들 수밖에 없었다.

그런데 이상의 과정은 그저 '살법대사전'을 응용해 본 것에 불과했다. 행렬을 멈춰 세우고 얼마간 교란하려는 목적으로 준비한 것은 사실이지만, 차질이 있었다고 해서 마상원이 죽음을 빗겨갈 수는 없었을 것이다.

정작 중요한 것은 철행궁이 갈대 대롱으로 쏘아낸 미세한 빙침(氷針)이었다. 그 빙침은 여왕벌의 체액과 독으로 만들어진 것이었다. 즉각적으로는 가벼운 두통 증상만을 일으키지만 일단 체내에 침투하면 반각 안에 죽음을 맞게 된다.

중요한 것은 그 독이 벌침으로 만들어진 것이기에 나중에 사체를 검사한다 해도 벌 독 이외의 독극물을 발견할 수 없다는 점이다. 게다가 빙침은 체내에서 흔적도 없이 녹게 된다. 벌에 쏘였다는 정황만 만들어진다면 사고사로 처리될 수밖에 없다.

봉군(蜂群)을 고르는 과정도 신중했다.

일반적으로 월동 중에는 봉군의 번식이 중지되고 늙은 벌들은 월동 중에 사멸한다. 다음 해 활동할 수 있는 벌은 늦가을에 태어난 젊은 일벌들이다.

성검은 활동력이 왕성한 여왕벌과 젊은 일벌로 구성된 봉군을 골라 특별히 관리해 왔다. 하지만 월동에 필요한 저밀량은 일찌감치 바닥을 냈다. 벌들에게 자극을 주기 위해서였다.

원래 여왕벌은 봉군을 지배하는 힘이 있다. 게다가 경쟁자의 양성을 허용하지 않는 습성 때문에 무리에 한 마리밖에 없다. 물론 때가 되면 새 여왕벌을 위해 기존의 여왕벌이 분봉(分蜂)을 하지만 지금은 분봉

철이 아니다.

벌 떼에게 있어 여왕벌은 곧 그들 무리 전체의 생존과 직결된 존재다. 봄이나 여름이었다면 여왕벌이 망실될 경우 벌들은 어떻게든 후계 여왕벌을 옹립하기 위해 노력했을 것이다. 가령 부화한 지 삼 일 이내의 유충방을 개조해 여왕벌로 만든다거나 하는 식으로.

하지만 지금은 겨울이다. 게다가 저밀량이 부족해 어차피 겨울을 날 수 없는 처지다. 벌들은 본능적으로 여왕벌에게 모든 것을 의지할 수밖에 없었다. 그런데 반 시진 전, 성검은 벌통에서 여왕벌을 잡아냈다. 그때부터 벌들은 요동했을 것이다. 생존을 위해…….

성검은 느긋하게 벌통을 상자에 담아 밀폐시킨 후 개 떼와 함께 마차에 대기시켜 놓았다. 결국 밀폐된 상자가 열리는 순간 벌 떼는 사라진 여왕벌을 찾기 위해 사력을 다할 것이다. 추운 겨울 날씨에도 불구하고…….

성검이 노린 것이 바로 그 점이었다.

약속한 시간이 되었을 때 장순금은 벌통이 담긴 상자를 깨뜨렸다. 그리고 성검은 벌들이 여왕벌 찾는 것을 돕기 위해 갈대 피리로 여왕벌의 날갯짓 소리를 만들어냈다. 벌들이 여왕벌의 날갯짓 소리로 그 위치를 추적해 낸다는 습성을 익히 알고 있었던 것이다.

일은 계획대로 진행되었고, 성검은 갈대 피리 소리를 도중에서 끊었다.

여왕벌의 날갯짓 소리가 멎자, 벌들은 여왕벌의 체액에서 풍기는 독특한 향기로 여왕벌을 찾기 시작했다. 저자를 뒤덮었던 벌 떼가 마상원을 집중적으로 공격한 이유도 그 때문이었다. 철행궁이 쏘아낸 독과 체액이 그의 몸 안에서 휘돌고 있었으니까.

이상 벌에 관련된 모든 지식과 갈대 피리 제조법 역시 촌철살의 '살법대사전'에 적혀 있는 것들이었다.

"어머, 언니, 호호. 방금 전 좌포정사가 벌에 쏘이는 거 보셨어요?"

취영오매의 삼매 은매란이 젓가락으로 저자를 가리키며 귀엽게 웃었다.

"삼매, 넌 참 속 편한 아이구나. 지금 웃음이 나오느냐?"

일매는 쯧쯧, 혀를 찬 후 소면을 집은 젓가락을 입으로 가져갔다. 그녀는 지금 결코 웃을 기분이 아니었다.

취영오매. 그녀들은 성검 일행이 앉아 있는 주루와는 얼마간 떨어져 있는 식당 이층 누각에 앉아 있었다. 그녀들이 이곳 정주 시내를 뒤지기 시작한 지 이미 사흘째. 하지만 취봉접의 그림자조차 보지 못했다. 올해 들어 제대로 풀리는 일이 없었다. 아니, 구곡에서 우연히 마주친 당가륵을 놓칠 때부터 꼬이기 시작했다.

당가륵은 그야말로 신출귀몰했다. 구곡 일대에 천년밀문의 천라지망이 펼쳐졌는데도 불구하고 유유히 포위망을 뚫고 달아났다. 그로 인해 취영오매는 한두 달가량 당가륵의 흔적을 쫓아 섬서성 일대를 뒤졌으나 번번이 눈앞에 두고 놓치고 말았다.

취봉접을 밀문 총단으로 불러들이는 임무에 자청해서 나선 것도 당가륵에 대한 미련을 버리지 못했기 때문이다. 취영오매가 밀문으로 복귀했을 때 마침 당가륵이 하남성 개봉에 모습을 드러냈다는 정보가 입수되었던 것이다.

취영오매는 취봉접에 대한 소환령을 이행한 후 개봉에서 당가륵을 잡으리란 계획을 세웠는데 웬걸, 이제는 취봉접까지 놓쳐 이렇게 고생을 하고 있다.

"언니, 그래도 취봉접 선배의 소식은 듣지 않았습니까. 자미궁이란 식당을 완전히 폐허로 만들었다니, 호호. 그건 아무래도 흔적을 남기기 위한 행동이 아니었을까요? 취 선배는 내심 밀문의 총단으로 돌아가고 싶어하는 것인지도 모른다는 얘기지요."

"삼매야, 그게 말이 된다고 생각하니? 그렇다면 이렇게 한 달 넘게 모습을 드러내지 않는 이유는 무엇이냐? 숨바꼭질을 하고 싶어서?"

"호호, 취 선배의 성격이라면 그러고도 남지 않을까요? 제 생각이 틀리지 않다면 취 선배는 아마 다시 자미궁에 모습을 드러낼 겁니다. 그 성격에 분풀이를 확실히 하지 않고 배기겠습니까?"

삼매는 똘망똘망한 눈동자를 굴리며 짓궂은 표정을 지었다. 그리고 젓가락으로 소면 한 가닥을 집어 쪽 빨아 먹은 후 다시 입을 열었다.

"언니, 우리는 어렸을 때부터 취 선배의 기행을 귀 따갑게 들어왔잖아요? 지난번 동굴에서 보니 그 소문이 거짓은 아니었다는 생각이 들더군요. 분명해요. 그 속 좁은 늙은이는 아마 좀이 쑤셔서라도 조만간 모습을 드러낼 테고, 그 첫 번째 희생양은 자미궁이 될 겁니다. 기초 공사가 끝날 즈음해서 다시 무너뜨릴 게 뻔하니까요."

"과연 그렇게 되면 얼마나 좋겠니? 사실 그걸 기대하고 아직 이곳 정주에 머물고 있는 것이니 헛고생이 아니기만을 빌어야지."

"절 믿으세요, 언니. 제가 다른 건 몰라도 꼴통들 하는 짓은 누구보다 잘 꿰고 있답니다. 취 선배는 반드시 올 거예요."

"……"

삼매의 말에 위안을 얻기라도 한 것인지 일매의 표정은 얼마간 밝아져 있었다.

"호호, 그나저나 정말 재미있는걸요? 마치 누군가 포정사를 골탕 먹이려고 고의적으로 치밀한 장난친 것처럼 모든 게 일사불란해요."

"하긴 그렇구나. 하지만 저런 자연스럽고 예측 불가능한 상황이 사람의 능력으로 되는 것이더냐? 저건 하늘의 장난이야."

일매가 비로소 저자를 향해 고개를 돌리며 나긋한 음성으로 말했다.

3

어둠에 묻힌 객잔. 유일하게 불빛이 새어 나오는 방에는 취봉접과 초지가 침상에 걸터앉아 멍하니 서로 다른 곳에 눈길을 주고 있었다.

"할머니."

긴 침묵을 깨고 초지가 입을 열었다. 그 바람에 정적이 저 멀리 달아났다.

"왜 그러느뇨?"

"내 나이가 올해로 몇이지?"

"……?"

취봉접은 고개를 갸우뚱하며 초지를 쳐다보았다.

"응? 그, 글쎄다. 내가 백열 살 때 네가 일곱 살이었으니까…… 내가 지금 몇 살인지만 기억해 내면 되는데……."

취봉접은 머리를 벅벅 긁으며 천장을 쳐다보았다.

청어 기름에 돼지기름을 섞기라도 한 것인지 등잔은 타타탁, 소리를 내며 타 들어가곤 했다. 그럴 때마다 초지의 얼굴을 밝히는 불빛이 조금씩 밝거나 어두워졌다.

하지만 무엇보다 취봉접을 어리둥절하게 하는 것은 초지가 초지답지 않게 진지한 표정을 짓고 있다는 점이다. 마치 심각한 고민을 하고 있는 것처럼.

정말 이상했다. 초지는 아침나절부터 시무룩해 있었다. 지난겨울 성검에게 두드려 맞았을 때도 이러진 않았는데…….

'아니야, 우리 초지가 고민이란 걸 할 리 없어.'

그렇게 생각하면서도 취봉접은 또 의심스런 눈길로 초지의 얼굴을 살피는 중이다.

"올해로 내 나이가 열아홉이야."

"오호호호! 그, 그런가? 그런데 나이는 갑자기 왜 묻느뇨?"

"나 노처녀 아냐?"

"응?"

취봉접의 눈이 둥그레졌다. 뭔가 심상치 않은 기운을 감지한 것이다.

"노, 노처녀? 음……. 하긴 여염집 처자라면 나이 열여덟 이전에 시집을 가지. 하지만 나나 네 할미는 서른이 넘어서 시집을 간 것 같은데? 호호, 원래 네 아비의 외가의 외가 쪽과 친가 쪽이 무공으로 단련된 집안이니라. 그건 너도 이미 들어 잘 알고 있는 일 아니냐? 그 피를 이어받아 너도 무공을 익혔다. 그러니까 네 아비와 네 아비의 어미, 네 아비의 어미의 어미…… 호호, 그게 나구나? 어쨌든 우리는 모두 나이 서른이 넘어서 시집, 장가를 갔느니라. 그러니 혈통으로 따지자면 넌 아직 새파란 처녀지."

"하지만 난 둔재잖아. 역우란 놈도 확실히 처치하지 못했고, 성검이란 애송이에겐 두 번이나 당했단 말이야."

초지가 우울한 표정을 지었다.

"응? 아니다. 비록 약을 잘못 먹어서 망가지긴 했지만, 너도 한때는 신동 소리를 들었느니라. 피는 속일 수 없는 게야."

"……."

"게다가 초지야, 너는 아직 이 할미의 절기를 전수받지 못했지 않느냐? 네가 혈통이 좀 복잡해서 곤륜파의 무공과 아미파의 무공, 소림사의 무공, 또 이 할미가 속한 천년밀문의 무공을 모두 익혀야 했느니라. 그러다 보니 이십여 년의 세월이 훌쩍 흐른 것이고……."

등잔 기름이 다시 타타탁, 타 들어갔다. 그 일렁이는 불빛은 취봉접의 얼굴에도 명암의 변화를 주고 있었다. 조명 효과 때문이었을까, 취봉접의 표정 역시 무척이나 진지해 보였다.

"하지만 이제 조만간 이 할미는 천년밀문의 진수를 네게 전할 생각이다. 약을 잘못 써서 네 총기가 흐려진 것은 아쉬운 일이지만, 호랑이 자식은 호랑이인 게야. 너는 조만간 절정고수가 될 몸이지. 그때 가면 역우라는 멧돼지 녀석이나 그 기생오라비 같은 성검이 녀석은 네 새끼발가락 하나로도 간단히 꺾을 수 있느니라."

"……."

초지는 벽에 만들어진 자신의 그림자를 묵묵히 바라보고만 있었다. 그녀의 그림자도 깊은 생각에 잠겨 있는 듯 아무런 움직임이 없다. 그저 등잔불빛의 명암에 따라 흐려지고 짙어지고를 반복할 뿐이었다.

'가만… 혹시 이 아이가?'

한순간 취봉접의 얼굴에 묘한 표정이 자리 잡기 시작했다.

"초지야!"

"왜, 할머니?"

초지가 심드렁한 음성으로 대꾸했다.

"혹시 밤에 잠자리에 누우면 어떤 놈 얼굴이 오락가락하지 않느냐?"

"……."

"그런 것이더냐?"

"어, 어떻게 알았어?"

초지의 눈이 모처럼 반짝였다.

하지만 그 순간 취봉접의 얼굴엔 주름이 잔뜩 잡혔다. 그들 조손의 표정이 절묘한 대조를 이루고 있는 것이다.

"가슴이 무겁고 답답하지는 않느냐?"

"그, 그런 것 같애."

"갑자기 세상이 아름다워 보이거나, 그도 아니면 모든 게 허무하게 느껴지거나 밥맛이 없거나 좀처럼 살심이 일지 않거나 웬만한 것은 용서해 주고 싶거나 착한 생각이 들거나 네가 여자처럼 느껴지거나 기껏 칼을 들었는데 그것으로 무나 썰어야겠다는 생각이 들거나 갑자기 요리를 배우고 싶다거나……."

"맞아, 할머니. 내가 요즘 그래. 도대체 왜 그러지?"

"……!"

취봉접의 입에서 긴 한숨이 새어 나왔다.

잠시 등잔을 바라보던 취봉접은 고개를 젖혀 천장을 쳐다보기도 하고, 침상에서 벌떡 일어나서 방 안을 오락가락하기도 하고, 고개를 숙인 채 깊은 한숨을 토해내기도 하고, 주먹으로 머리를 콩콩 두드리기도 하다가 다시 초지 옆으로 다가가 앉았다. 그리고 무거운 음성으로 물었다.

"어떤 놈이냐?"

"으, 응?"

"잘 들어라, 초지야. 우리 집안이 비록 혈통은 복잡해도 나름대로 통뼈의 혈통을 이어왔느니라. 네 신랑감은 곤륜파나 아미파, 소림사에 뒤지지 않는 족보에, 한 번 보고 두 번 보고 자꾸만 보고 싶은 절세미남이어야 하며, 배운 것도 많아야 하느니라."

"시, 신랑감?"

화들짝 놀란 표정을 짓던 초지가 잠시 천장을 쳐다보더니 다시 중얼거리기 시작했다.

"신랑감… 신랑감… 신랑……."

초지의 머리 속에서 성검의 얼굴이 왔다 갔다 했다. '음회회' 하면서 웃는 얼굴일 때도 있었고, '헛' 하면서 놀란 표정을 지을 때도 있었고, '오랜만이다, 초지?' 하면서 반가운 표정을 지을 때도 있었고, '초지, 네 상대는 이 오라버니잖아!' 하면서 약 올리는 표정도 있었고, '젠장!' 하면서 당혹성을 내지르는 표정도 있었다. 하지만 무엇보다 그녀의 심장을 무겁게 하고, 세상이 아름다워 보이게 하고, 모든 게 허무하게 느껴지게 하고, 밥맛이 없게 하고, 좀처럼 살심이 일지 않게 하고, 웬만한 것은 용서해 주고 싶게 하고, 착한 생각이 들게 하고, 난생처음 자신이 여자란 생각이 들게 하고, 기껏 칼을 들었는데 그것으로 무나 썰어야겠다는 생각이 들게 하고, 갑자기 요리를 배우고 싶다고 느끼게 하는 것은 '음회회! 넌 정말 가슴이 예쁘구나……' 하고 잠꼬대를 할 때의 그 행복한 표정이었다.

그 표정을 보는 순간 초지는 왠지 자신도 행복해지고 있다는 착각이 일었다. 그렇게 남의 행복이 자연스럽게 그녀 자신에게 전이된 것은 그때가 처음이었다. 그 첫 감정이 지금 단순한 초지의 머리를 실타래처럼 복잡하게 만들고 있는 것이다.

'그놈이 정녕 내 신랑감일까?

초지는 푸욱, 한숨을 내쉬다가 강렬한 눈빛으로 취봉접을 바라보았다.

"할머니."

"그래, 말해 보거라, 초지야."

"그놈은 확실히 잘생겼어."

"당연히 그래야지. 가문은?"

취봉접 역시 눈빛을 빛내기 시작했다. 어차피 벌어진 일이라면 최대한 긍정적으로 받아들여야 할 일이다. 증손녀까지 보았는데 고손자라고 보지 말라는 법이 없다. 이왕 벌인 일, 끝장을 보고 싶어졌다.

"확실히는 모르지만… 소림사와 관계가 있는 것 같애."

"소림사? 끄응, 하긴 네 할아비이자 내 사위였던 청미도 소림사 출신이기는 하지. 하지만 초지 너도 알다시피 요사이 소림사 끗발이 개 끗발이 되지 않았느냐? 끄으응…… . 하지만 그거야 세월이 어수선하니 어쩔 수 없는 일이지. 그래, 그놈은 네게 호의적이냐? 물론 그거야 상관없지만."

"……."

취봉접의 질문에 초지는 잠시 심드렁한 표정을 지었다. 성검과의 만남을 돌이켜 볼 때 결코 호의적인 관계는 아니었다.

"쯧쯧, 짝사랑이냐?"

"모, 몰라, 아직……."

"상관없다. 무공으로 누르면 된다. 그게 우리 집안 내력인 걸 어쩌겠느냐? 가지고 싶은 건 뭐든지 힘으로 빼앗으면 된다."

"……."

"그 표정은 뭐냐? 설마 네 무공이 그놈에게 밀리는 게냐?"

눈치 빠른 취봉접이 두 눈을 동그랗게 뜬 채 물었다.

한순간 그녀는 자신의 처녀 시절을 떠올리고 있었다. 곤륜파의 일절 천하 구룡휘. 그를 처음 만난 순간, 그녀는 세상이 온통 흰빛으로 가득 채워지는 것을 보았다. 정신이 아찔하고 두 다리가 후들거렸다. 하지만 그것은 그녀만의 감정이었다. 구룡휘는 목석 같은 사내였다. 온갖 방식으로 유혹을 해도 냉담한 눈길만 돌아올 뿐이었다.

결국 구룡휘를 취할 수 있는 방법은 힘밖에 없었다. 취봉접은 곤륜파의 제자들을 요절낸 후 구룡휘와 곤륜산 정상에서 비무를 겨루었고, 콧대 높은 그를 꺾었다. 그리고 단 한 번 겁탈하다시피 그와 몸을 섞었다.

물론 끝내 구룡휘의 마음을 휘어잡을 수는 없었지만, 취봉접에게 그건 그다지 중요한 문제가 아니었다. 그 일로 인해 딸 초란을 얻었고, 그녀를 통해 구룡휘를 느끼며 살아갈 수 있었으니까.

취봉접은 어쩌면 그것이 천년밀문 제자인 자신의 운명이라고 생각했다. 어차피 천년밀문의 여인들에겐 그 이상의 것이 허용되지 않았다.

천축 밀교의 한 분파였던 천년밀문이 마교에 흡수되었던 것도, 마교에서 독립해 독자적인 길을 걷게 된 것도 모두 천년밀문 자체의 특성 때문이었다.

천년밀문은 대륙에 유입되면서 특이하게도 도교의 사상을 얼마간 흡수한 종교로 변형되었다. 그들이 여인들만을 신도로 받아들이는 것도 도교의 영향 때문이었다.

천년밀문은 당대의 세계가 양(陽)과 음(陰)의 대립으로 인해 도탄에 빠져 있다고 믿었다. 즉, 양(陽)의 강성이 지나쳐서 음양의 조화가 깨졌고, 그로 인해 혼란이 조장된다고 이해하고 있었던 것이다. 그것은 오행(五行)과도 무관하지 않다.

본래 우주의 근간인 오행, 즉 수(水), 목(木), 화(火), 금(金), 토(土)의 기운은 세상의 운행에 큰 영향을 미친다. 이 다섯 가지의 기운은 우주 전체에 있어 고르게 분포해 있으나, 우주는 끊임없이 팽창하고 변화하는 공간인만큼 간혹 균형이 흩어질 수도 있다. 그때 오행 가운데 하나의 성질이 나머지 성질들을 압도한다면 세상은 그야말로 혼돈에 빠질 수밖에 없다.

수(水)는 무극(無極)에서 음(陰)으로 갈렸으되 그 안에서 다시 음(陰)을 키워내는 극음(極陰)이다. 목(木)은 무극에서 양(陽)으로 갈렸으되 그 안에서 다시 음(陰)을 잉태한다. 화(火)는 무극에서 양(陽)으로 갈렸으되 그 안에서 다시 양(陽)을 키워내는 극양(極陽)이다. 금(金)은 무극에서 음(陰)으로 갈라졌으나 그 안에서 양(陽)을 잉태한다. 다만 토(土)만은 원래의 무극 상태를 유지하고 있으며 음양(陰陽)의 극 사이에 존재한다.

사람들은 흔히 태극, 즉 음과 양의 결합이 우주라고 믿지만, 실상 태극 안에는 토(土), 즉 태극의 모태인 무극이 존재한다. 모든 조화 속에는 혼돈의 씨앗이 남아 있는 셈이다. 그런데 그 혼돈의 잠을 깨우는 것은 극양인 화, 혹은 극음인 수의 강성이다.

천년밀문의 탄생은 그것과 관련된다. 천년밀문의 초대 문주인 화극성녀(華極聖女)는 앞으로 천 년 이상 화(火), 즉 극양의 강성으로 인해 세상이 도탄에 빠질 것을 예언했다. 그런 혼란과 도탄의 세상을 구원하기 위해선 음(陰)의 양성이 절대적으로 필요했다. 하여, 그녀가 조직한 것이 바로 천년밀문이었다.

천년밀문은 순음지체(純陰之體)를 지닌 여인들을 모아 우주의 양대 혈맥 가운데 음혈(陰穴)이 자리 잡은 곳을 찾아 헤맸다. 그곳에서 자신들의 몸을 수행하고 진언을 외워 혈을 통해 음의 기운을 확장시키기 위해서였다.

그런데 천신만고 끝에 찾아낸 음혈이 공교롭게도 마교의 성지(聖地)였다. 화극성녀는 당시 마교주였던 일월신마(日月神魔)와 협상을 했고, 그 결과 마교에 귀속하게 되었다.

마교의 성지 내에 그들 천년밀문의 영역을 구축하는 대신 대외적으로 마교의 일파임을 천명한다는 조건이었다. 당시 마교에 비해 세력이 미약했던 천년밀문으로서는 거절할 수 없는 제의였다.

비록 마교 소속이 되긴 했지만 천년밀문은 오랫동안 그들 나름의 규칙과 율법에 따라 독자적인 길을 걸었다. 진언을 통해 몸과 마음을 수양하고, 그들의 사상을 응축해 천년밀문만의 무공을 창안하고 보완해 왔던 것이다.

하지만 세월이 흐르며 마교와 많은 갈등이 싹트게 되었다. 마교의 세력이 강대해지면서 천년밀문의 독자성을 무시하기 시작한 것이다. 마교는 조직을 재정비하는 과정에서 여러 차례에 걸쳐 천년밀문을 완전히 흡수하려 했고, 그로 인해 끊임없이 마찰이 빚어졌다.

천년밀문으로서는 최대의 위기였다. 이미 몇 차례에 걸쳐 비슷한 사례를 보아온 것이다. 실제로 마교 내에는 여인들로만 이루어진 독립 단체가 몇 개 있었으나, 그들은 마교의 뜻에 따라 타 조직에 흡수된 후 대부분 그 정체성을 상실했다. 심지어는 강간을 당하거나 아예 타락해 혼음을 즐기는 등 퇴폐의 길을 걷다가 쇠락해 가기도 했다.

결국 지금으로부터 백오십여 년 전, 마교와의 갈등이 극에 달하자 천년밀문은 마교의 성지에서 탈출해 독립을 선언했다. 마침 우주의 양대 혈맥이 이동하는 시점이었으므로 그들은 새로운 음혈을 찾아 헤매기 시작한 것이다. 그 일을 감행한 이가 바로 취봉접의 사부이자 전대 문주인 자경옥수였다.

물론 그 일로 인해 천년밀문은 계속되는 마교의 추격에 시달려야 했다. 하지만 때마침 마교 내부에 분규가 일어나 급속히 세력이 약화되었고, 거기에 새로운 별로 떠오른 천검궁에 제압당하며 마교 역시 지하로 숨어들어야 했다. 그로써 백 년 넘게 이어져 온 천년밀문의 잠행은 끝나게 된 것이다.

다시 취봉접의 이야기로 돌아오자면, 그녀는 자경옥수가 선택한 두 명의 성처녀 가운데 한 명이었다. 천년밀문은 문주가 선택한 두 명의 성처녀 가운데 한 명이 문주의 뒤를 이어 신임 문주로 등극하게 되어 있었다. 당시 자경옥수는 흡혈소란과 기영옥이라는 두 명의 처녀를 제자로 거두어 성처녀의 지위에 올렸다. 그중 흡혈소란은 지금의 취봉접이고, 기영옥은 현 천년밀문의 문주인 흑화신녀다.

흡혈소란과 기영옥 두 여인은 자경옥수의 사랑을 독차지했다. 두 여인 모두 완벽한 순음지체를 지닌 데다 그 자질이 뛰어나 무공의 흡수가 빨랐기 때문이다.

하지만 또 그만큼 상반된 성격을 지니기도 했다. 흡혈소란이 호기심 많고 모험을 즐기며 생명력이 넘치는 반면, 기영옥은 기초에 충실하고 여성스러우며 포용력을 지녔다. 똑같은 순음지체이면서도 전혀 이질적인 장점들이었다.

두 여인이 성장하면 할수록 자경옥수의 고민은 깊어갔다. 그녀들의 자질이 우열을 가리기 힘들 만큼 모두 뛰어났으며, 서로의 장단점이 너무나 상이해서 누가 앞서고 누가 뒤진다는 식으로 평가할 수 없었던 것이다.

그 와중에도 자경옥수의 마음은 이미 한편으로 기울어 있었다.

흡혈소란. 자경옥수는 자신의 마음이 흡혈소란에게 끌리는 이유를 알지 못했다. 어쩌면 흡혈소란이 자신과 너무 달랐기 때문일 수도 있고, 천방지축인 그녀로 인해 더 마음을 졸였기 때문인지도 모른다.

하지만 그녀의 마음과는 달리 천년밀문의 문주 자리는 기영옥에게 넘어갔다. 취봉접 스스로 성처녀의 지위를 버렸기 때문이다.

'흐음, 그래도 난 후회하지 않아. 비록 구룡휘의 사랑을 얻지는 못했지만 사랑하는 딸을 얻었으니……. 지금 내 곁엔 또 초지가 있고…….'

지난 일을 떠올리던 취봉접이 입가에 잔잔한 미소를 드리웠다.

만약 그녀가 좀 더 적극적으로 구룡휘에게 매달렸다면 어땠을까? 아니, 딸 초란을 낳은 후 구룡휘를 다시 찾아갔다면 어땠을까? 아마 고지식한 구룡휘는 자신의 딸을 안고 찾아온 취봉접을 내치지 못했을 것이다. 사실 구룡휘는 취봉접이 자신의 딸을 낳은 사실을 알고 있었다. 그가 평생 독신으로 살다가 후사도 남기지 않은 채 쓸쓸한 죽음을 맞이한 것도 그 때문이었고.

하지만 구룡휘에겐 취봉접을 쉽게 받아들일 수 없는 이유가 있었다. 당시는 정사간의 대립이 극에 달했던 때다. 그런데 취봉접이 속한 천년밀문은 그 뿌리가 밀교에 있어 사파로 규정되었고, 구룡휘는 정파를 대표하는 인물이었다. 더욱이 그의 인품과 무공이 워낙 정순해 정파의 정신적 지주로 평가되고 있었으니, 구룡휘로서는 끝내 취봉접을 외면할 수밖에 없었다. 취봉접 역시 그 사실을 알고 있었고, 그것은 그녀가 끝내 천년밀문으로 돌아가지 않은 이유가 되기도 했다.

다만 한 가지, 취봉접의 마음을 무겁게 짓누르는 것이 있었다. 마치 자신의 운명을 자식들에게 대물림해 준 것이 아닌가 하는 자책이었다. 딸 초란이 그랬고, 외손주 무혼이 그랬다. 그런데 이제 중손녀 초지까지 자신과 비슷한 상황에 처해 있다. 비록 사랑은 쟁취하는 것이라 말하고 있지만 그런 그녀의 마음이 가벼울 리 없었다.

하지만 어쩌겠는가, 중손녀 초지가 사랑으로 인해 애를 태우고 있는데……

"오호호호! 걱정 말거라, 초지야. 이 할미가 네게 본격적으로 무공을 가르칠 것이다. 보름이면 충분하다. 이 할미의 절기를 익힌다면 그깟 애송이 하나쯤은 가볍게 보쌈해 올 수 있느니라."

취봉접은 호탕하게 웃으며 초지의 머리를 쓰다듬었다. 그 웃음은 또 한 명의 여고수를 탄생시키는 전조와도 같은 것이었다.

제9장

술도가의 기인

며칠간 술에 절어 있던 성검에게 뜻밖에도 한 장의 도전장이 날아왔
다. 예정대로라면 그는 이틀 후 개봉으로 떠나게 된다. 하지만 도전장
에 적힌 결전 일은 보름 후였다.

"젠장, 천하의 하수 초지가 미쳤나 보군."

성검은 탁자 위에 놓인 물을 벌컥벌컥 들이마셨다.

"기집애, 싸움만 못하는 줄 알았더니 글씨도 지지리 못 쓰네. 틀린
글자도 있군? 어라, 한두 개 틀린 게 아닐세. 쯧쯧, 한심한 것……."

악필로 휘갈긴 도전장을 다시 한 번 쳐다보던 성검이 피식, 웃었다.

봐라, 이놈. 네놈이 날 무시해쓰니 무시무시한 복쑤를 할 거시다. 보름
뒤 정오, 정주 남쪽 외각에 인는 객짠 '초루당(草樓堂)' 뒤편 언덕빼기 미
루낭구 밑에서 기다리겠따. 당당정정하게 대갈빡 터지게 겨러보자!

"정말 무식이 철철 넘치는 도전장이군. 다른 건 다 그렇다고 쳐도, 초지일간 초지는 뭐야? 난 여태껏 초지일관 초지로 알았잖아? 내가 잘못 알고 있었던 거야, 얘가 무식해서 이렇게 쓴 거야?"

성검은 도전장을 탁자 위에 올려놓은 후 다시 길게 한숨을 내쉬었다.

쉽게 무시할 수 없는 도전장이었다. 무식한 하수 초지쯤이야 혼자 날뛰든 말든 신경 쓸 필요가 없었지만 문제는 취봉접이다. 만약 성검이 초지의 도전을 무시한 채 개봉으로 떠난다면 철룡방이 위기에 처할 것은 자명한 일이었다. 성질머리나 힘 모든 면에서 초지와는 비교가 안 될 만큼 무식한 취봉접이 결코 그냥 넘어갈 리 없으니까……

"형님, 어떻게 하실 생각입니까?"

"헤헤, 일단 도전장을 받았는데 도망가듯 개봉으로 떠날 수는 없는 일 아닙니까?"

"맞습니다, 형님. 초지에게 형님의 무서운 무공을 보여주십시오."

옆에 앉아서 성검의 눈치를 살피던 변금은과 모용각, 철행궁이 입맛을 다시며 차례로 말했다.

"너희들, 초지한테 관심있냐?"

성검이 고개를 갸우뚱하며 물었다. 수호성들이 그들답지 않게 똘방똘방한 눈빛을 빛내고 있었기 때문이다.

"헤헤, 사실 초지가 예쁘잖아요."

"그렇습니다, 형님. 결투가 끝난 다음에 조용히 차나 한잔하자고 해보십시오."

"그것도 좋지만 싸울 때 슬슬 약을 올리십시오. 그럼 초지가 이번에도 옷을 홀랑홀랑 벗지 않을까요?"

"헤헤헤헤헤—"

철행궁의 말에 변금은과 모용각이 누런 이를 드러내며 헤벌쭉이 웃었다. 지난번 자미궁에서 본 초지의 모습을 잊지 못하고 있는 게 분명했다.

"너희는 참 취향도 별나다. 가슴도 메추리알만한 계집애가 뭐가 좋다고 그러냐? 사실 지난번에 이야기를 하다 말았지만, 초지는 매란이에 비하면 새 발의 피야."

성검은 진지한 표정으로 말하다가 갑자기 씨익, 웃었다. 나긋하고 삼삼한 매란이의 모습이 눈앞을 스쳐 갔기 때문이다.

"매란이는 가슴이 큽니까, 형님?"

변금은이 침을 꼴딱 삼키며 물었다.

"음푸회회회!"

성검은 아무 말도 없이 입만 헤벌렸다. 그저 빨리 일을 마무리 짓고 남진관으로 돌아가 매란이를 보아야겠다는 생각이 간절할 뿐이다.

"형님, 궁금합니다!"

"대답을 해주십시오!"

"이 불쌍한 것들에게 새로운 세상을 맛보여 주십시오!"

수호성들의 눈빛이 이글거리고 있었다.

사실 그들은 이제껏 무공에만 전념해 왔다. 주위에 성검 같은 악동이 없으니 제대로 된 세상을 경험할 기회가 없었다.

"쩝, 어쩔 수 없군. 나가자. 일차는 주루에서 간단하게 이론을 익히고, 이차는 기루에 들러 실전을 익히는 거야. 세상이 얼마나 넓은지,

왜 조물주가 굳이 양과 음을 갈라놓았는지 알게 해주지. 음회회! 너희는 정말 좋은 우두머리를 둔 거야."

말을 마친 성검이 자리에서 벌떡 일어섰다. 아직 얼마간 시간이 있으니 초지의 일은 천천히 생각하기로 했다.

그런데 그가 화사한 외출복으로 막 갈아입었을 때 문밖에서 이가성의 음성이 들려왔다.

"화 공자, 잠시 들어가도 되겠소?"

"물론입니다. 들어오시지요, 이 대협."

성검은 옷매무새를 바로 하며 유쾌한 음성으로 대답했다.

"이런, 출타하시려던 모양이오? 화 공자답지 않게 비단옷을 다 입으시고……."

방 안으로 들어선 이가성이 밝은 표정을 지어 보였다.

"하하. 그렇게 빼입고 나가면 정주 시내가 혼란스러워지겠습니다. 저자의 여인들이 화 공자로 인해 밤잠을 설치게 될 테니 말입니다. 하하하!"

이가성의 뒤편에 서 있던 역우 역시 농을 건넸다. 비록 문주 직을 수락하긴 했지만 역우는 아직도 이가성의 충복처럼 그에게 정성을 다하고 있었다.

'금은이, 행궁이, 용각이, 저 아이들이 역우에게 배울 게 많아. 한 번 쫄다구는 영원한 쫄다구라는 걸 몸소 보여주잖아?'

수호성들과 역우를 번갈아 보던 성검이 손사래를 치며 자리를 권했다.

"음회회, 사업상 긴히 갈 곳이 있어서……. 하지만 급한 건 아니니어서 앉으시지요."

"아닙니다. 그럴 수야 없지요. 저희가 때를 잘못 맞춘 모양입니다. 다음에……."

"이거 왜 이러십니까. 요사이 제가 바쁜 일이 별로 없다는 거 잘 아시지 않습니까. 일단 앉으십시오. 아무리 바쁘다고 해도 설마 차 한 잔할 시간이 없겠습니까."

이가성과 역우에게 호감을 가지고 있는 만큼 성검은 두 사람을 억지로 자리에 앉히려 했다. 하지만 그 순간 뭔가 뒤통수를 따갑게 찌르는 게 느껴졌다.

'설마……'

예상은 빗나가지 않았다. 고개를 돌려보니 수호성들이 입술을 삐죽내민 채 원망 어린 눈으로 성검을 노려보고 있었다.

'어휴, 저것들이 충복되기를 바라는 내가 바보지……'

성검은 쯧쯧, 혀를 차다가 다시 웃는 낯빛으로 이가성과 역우를 바라보았다.

"음회회, 이럴 게 아니라 다 같이 주루로 가시지요. 사실 저와 아우들이 오늘 정주 시내 주루와 기루를 순찰할 생각이었습니다."

어쩔 수 없는 일이었다. 수호성들이 생긴 건 하나같이 곰에 가까워도 워낙에 좀스럽고 여린 위인들이라 상처를 받지 않을까 걱정되었기 때문이다. 아니나 다를까,

"맞습니다, 이 대협."

"우리 형님은 몸소 모든 것을 확인하셔야 직성이 풀리는 화끈하고 쌈빡한 성격을 지니셨지요. 하하, 세상에서 제일 훌륭한 분입니다."

"그럼요. 저희가 괜히 형님을 따르는지 아십니까? 이 대협이나 역문주도 많은 시간을 함께하다 보면 자연히 아시게 될 겁니다."

수호성들의 튀어나왔던 입이 귀밑까지 쭉 찢어졌다.

"하하, 잘되었구려. 마침 화 공자에게 소개해 주고 싶은 술집이 있어 찾아온 것인데……. 가십시다. 오늘은 내가 한잔 사리다."

이가성이 유쾌하게 웃으며 말했다.

일행이 찾은 주루에는 '십선각(十仙閣)'이라는 오동나무 현판이 걸려 있었다.

외양은 그다지 화려하지 않았지만 은은히 배어 나오는 술 냄새는 가히 일품이었다. 그런데 이상하게도 주루에는 점소이나 주인의 모습이 보이지 않았다. 그저 웃통을 벗어 젖힌 주당들이 서너 명씩 무리를 이룬 채 몇 군데의 탁자를 차지하고 술을 마셔댔을 뿐이다.

"하하, 여기가 바로 내 단골집이오. 정주 내에서 가장 오랜 전통을 지닌 술집이지요. 육대에 걸쳐 가업을 이어오고 있는 집이니 기대하셔도 될 게요."

이가성이 이층으로 일행을 안내하며 유쾌하게 설명을 늘어놓았다.

"음회회, 이 대인도 상당한 주당이신가 봅니다?"

성검이 입맛을 다시며 말했다. 벌써부터 혀끝이 달달한 게 조짐이 좋았다. 모처럼 이가성이 쏜다니 친절하게 받아주기로 작정을 한 것이다.

"하하! 주당은 무슨……. 그저 얼마간 즐기는 정도요. 나는 술을 좋아하지만 아무 술이나 좋아하지는 않소. 명주(名酒)만을 찾지."

"이 집의 술이 그렇게 유명합니까?"

"아무렴요. 원래 이 주루를 처음 차린 이는 공자의 고향 곡부(曲阜) 사람인데 어찌하다 보니 이곳 정주까지 오게 되었다는구려. 원래 양조장(釀造場)을 하던 사람인데, 곡부 지방의 술맛을 그대로 살려내 사람을 끌어모으기 시작했소. 하하, 원래 곡부가 공자보다는 술로 유명하지 않소. 어쨌거나 지금은 곡부에서도 술 익히는 법을 배우기 위해 이 술집을 찾는다고 합디다."

창가 쪽 탁자로 다가간 이가성은 거리낌없이 웃통을 벗어 젖힌 채 의자 위에 걸터앉았다.

워낙 격의없게 행동하는 바람에 옷을 벗는 게 어색하지 않게 느껴질 정도였다. 게다가 역우까지 자리에 앉자마자 웃통을 벗었다.

이미 주루에 들어설 때 손님들 대부분이 웃통을 벗고 있는 모습을 보긴 했지만 성검 일행으로선 의아한 일이 아닐 수 없었다. 웃통을 벗는 게 이 술집의 관례라면 그들 역시 웃통을 벗어야겠지만, 그런 괴상한 관례가 있으리라곤 좀체 생각할 수 없었다.

성검 일행은 그저 어색한 표정으로 서로를 바라보기만 했다.

"하지만 이상하군요. 그렇게 유명한 술집에 손님이 그다지 많지 않으니 말입니다."

성검이 고개를 갸웃거리며 물었다.

아닌 게 아니라, 술집에는 서너 패의 술꾼들만이 자리를 차지하고 있었다. 물론 술을 즐기기엔 이른 시간이었지만 손님이 왔는데도 내다보는 사람 하나 없으니 영 석연치가 않았다.

"하하, 그래서 이 집을 더 좋아하오. 내가 아무 술이나 마시지 않는 것처럼 이 집의 술도 아무 손님한테나 주어지는 게 아니올시다. 그렇다고 내가 잘났다는 게 아니라, 주인 영감 눈에 들었다는 것뿐이지만."

이가성은 의자에 등을 기댄 채 느긋하게 말했다.

"예? 그건 또 무슨 말입니까?"

"말 그대로요. 이 집 주인 영감이 워낙 괴팍한 데다 술값도 비싸서 손님은 대부분 단골들로 한정되어 있소."

"……?"

"파하하! 곧 알게 될 게요."

이가성은 너털웃음을 웃으며 짓궂은 표정을 지었다.

묘한 분위기였다. 시간이 꽤 지나도록 주문을 받으러 오는 점소이도 없고, 주인의 모습도 보이지 않았다. 그래 가지고는 손님이 오는지 가는지도 알 수 없지 않을까 하는 생각이 절로 들었다.

하지만 주문한 일도 없는데 얼마 후 적삼을 입은 노인 한 명이 술 한 동이를 짊어지고 계단을 올라왔다.

"허허. 요즘 잘 나가는 철룡방의 문주님이 모처럼 행차를 하셨습니다요?"

노인은 술동이를 탁자 위에 쿵, 소리가 나도록 올려놓은 후 헤벌쭉 웃었다.

주루만큼이나 묘한 늙은이였다. 뒷목까지 쭈글쭈글한 것으로 보아 팔순은 한참 넘어 보였다. 체구는 채 오 척에도 못 미칠 만큼 작았으며, 그나마도 거의 직각을 이루며 꼬부라진 허리로 인해 성검은 앉은 상태에서도 고개를 숙이거나 눈을 깔아야 노인의 정수리를 확인할 수 있었다.

노인의 외모……. 우선 눈에 띄는 것은 듬성듬성 난 백발이었다. 마치 쥐가 파먹은 것처럼 머리 군데군데가 파였는데 그곳엔 대부분 부스럼이 앉아 있었다. 술에 취한 다음에야 그런 것이 문제되지 않을지도 모르지만, 일단 노인의 그 지저분한 머리를 본 다음엔 술맛이 떨어지고, 억지로 마셔도 좀체 취하지 않을 것 같았다.

하지만 정면으로 드러난 노인의 얼굴과 마주치는 순간 성검은 묘한 충격을 받았다. 얼굴은 뒷목보다 훨씬 골 깊은 주름들로 덮였고, 코도 문드러진 것처럼 납작하게 구멍만 뻥 뚫렸는데도 이상하게 거부감이 일지 않았다. 오히려 정갈하단 느낌이 들 정도였다.

노인의 눈⋯⋯. 작은 얼굴 때문인지 유난히 커 보였다. 하지만 좀 더 지켜보다 보면 노인의 눈이 커 보이는 이유가 지극히 맑고 깊은 동공 때문이라는 사실을 알게 된다. 마치 최면에 걸린 사람처럼 한 번 마주치면 쉽사리 시선을 돌리지 못하게 하는 눈이었다. 게다가 쥐똥나무 꽃처럼 처연하고 아름답게 자리 잡은 눈가의 미소는 신비감까지 들 정도였다.

"하하, 주허자(酒虛子) 선생은 소문에 늦은 모양이구려. 나 문주 자리 내놓은 지 오래되었소이다. 아마 며칠 후부턴 아예 십선각에 눌러 살게 될지도 모르오."

이가성은 한 손으로 술동이를 문지르며 농스럽게 대답했다. 여러모로 보아 주허자로 불린 노인과는 꽤나 막역한 사이인 듯했다.

"음, 그럼 이제부턴 대협이란 호칭으로 불러야겠군입쇼?"

"마음대로 하시구려. 대협도 좋고, 그냥 이놈저놈 해도 상관없지. 어차피 알아만 들으면 되니까. 그나저나 오늘 귀한 손님을 모시고 왔소이다. 이왕 왔으니 이놈 체면을 봐서라도 선생의 특기인 술점 한번 쳐주시구려."

조롱박 바가지로 휘휘 술을 젓던 이가성이 사발에 찰랑거릴 만큼 가득 채운 술을 노인에게 건네며 한마디를 덧붙였다.

"자, 여기 복채를 대신해 술 한잔 따라 드리겠소. 하하, 이게 그 유명한 곡부 주허자의 십선몽유주(十仙夢遊酒)라는 것 아니겠소. 파하하하!"

이가성의 웃음소리가 실내를 가득 메우고 있었다.

주허자의 술점. 그것은 귀갑(龜甲)이나 수골(獸骨)을 불에 태워 그 갈라지는 금의 형상으로 점을 치는 복서(卜筮)와는 얼마간 다른, 아주 독특한 점법이었다.

이가성이 건넨 술잔을 아낌없이 비운 주허자는 아래층으로 내려가 작은 주전자와 목궤를 들고 다시 나타났다. 목궤 안에는 놋쇠로 만들어진 술잔과 받침, 그리고 천문도(天文圖)가 그려진 붉은 가죽이 들어 있었다.

주허자는 붉은 가죽을 탁자 위에 펼친 후 그 정중앙에 놋쇠 술잔을 올려놓았다. 술잔에는 천(天), 지(地), 일(日), 월(月) 네 자가 정확히 사등분 되어 적혔고, 그것들의 대각선이 만나는 지점, 즉 원점 부분엔 태극 문양이 그려져 있었다.

"점을 치고 싶은 문제에 대해 깊게 생각하신 후 잔에 술을 가득 따라 보십시오."

성검에게 술잔을 건넨 주허자가 담담하게 말했다. 주허자의 표정은 무척이나 진지했다. 그저 장난 삼아 점을 치려던 성검이 깊은 고민에 빠져들게 할 만큼.

'점이라? 글쎄…… 운명을 궁금해하는 것은 너무 큰 욕심이겠지? 주허자의 실력을 믿지 못해서가 아니야. 오히려 주허자가 정말 용한 점쟁이라면 그건 더 더욱 피할 일이지. 괜히 내 운명을 남에게 들키는 셈이니까.'

성검은 조롱박을 든 채 주허자를 빤히 쳐다보았다.

"음회회, 내 생각과 그에 관한 점괘를 읽을 수 있단 말이오?"

"아마도……."

주허자의 대답은 애매한 듯했지만 한편으론 명쾌했다.

"그런데 점을 치면 내게 뭐가 유리하오? 어차피 운명이 정해져 있다면 그냥 그대로 흘러가면 되는 걸 텐데?"

"쯧쯧. 공자, 나는 아무에게나 술을 팔지 않습니다. 또한 아무에게나 점을 치지도 않습니다. 그런데 손님은 점을 칠 기회를 얻었습니다. 그 자체가 신의(神意)기 때문입지요. 오늘 나를 만나게 된 것은 손님의 운명입니다. 그런데 그 운명이 지금 또 두 갈래 길 앞에서 멈춰 있습니다."

두 눈을 지그시 감은 주허자가 담담한 음성으로 말했다. 묘한 일이었다. 눈꺼풀로 깊고 맑은 동공을 감추었음에도 주허자의 얼굴은 여전히 신비로워 보였다. 그의 말은 계속 이어졌다.

"점을 치느냐 마느냐는 공자가 판단할 일입니다. 어차피 공자의 운명이니까요. 두 갈래의 길 가운데 어느 쪽을 선택하든 공자는 공자의 운명대로 살아가게 될 것입니다. 다만 한쪽은 행(幸)이고, 다른 한쪽은 불행(不幸)일 수도 있습니다. 둘 모두 행이거나 둘 모두 불행일 수도 있겠지만, 이왕이면 점을 통해 보다 나은 길을 찾는 게 낫지 않을까요?"

"……."

'뭐야, 이 사람? 아무래도 사이비 냄새가 나. 하긴 그저 장난 삼아 보면 되는 건데 굳이 논쟁을 할 필요는 없겠지. 음회회, 마침 잘되었군. 한번 해보지 뭐.'

성검은 지그시 두 눈을 감았다. 그러잖아도 초지의 도전장 때문에 골치를 썩히던 그다.

'초지, 초지일관 초지라……'

잠시 초지의 얼굴을 떠올리다가 술이 담긴 조롱박을 기울였다. 그런데 묘하게도 초지가 예쁘다는 생각이 문득 들었다.

'어휴, 몸이 많이 허해진 모양이야. 냄새만 맡고도 술에 취하다니……'

성검은 실없는 미소를 띠며 주허자의 반응을 살폈다.

주허자는 그윽한 눈길로 술잔의 잔잔한 수면을 내려다보기 시작했다. 그의 맑고 깊은 동공엔 놋쇠 술잔과 붉은 가죽이 그대로 반사되고 있었다. 신비한 느낌이었다.

잠시 후, 주허자가 고개를 들어 성검을 빤히 바라보았다.

"어떤 점괘가 나왔소?"

성검은 주허자의 대답이 기대된다는 듯 가벼운 웃음을 머금은 채 주의를 기울였다. 하지만 주허자는 다시 묵묵히 술잔에 시선을 줄 뿐이다.

얼마의 시간이 흘렀을까, 주허자의 좌수가 술잔 위에서 원을 그리기 시작했다. 그 손이 점점 빠르게 맴돌았고, 어느 순간 술잔이 그의 손을 따라 빠르게 맴돌았다.

"……!"

성검의 표정에 이채가 어렸다.

그저 술 빚는 늙은이 정도로 생각하고 있었으나, 술점을 치는 주허자는 분명 기(氣)를 다스리는 능력을 지니고 있었다. 그것도 도가(道家)에 뿌리를 두고 있다. 초자영의 기 운용 방식과 지극히 흡사했던 것이다.

잠시 후 빠르게 회전하던 술잔 속의 술이 가느다란 회오리를 일으키며 역류하기 시작했다.

"우와아— 대단하다!"

수호성들이 일제히 입을 헤벌린 채 그 광경에 넋을 잃었다.

"둔갑(遁甲)!"

주허자는 짧은 기합성을 내질렀고, 그 순간 허공으로 떠오르던 회오리 기둥이 일시에 무너지며 탁자 위로 뿌려졌다.

"음……. 오미(午未)라, 좋은 점괘군."

탁자 위에 뿌려진 술의 형상을 살펴보던 주허자가 고개를 끄덕이며 중얼거렸다.

하지만 성검을 비롯한 모든 사람은 고개를 갸우뚱할 뿐이었다. 정작 탁자를 적시고 있는 술은 상당히 어수선해서 도무지 어떤 형상이나 글자로 읽어낼 수 없었던 것이다. 그저 주허자가 우기면 우기는 대로 그러려니 하고 믿거나 말거나 해야 할 처지였다.

"점괘가 그렇게 좋소?"

성검이 고개를 갸우뚱하며 물었다.

"물론입니다. 합중유생(合中有生)이지요. 여기 탁자 위에 드러난 글자를 보십시오. 다스릴 예(乂)와 열십(十), 한일(一)과 나무목(木) 자가 절묘하게 어우러지지 않았습니까? 이상의 네 자는 각각 오(午)와 미(未)의 파자로 해석할 수 있습니다."

주허자는 손가락으로 탁자 여기저기에 흩어진 물기를 가리키며 풀이를 하기 시작했다. 하지만 정작 그가 가리키는 것은 그저 아무렇게나 뭉치거나 흩어진, 도저히 글자로 볼 수 없는 흔적들이었다. 어쨌거나 주허자의 이야기는 계속 이어졌다.

"오(午)와 미(未)는 쉽게 말하자면 찰떡궁합입니다. 그 둘은 서로 합(合)이 되고, 오화(午火)는 미토(未土)를 생하지요. 전형적인 합중유생, 즉 합이 되면 될수록 좋고, 오면 올수록 좋은 관계를 의미합니다. 공자는 아마도 보름 후 오시(午時)와 미시(未時) 두 번에 걸쳐 그 사실을 확인하게 될 것입니다.”

“음회회. 하지만 주 선생, 내가 궁금해하던 문제와 워낙 동떨어진 답변이라⋯⋯.”

‘이 인간 내가 언제 궁합 봐달라고 했나? 젠장, 사이비 맞군. 싸워야 하느냐 마느냐를 고민하는 사람에게 웬 천생연분?

성검은 속으로 비웃으면서도 점잖게 말끝을 흐렸다. 어차피 장난으로 본 점괘에 크게 연연하고 싶지도 않았다. 하지만 갑자기 주허자의 눈빛이 활활 타오르고 있었다.

“공자, 지금 이 늙은이를 의심하는 것이오? 공자는 한 여인을 생각하고 있지 않았습니까!”

“⋯⋯?”

“두 사람은 정말 천생배필(天生配匹)입니다!”

“뭐, 여자에 관해 생각한 것은 맞지만⋯⋯.”

얼떨결에 대답을 하긴 했지만 그 순간 성검은 아차, 싶었다. 주위의 모든 사람들이 눈을 동그랗게 뜬 채 자신을 쳐다보았기 때문이다.

“축하드립니다, 형님!”

“큰형님은 정말 대단한 분이십니다. 이런 자리에서도 여자 생각만 하시다니⋯⋯.”

“결국 매란이와 혼례를 치르시게 되었군요?”

수호성들이 일제히 포권을 취하며 말했다.

변금은의 눈엔 이미 예복을 차려입은 성검이 풍악을 울리는 악대, 의장대와 함께 신부가 탄 가마를 끌고 동방룡으로 돌아가는 모습이 선하게 그려지고 있었다. 일생 최대의 잔치인만큼 동방룡 내엔 그동안 먹어보지 못한 온갖 희귀한 음식과 술이 넘쳐 나고, 마당에선 며칠에 걸쳐 광대들이 재주를 넘으며 묘기를 부린다.

"헤헤헤⋯⋯."

모용각도 마찬가지였다. 말로만 들었던 신부 매란이는 눈이 부실 만큼 아름답다. 움직일 때마다 꽃향기를 일으키며, 섬섬옥수의 손이 닿는 것은 무엇이든지 맑고 화사하게 변한다. 매란에겐 예쁜 여동생이 있는데 그녀도 매란이처럼 예쁘다. 모용각은 매란이 동생과 함께 꿀도 따라 다니고 은밀히 손도 잡는다.

"호호호!"

철행궁이라고 별수있을까. 그는 신혼 초야에 신방을 훔쳐보고 있다. 신랑 성검이 신부 매란이의 머리에 얹혀진 빨간 보자기를 들춘다. 머리 장식을 하나둘 떼어내고, 저고리를 벗기고, 어마어마한 가슴이⋯⋯.

"크크큭—"

그런데 그때였다.

"음회회! 음푸회회회! 주 선생, 내가 그 계집애랑 천생배필이라고? 젠장, 그랬다간 아마 사흘도 지나지 않아 살찐 돼지처럼 푸줏간에 거꾸로 매달리게 될 게요. 음푸회회회!"

성검이 박장대소하며 주먹으로 탁자를 두드리기 시작했다.

'매란이를 생각한 게 아니었나?'

그제야 수호성들은 환상에서 깨어나기 시작했다. 하지만 주허자는 노기 띤 표정으로 성검을 노려보고 있었다.

"이런 염병! 정말 날 사이비 취급하는 거요? 공자! 내가 사술을 걸면 공자는 사흘 안에 요절할 수도 있소! 더 지독한 사술을 걸면 머리가 돌아서 돼지와 오입을 하다가 복상사하는 수도 있소! 나 주허자로 말할 것 같으면⋯⋯."

"……?"

얼굴이 벌게져서 열을 내던 주허자는 갑자기 주위의 시선이 싸늘해지자 다급히 화를 가라앉혔다. 그리고 다시 점잖게 말을 잇기 시작했다.

"흠! 내가 잠시 흥분했구려. 하하. 물론 공자의 선택에 따라 두 사람은 맺어질 수도, 그렇지 않을 수도 있소. 어차피 사람의 운명은 하나의 실과 같습니다. 그 실을 따라 쭉 걸어가게 되는 거지요. 문제는 그것이 다른 사람의 운명, 혹은 어떠한 정황과 끊임없이 얽힌다는 데 있습니다. 그 운명과 정황이 마주치는 것을 인연이라 합니다. 그것이 꼬이느냐 아니면 한데 어우러져 같이 흘러가느냐에 따라 운의 좋고 나쁨이 결정됩니다. 공자가 정 그 여인이 마음에 들지 않는다면 다른 인연을 찾을 수도 있지요. 그게 바로 선택이라는 것 아니겠습니까? 흐흐, 하지만 천생배필을 마다한다면 공자는 전혀 예상치 못한 인생을 살게 될 수도 있소이다. 이렇게 말입니다……."

주허자가 술잔 위로 두 손을 뻗어 원을 그렸다.

그 순간 바닥에 흩어져 있던 물기가 방울방울을 이루며 서서히 떠올랐다. 주허자의 쌍수는 더욱 빠르고 크게 원을 그렸고, 방울을 이룬 술이 허공에서 맴돌기 시작했다.

"갈!"

한순간 짧은 기합성이 터졌다. 그리고……

급살(急煞)!

선명한 두 자가 탁자 위에 그려졌다.

2

낙양의 동방룡에서 서신이 도착한 것은 다음날 아침이었다.

그 내용은 성검을 얼마간 당혹스럽게 했다. 최근 개봉에서 뜻하지 않은 사건들이 터지고 있으니 한 달가량 추이를 살핀 후 입성하느냐 마느냐를 판단하란 지시가 은하대맥 총단으로부터 전달되었다는 것이다.

책사 채승옥은 별도의 서신을 동봉해 최근 몇 달간 개봉에서 벌어진 사건들에 대해 적었다. 그런데 그 내용이 또 성검을 놀라게 했다. 익히 들어본 이름이 그 사건에 관련되어 있었기 때문이다.

그가 바로 사검 당가특이었다.

당가특, 성검이 구곡에서 마주쳤던 인물이다. 당시 그는 취영오매를 제압한 후 유유히 주루를 빠져나갔다.

'대단하군. 결국 천년밀문의 천라지망을 뚫고 달아났다는 이야기가 아닌가. 하지만 이렇게 드러내 놓고 소란을 일으키면 천년밀문에서 또 그를 잡기 위해 설칠 텐데? 음회회. 정말 배포 하나는 대단한 자군.'

성검은 고개를 저으며 희미하게 웃었다.

서찰에 따르면 당가특이 몇 명의 무사와 함께 개봉 일대의 폭력 조직을 접수한 상태라고 했다. 성검이 낙양과 정주에서 그랬던 것처럼.

하지만 사정은 더욱 복잡했다. 당가특은 천년밀문 외에도 이미 여러 무림방파와 원한을 맺고 있었다. 그런데 그가 자기 정체를 드러낸 채 개봉에 새로운 조직을 세웠으니 평소 그를 벼르던 무림인들로선 호재인 셈이었다. 너도나도 개봉으로 몰려들어 싸움이 끊일 날이 없었다.

그런데 정작 놀라운 것은 당가륵이 이미 몇 달간 이어져 온 비무에서 단 한 차례도 패하지 않았다는 점이다. 그제야 사람들은 당가륵이 정체를 드러내고 개봉에 머무는 것이 모든 도전을 받아들이기 위해서였음을 깨닫게 되었다. 결국 이제까지와는 달리 정면 승부를 펼치기 위해 선택한 곳이 개봉이었던 셈이다.

은하대맥에서 성검의 개봉 입성을 연기시킨 것도 그 때문이었다. 자칫 당가륵과 부딪친다면 얻는 것보다 잃는 것이 많다.

아니, 사실 은하대맥으로선 호재 중의 호재였다. 당가륵이 개봉의 조직들을 접수해 천검궁으로 들어가는 돈줄을 막은 것도 그렇고, 낙양과 정주 건으로 인해 자칫 천검궁의 목표물이 되기 시작한 동방칠수를 잠시나마 그들의 시야에서 벗어나게 해주는 것 또한 그랬다. 적어도 당분간은 당가륵이 강호의 이목을 집중시킬 테니까.

'음… 그래, 현재로선 지켜보는 게 상책이겠지.'

성검은 길게 기지개를 켠 후 잠시 멍하니 천장을 쳐다보았다.

이해할 수 없는 일이었다. 어제저녁까지만 해도 성검은 계획대로 내일 아침 일찍 개봉으로 향할 예정이었다. 십선각의 주인 주허자가 친술점 때문에 오히려 결정을 내리기가 쉬웠다. 초지와 천생배필이라는 말을 믿느니 차라리 급살맞는 쪽을 택하기로 한 것이다.

그게 성검의 성격이었다. 운명이 덤비면 결코 등을 보이지 않는다는 것. 성검은 의외로 호전적이었고 의지가 강했다. 다만 여전히 마음 한편이 찜찜하긴 했다. 철룡방이 취봉접으로 인해 곤란을 겪을 것이 걱정되었기 때문이다.

그런데 일정이 변경되었으니 이제 초지와의 일전을 피할 이유가 없다. 주허자의 말처럼 초지는 성검과 인연이 깊은 여인인지도 모른다.

'그렇다면 박살을 내는 수밖에. 음회회. 초지일관 초지가 내 천생배 필이라고? 말이나 소가 들어도 웃을 일이군. 잘됐어. 사실 그동안 고수 들과 붙을 기회가 적었지. 그래서 내 무공의 진전을 확인할 길이 없었 어. 이 참에 취봉접과도 한판 붙어야겠지?'

성검은 천장을 보며 씨익, 웃었다.

그런데 이상한 일이다. 갑자기 천장 위에 '급살'이라는 글자가 아른거 리는 듯했다. 주허자가 뿌린 술이 탁자를 적시며 만들어냈던 글자…….

"젠장, 왜 그 생각을 하지 못했지?"

낮게 중얼거린 성검이 자리에서 벌떡 일어났다.

갑자기 주허자를 만나러 가야겠다는 생각이 들었다. 술점 때문이 아 니었다. 다만, 주허자가 초자영에 버금가는 고수란 생각이 문득 들었 을 뿐이다. 그가 친 술점 자체가 지극히 세련된, 고난도의 기공(氣功)이 었음을 비로소 깨닫게 된 것이다.

"음회회! 내 눈을 속일 수는 없지."

성검은 묘한 표정을 지으며 곧장 방문을 나섰다.

사시(巳時)가 막 시작될 무렵이었으나 십선각의 문은 활짝 열려 있었 다. 마당은 말끔히 비질이 되었고, 주루 안도 깔끔하게 청소된 상태였 다. 흑송(黑松)에 옻을 칠한 목조 건물이라 전체적으로 어둠침침했지만, 소나무 특유의 향기가 은은하게 배어나 머리가 맑아지는 느낌이었다.

하지만 정작 사람의 모습은 보이지 않았다. 손님도 없었고 점소이 도, 주인 주허자도 없었다. 잠시 실내를 둘러보던 성검은 일단 창가 쪽 의 탁자로 가서 자리를 잡았다. 사람을 부를까도 생각해 봤지만 굳이 서두를 필요가 없었다. 만약 누군가가 있다면 손님이 왔다는 것쯤은 인기척만으로도 알 수 있을 테니까.

과연 얼마 후 주방에서 이십 대 초반의 뚱뚱한 점소이 하나가 술병을 들고 나왔다. 그는 꾸벅 인사를 한 후 술병을 탁자 위에 올려놓았다.

'꽤나 무뚝뚝한 점소이군. 주인을 닮아 그런가?'

은근히 불쾌했지만 성검은 내색하지 않았다. 그 대신 사람 좋은 웃음을 흘리며 담담하게 물었다.

"원래 이렇게 일찍 문을 여는가?"

"우리 집에 처음 오셨수?"

점소이는 잠시 성검을 쳐다보다가 심드렁하게 물었다.

"아니, 어제저녁에 들러 자정이 넘도록 마셨지. 술맛이 너무 좋아 저녁까지 기다리지 못하고 이렇게 다시 들른 것이고."

"간혹 해장술을 찾는 손님들이 있어 새벽 일찍 문을 연다우. 하지만 이 시간에 우리 집을 찾는 손님은 드문 편이우. 해장술을 하기엔 늦은 시간이고, 본격적으로 마시기엔 이른 시간이잖수."

"그렇군."

성검은 머쓱한 표정을 지으며 대답했다.

"오리가 싫지 않다면 안주는 오리구이로 하슈. 마침 찾는 사람이 없어서 고기가 상할 판이니."

"응? 그, 그럼 오리구이로 하지. 그나저나 주인 영감은 계신가?"

주방 쪽으로 잠시 시선을 돌리던 성검이 지나가는 투로 물었다.

"아버님은 저물 무렵이나 되어야 나오십니다."

"……!"

'주허자의 아들?'

점소이의 대답에 성검은 잠시 아연한 표정을 지었다. 그럴 만도 했다. 단지 점소이 복장을 하고 있었기 때문이 아니다. 아무래도 폭삭 늙은 주허자의 아들이라고 보기엔 너무 젊었다. 게다가 닮은 구석이라곤 눈을 씻고 찾아봐도 없었다. 덩치는 족히 주허자의 세 배가량 되어 보였고, 눈도 그 아비와는 달리 뱀눈이었다.

'쯧쯧, 씨도둑이라도 한 게 아닌지 모르겠군.'

내심 당혹스러웠으나 성검은 알았다는 듯 고개를 끄덕였고, 사내는 둔해 보이는 몸집을 돌려 주방 안으로 사라졌다.

어쩔 수 없는 일이었다. 술을 마시며 하루 종일 죽치고 앉아 있거나 철룡방으로 돌아갔다가 저녁 무렵에 다시 나오는 수밖에 없었다.

"그래, 어차피 주문했으니 술을 마시며 천천히 생각해도 되겠군."

성검은 가볍게 한숨을 내쉬며 창밖으로 눈길을 주었다.

일각쯤 지났을까. 주허자의 아들이 술을 내와 성검의 식탁 위에 쿵, 소리가 나도록 내려놓은 후 무뚝뚝한 얼굴로 돌아섰다.

'쯧쯧, 어쩌면 저렇게 과묵하고 불친절할 수가 있는 게지?'

성검이 가볍게 고개를 저었다.

하지만 그런 불평도 잠시, 잔에 가득 부은 술을 마시며 성검은 내심 감탄했다. 어제도 느꼈던 것이지만, 주허자의 십선몽유주는 정말 기가 막힌 독주였다.

묘시(卯時) 초(初). 술꾼들이 하나둘 주루로 들어서기 시작했다. 그들은 어제 이가성과 역우가 그랬던 것처럼 웃통부터 벗어 젖혔다.

성검도 마찬가지다. 그는 이미 십선각의 술꾼들이 웃통을 벗는 이유를 알 수 있었다. 주허자가 손수 빚었다는 십선각의 몽유주는 화주(火酒) 가운데서도 가장 독한 화주다. 아무리 화주라 해도 목구멍을 타고 넘어갈 때야 비로소 불기운을 느끼지만 십선각의 술은 다르다. 입 안에 털어 넣는 순간 이미 혀가 얼얼하다. 그 때문에 제대로 술맛을 느끼려면 적어도 세 잔을 연거푸 마셔야 한다. 그제야 혀가 독주에 적응하기 때문이다.

또한 웬만한 술고래가 아니라면 열 잔을 넘기기가 힘든 게 십선각의 술이다. 머리가 팽팽 도는 게 속에서는 불이 솟구친다. 그러니 한 잔의 술이라도 더 마시기 위해선 옷을 훌훌 벗어버려야 한다.

성검은 결국 십선각에 죽치고 앉아 주허자를 기다리고 있다. 하지만 그게 만만치 않은 일이었다. 하루 종일 앉아 있자니 어쩔 수 없이 한 동이의 술을 비웠는데 몸에서 열이 나 더 이상은 일층에서 버티기 힘들 것 같았다. 그래서 아예 이층으로 올라가 알몸으로 버텨볼 생각이었다.

술꾼들이 열 명을 넘어설 무렵 성검은 주허자의 아들을 불렀다.

"자리를 이층으로 옮겨주시오. 그리고 주 선생이 오시는 대로 안내해 주었으면 하오."

"……."

주허자의 아들은 심드렁한 눈으로 성검을 쳐다보았다.

"왜, 이층 자리가 예약이라도 되었소?"

"예약은 무슨……. 내가 뭐라고 했수?"

주허자의 아들은 뚱한 표정으로 자리를 옮기기 시작했다.

'산처럼 입이 무거운 사내군.'

주허자 아들의 뒤를 따르며 성검은 다시 한 번 감탄했다.

"음회회. 바지 좀 벗어도 되겠소?"

이층에 오른 성검이 창문을 활짝 연 후 손바람을 부치며 말했다.

처음과는 달리 성검은 그에게 존칭을 쓰고 있었다. 그가 단순한 점소이가 아니라 주허자의 아들임을 안 이후부터다.

"마음대로 하시구려."

주허자의 아들은 이번에도 무뚝뚝하게 대답한 후 곧장 등을 돌렸다. 그 모습이 한편으론 우직하게 느껴지기도 했다.

"정말 배울 점이 많은 친구야. 자고로 사내라면 저렇게 듬직해야 해. 웃음도 헤프지 않고……. 아무렴, 그게 대장부의 자세지."

성검은 옷을 훌훌 벗은 후 길게 기지개를 켜며 나직하게 중얼거렸다.

'그나저나 주허자가 쉽게 자신의 실력을 보여주려고 할까? 이렇게 조용히 늙어가고 있는 것을 보면 철저하게 자신을 숨긴 채 살아온 모양인데…….'

저물어가는 창밖을 보며 성검은 잠시 생각에 잠겼다. 예상이 틀리지 않는다면 주허자는 보통 고수가 아니다. 어쩌면 많은 것을 배울 수 있을지도 모른다. 하지만 아무래도 순순히 자신을 드러낼 것 같지 않았다.

'음회회! 그렇다면 어쩔 수 없지. 무작정 선공(先攻)을 하는 수밖에……. 설마 죽이기야 하겠어?'

나름대로 작전을 세우고 있는데 얼마 후 아래층에서 주허자 아들의 커다란 웃음소리가 들려왔다.

"헤헤헤! 정말 미모만큼이나 탁월한 선택이십니다요. 어떻게 똥돼지 수육을 주문할 생각을 하신 것인지……. 우리 집 단골 중에서도 특별 관리 대상에 포함된 손님들만이 알고 있는 비전의 안주 똥돼지! 헤헤, 잠시만 기다리십시오. 금방 내오겠습니다요. 헤헤헤!"

무엇이 그리 신나는지 그의 음성엔 자애로움과 아부, 경외, 무한 애정 따위의 복잡한 감정들이 녹아 있는 듯했다.

"어라? 별일이군."

성검은 고개를 갸우뚱하며 몸을 일으켰다. 도대체 어떤 손님이 왔기에 주허자의 아들이 저렇게 달라질 수 있는 것인지 확인하고 싶었다.

하지만 알몸으로 무턱대고 일층으로 내려갈 수는 없는 일. 성검은 계단을 몇 발자국 내려선 후 조심스럽게 난간과 벽면 사이의 공간으로 살짝 일층을 엿보았다.

"……!"

성검의 표정이 애매하게 일그러졌다.

취영오매! 구곡에서 밤새 같이 술을 마신 그녀들을 잊을 리 없다. 하지만 십선각에서 그녀들을 다시 만나게 될 것이라고는 미처 생각지 못했다.

'별일이군. 혹시 취봉접을 만나기 위해?'

잠시 염두를 굴리던 성검은 비로소 취봉접에게 생각이 미쳤다. 취봉접과 그녀들이 천년밀문이라는 단체로 얽혀 있음을 상기한 것이다.

'음회회! 보통 인연이라고는 할 수 없군. 가만, 일매는 그때 분명 다시 만나면 의남매 제의를 생각해 보겠다고 했었지? 이런 호재가 있을 수 있나. 당장 내려가서 의남매를 맺자고 해야지. 누님, 동생이 여보, 당신 되는 거 아니겠어? 음회회! 굳이 일매가 아니면 어때. 설마 저 다섯 명 중 하나를 못 꼬실까? 아니지, 싸가지없는 삼매는 빼고 네 명 가운데 하나를 골라잡아야지.'

성검이 행복한 상상에 잠겨 있는데 주허자의 아들이 성검의 시야를 가로막으며 그녀들 앞에 섰다. 안주를 탁자 위에 내려놓기 위해서였다.

"헤헤! 아리따운 손님들, 이게 바로 주문하신 똥돼지 수육입니다. 미처 말씀드리지 못했지만, 이 똥돼지야말로 우리 십선각의 술과 궁합을 이루는 최고의 안주입지요. 이 돼지는 제가 직접 키운 놈으로, 어미 젖을 뗄 때는 순간부터 똥만 먹고 자랐습니다. 그래서 육질이 부드럽고 잡

냄새 하나 안 납니다. 살도 오겹이라, 대륙의 어떤 돼지보다 빼어난 고기 맛을 자랑합니다요. 헤헤헤. 이게 아무에게나 드리는 안주가 아니라는 정도는 짐작하시겠지요?"

배신감이 일 정도였다. 주허자의 아들은 성검을 대할 때와는 달리 온몸에서 애교가 흘러넘쳤다. 마치 두 얼굴의 돼지를 보는 듯했다.

하지만 주허자 아들의 애교에도 불구하고 취영오매의 싸가지없는 삼매가 갑자기 앙칼진 노성을 터뜨렸다.

"흥! 똥돼지를 먹으라고? 정말 술맛 떨어지게 왜 이러실까. 우리가 통돼지를 시켰지 언제 똥돼지를 시켰어? 정말 별꼴이군."

"예? 토, 통돼지…… . 하지만 그게 그겁니다요. 이 돼지도 어차피 통으로 익혔으니까…… . 헤헤. 잠시 오해가 있었나 본데 차라리 잘된 일입니다. 이 돼지는 정말 똥만 먹고 큰 돼지라…… ."

"뭐야? 정말 술맛 떨어지게 왜 자꾸 이래! 난 똥 싫어! 그리고 이렇게 위장이 약한 돼지를 먹는다고 보양이 되겠어?"

"무, 무슨 말씀을…… . 이 돼지가 얼마나 건강한 놈이었는데…… ."

주허자의 아들은 연신 허리를 굽실거리며 당혹스런 음성으로 말했다. 하지만 그게 삼매에게 통할 리 없었다.

"흥! 누굴 바보로 알아? 위장이 좋다면 왜 똥만 먹지? 소화가 잘 안돼서 풀을 먹으면 풀이 나오고 쥐를 잡아먹으면 그대로 쥐로 나오고 그래서 아예 똥을 먹인 거 아냐? 그래야 똥으로 나올 테니까. 이거 당장 치워! 그리고 이슬만 먹고 자란 돼지를 잡아오란 말이야!"

"……."

주허자의 아들은 잠시 멍하니 서 있을 수밖에 없었다.

'음회회! 정말 끝내주는군.'

성검은 힘겹게 웃음을 참으며 주허자 아들이 등을 돌리기만을 기다렸다. 그의 황당한 표정을 직접 보고 싶었던 것이다.

하지만 마침 그때 주허자가 주루 안으로 들어서고 있었다. 그 바람에 성검은 곧장 계단을 다시 올라서야 했다.

'그래, 우선은 주허자에 대한 궁금증부터 풀어야겠지?

성검은 다시 자신의 자리로 돌아가 바지를 입기 시작했다. 주허자가 곧 이층으로 올라올 텐데 이대로라면 변태로 오해받기 십상일 테니까.

다급히 바지를 걸친 성검은 이제 담담한 표정으로 의자에 앉았다. 얼마 전과는 달리 머리가 맑아져 있었다. 그는 식탁 한편에 올려놓은 학검을 쥔 채 서서히 내력을 끌어올렸다.

'단 일격이다. 그것으로 주허자를 시험해 보는 것이다!'

한동안 잠자고 있던 투지가 온몸을 휘돌기 시작했다.

잠시 후, 주허자가 나무 계단을 울리며 올라오는 소리가 들렸다.

쿵, 쿵, 쿵―

지극히 자연스럽고 규칙적인 울림이었다.

『골초검』 제4권으로…